Brian Moore

Dillon

Roman

Aus dem Englischen von Otto Bayer

Diogenes

Titel der 1990 bei Doubleday, New York,
erschienenen Originalausgabe:
›Lies of Silence‹

Umschlagillustration:
Edward Hopper,
›New York Restaurant‹,
1922 (Ausschnitt)

Für Jean

200/91/8/1
ISBN 3 257 01904 1

I

Um Viertel vor neun ging Dillon, bevor er Feierabend machte, noch einmal zur Rezeption hinunter, um die Diensteinteilung für morgen zu prüfen. Zwei der sechs Frauen, die morgens das Frühstück machen kamen, hatten sich krank gemeldet, und so würde am frühen Vormittag der Zimmerservice unterbesetzt sein. Er sagte zu Eileen, die an der Rezeption saß, sie solle Duffy bitten, nach Ersatz zu telefonieren, aber die Mühe würde wohl vergeblich sein. Dann ging er noch den Korridor hinunter und sprach kurz mit Collis, dem Restaurantdirektor.

»Hol's der Teufel«, sagte Collis. »Ich kann Ihnen da auch nicht helfen. Natürlich muß das gerade dann passieren, wenn wir zwei Frühstücksempfänge haben. Und davon einen mit achtzig Personen!«

»Welcher ist das?«

Collis zeigte auf die Reservierungstafel:

ORANIENORDEN KANADISCHE SEKTION
GEDENKFRÜHSTÜCK
Redner: Pastor Alun Pottinger
8.30 Uhr Grüner Saal
(Nur mit Eintrittskarte)

»Pottinger«, sagte er. »Das hatte ich ganz vergessen.«

»Besondere Sicherheitsmaßnahmen?« fragte Collis.

»Ich glaube nicht. Er hat seine eigenen Aufpasser. Wie viele Lunchgesellschaften haben Sie?«

»Vier in den Nebenräumen. Alle voll. Und der Speisesaal ist ausgebucht.«

»Na ja, Promotionswoche«, sagte er. Die Uhr auf Collis' Schreibtisch zeigte eine Minute nach neun. Sie müßte jetzt zu Hause sein. Er sagte Collis gute Nacht und machte seinen letzten Rundgang, zunächst in die Bar, um die Warenbestellungen zu unterschreiben. Die Bar war der belebteste Ort im Hotel und ein bevorzugter Treffpunkt für die Leute von der Uni. Letztes Jahr hatte Dillon das Dekor ändern und große Fotos von zeitgenössischen irischen Schriftstellern und Sängern an die Wände hängen lassen.

»Sind Sie noch zu retten?« hatte Mickey Cavan, der Chefbarkellner, ihn gefragt. »Die Hälfte von denen kennt doch kein Mensch!«

»Sie vielleicht nicht«, hatte er Mickey geantwortet, »aber Ihre Gäste werden die meisten kennen.«

Heute abend drängten sich die feiernden Studenten hier. Er mußte sich zwischen den lachenden, trinkenden, debattierenden jungen Männern und Frauen regelrecht hindurchkämpfen. Voriges Jahr war Andrea unter ihnen gewesen, frisch diplomiert und ohne die geringste Ahnung, daß es ihn gab. Wieder bekam er es mit der Angst zu tun. Nur nicht daran denken.

An der Bar bedienten vier Männer. Einer, der nur aushalf, sah ihn und holte Mickey. Als Mickey kam und ihm die Bestellungen vorlegte, war es auf einmal, als hätte er völlig vergessen, wozu er hier war. Mickey sagte etwas, aber seine Worte waren so bedeutungsleer wie die stummen Lippenbewegungen des Nachrichtensprechers auf dem Fernsehschirm über der Bar. Er unterschrieb die Liste, ohne einen Blick darauf zu werfen, sagte Mickey gute

Nacht und schob sich, plötzlich von Panik erfaßt, durch das Gedränge der Studenten wieder nach draußen. Im Foyer wartete er nicht erst auf den Lift, sondern rannte die Wendeltreppe hinauf zu seinem Büro im Mezzanin. Er schloß die Tür und blieb dahinter stehen, während das Herz ihm bis zum Hals schlug. Sein vom gelben Glanz des Sommerabends erhelltes Büro war wie ein Stilleben. Er wählte ihre Nummer. Eine ihrer Mitbewohnerinnen meldete sich.

»Moment. Bleiben Sie bitte dran. Andrea? ANDREA!«

Er würde sie am Telefon nicht fragen. Er wollte es nicht am Telefon zu hören bekommen.

»Hallo?«

»Ich bin's«, sagte er. »Wie wär's mit einem Spaziergang?«

»Es ist schon nach neun, Michael.«

»Aber es bleibt noch fast eine Stunde hell. Bitte.«

Sie zögerte. »Na gut. Ich warte vor dem Haus auf dich.«

Er war sofort auf das Schlimmste gefaßt. Sie hatte das Angebot bekommen und ja gesagt.

»Entschuldigung, Sir.«

Er sah auf. Es war Annie, eine der abendlichen Reinemachefrauen. »Kann ich jetzt Ihr Büro saubermachen, Mr. Dillon? Fahren Sie nach Hause?«

»Ja, fangen Sie nur an.«

Sie kam hinter ihrem Putzwagen herein, dicklich, alt, die Beine in orthopädischen Strümpfen. »Kommen Sie gut nach Hause«, sagte sie, als er hinausging.

Sein kleiner roter Renault stand auf dem reservierten Parkplatz unter den Fenstern der Empfangssäle. Als er darauf zuging, kam gerade ein Taxi auf den Parkplatz gefahren und hielt. Zwei junge Mädchen stiegen aus. Sie trugen Ballkleider und gingen auf den Eingang zum Ballsaal zu. Lachend und redend eilten sie schnell an ihm vorbei, ohne ihn auch nur anzusehen. Wie alt mochten sie sein? Neunzehn? Er war steinalt in ihren Augen.

»Komm, was sind schon zwölf Jahre?« hatte Andrea gefragt.

»Eine Generation«, hatte er geantwortet.

Er stieg in den Renault und fuhr zum Kontrolltor vor dem Hotel. Eine Schlange von Wagen stand draußen und wartete auf Einlaß zum Hotelgelände. Es wurde scharf kontrolliert, denn letztes Jahr war auf das Hotel ein Bombenanschlag verübt worden. Die Insassen jedes Autos mußten aussteigen und zur Leibesvisitation ins Kontrollhäuschen gehen, während draußen der Wagen durchsucht wurde.

Gerry von der Nachtwache sah seinen Renault kommen und lief zum Ausgangstor, um es für ihn zu öffnen. »Gute Nacht, Mr. Dillon.«

»Gute Nacht, Gerry.«

Das Tor ging hinter ihm zu, als er langsam in die Malone Road einbog. Es waren keine fünf Minuten zur Mountjoy Avenue, wo Andrea eine Wohnung mit zwei anderen jungen Frauen teilte. Während er an den viktorianischen Reihenhäusern vorbei die Malone Road hinauffuhr, kam ihm ein Panzerwagen der Polizei entgegen, in Schieflage wie ein angeschlagener Karton. Der Panzerwagen hielt an der Kreuzung vor ihm. Aus dem Heck stiegen fünf Polizisten in Kampfanzügen, die Revolver tief an den Oberschenkeln wie die Cowboys. Wachsam überquerten sie die Straße und gingen in ein kleines Lebensmittelgeschäft. Die gewohnte Szene bedrückte ihn heute abend. Warum sollte er hierbleiben? Warum sollte auch nur irgend jemand, der seine fünf Sinne beisammen hatte, hierbleiben?

Als er in die Mountjoy Avenue einbog, sah er sie schon warten. Sie trug ein loses blaues Drillichhemd, Jeans und abgewetzte Turnschuhe. Sie winkte. Im Näherkommen versuchte er schon die Antwort in ihrem Gesicht zu lesen, und als sie in sein Auto stieg, lehnte er sich zu ihr hinüber und küßte sie. Sie sagte nichts und sah ihn auch nicht an, als seine Lippen ihre Wange berührten. »Fahren wir zum Treidelweg«, sagte er. »Einverstanden?«

Sie nickte. Er legte den Gang ein und fuhr los. »Wie geht's?« fragte er.

»Gut. Und du hattest einen hektischen Tag?«

»Wie war's bei *dir*? Hat sich was getan?«

»Ich hab dich zuerst gefragt.«

Sie wollte also nicht darüber reden. Vielleicht bekam sie die Stelle ja nicht. Aber das war natürlich Wunschdenken.

»Na ja, ein bißchen hektisch war es schon«, sagte er. »Und morgen wird's noch schlimmer. An der Queen's University ist Promotionswoche.«

»Mein Gott, ist das erst ein Jahr her – die abgewetzte Robe aus dem Verleih, und dann gehst du auf die Bühne, wo sie dir die Hand drücken und eine Papierrolle überreichen, und du denkst: Dafür habe ich studiert, ist das alles?«

»Ich weiß.«

»Natürlich. Hatte ich ganz vergessen. Wann hast denn *du* dein Examen gemacht?«

Er rechnete mißmutig nach. »Vor langer Zeit.«

»Lunch im Clarence«, sagte sie. »Das gehört doch zum Ritual, nicht? Ich weiß noch, wie wir da letztes Jahr hingezogen sind, zu dritt, gleich nach der Feier. Wir hatten alles organisiert, einen Tisch bestellt, großes Festessen. Aber irgendwie waren die Reservierungen durcheinandergeraten, und am Ende durften wir an der Bar stehen und Sandwiches essen.«

»Pech, daß du mich da noch nicht kanntest.«

»Das war gut so. Wenn ich dich vor dem Examen schon gekannt hätte, wäre ich wahrscheinlich durchgefallen.«

Sie lächelte, als sie das sagte. Er hatte sie überhaupt zum erstenmal im Hotel gesehen. Er hatte die Konferenzräume für ein Symposium schottischer und irischer Dichter herrichten lassen, das vom Kulturamt veranstaltet wurde. Ein Team von der BBC sollte darüber berichten, und er hatte sie gleich erspäht, eine hübsche junge Frau, die mit einer Tonkamera umherging und Interviews machte. Plötzlich war sie auf ihn zugekommen. »Sie sind wohl einer von den irischen Dichtern?« fragte sie, und das war der Augenblick, in dem ihn alle die falschen Entscheidungen seines Lebens einholten, um ihn zu verurteilen.

»Ich war früher mal einer«, antwortete er. »Jetzt bin ich Hoteldirektor.«

»Und früher ein Dichter«, meinte sie und lächelte ihn an. Ihr Akzent fiel ihm auf.

»Sind Sie Amerikanerin?«

»Kanadierin.« Sie sah ihn weiter an. Sie lächelte nicht mehr. »Ich heiße Andrea Baxter«, sagte sie. »Trinken wir einen Schluck zusammen, wenn ich hier fertig bin?«

Das war's. Sie hatte den ersten Schritt getan. Und vielleicht würde sie auch heute abend den letzten tun. Als er jetzt auf den öffentlichen Parkplatz über dem Treidelweg am Lagan einbog, fand er, daß er für diesen Schritt, falls sie ihn heute abend tun wollte, ungewollt die richtige Kulisse gewählt hatte, denn genau hier hatte sie ihm vor fünf Monaten gesagt, daß sie ihn liebte.

Auf dem schmalen Pfad zum Treidelweg kam ihnen ein junges Liebespärchen entgegen. Der Junge hatte den Arm um die Taille des Mädchens gelegt, sie lehnte den Kopf an seine Schulter. Andrea ging einen Schritt vor, damit die beiden ungestört passieren konnten, und danach ging sie allein weiter auf den stillen Fluß zu. Es war ländlich und friedlich hier. Die dichtbelaubten Bäume ächzten leise im Abendwind. Auf dem dunkelgrünen Fluß trieben Seerosenkissen mit der Strömung. Vom anderen Ufer erstreckten sich Wiesen und Felder bis zum Horizont. Anders als in den übrigen Stadtrandbezirken hatte sich hier nichts verändert seit der Jahrhundertwende, als auf diesem Treidelweg noch Pferde die mit Flachs beladenen Lastkähne zu den Spinnereien der Stadt zogen. Und heute wie damals war es ein Weg für Liebende, ein Ort, wohin die Pärchen gingen, um allein zu sein, wo sie versteckt im hohen Gras liegen konnten. Er ging einen Schritt schneller und holte sie wieder ein. Sie blieb stehen, sah nach unten und zeigte in die Strömung. »Sieh mal – ein Fisch.«

Er sah nur grünes Schilf im dunklen Wasser wogen. »Wo?«

»Da.«

»Ich sehe nichts.«

Doch im selben Moment jagte unter der Wasseroberfläche ein silbriger Fisch im Zickzack davon, wie ein abstürzender Drachen. »Du kannst es mir ruhig sagen«, meinte er, »ich bin darauf gefaßt.«

»Worauf gefaßt?«

»Diese Besprechung, was war damit?«

Sie lachte. »Ich war schon gespannt, wann du endlich fragen würdest.«

»Nun sag schon. Worum ging es?«

»Also, anscheinend suchen sie eine Chefreporterin für ein landesweites Kulturprogramm. Und offenbar hat Martin mich dafür vorgeschlagen, und jetzt will Nigel Somerville mich nächste Woche in London sehen.«

»Zum Bewerbungsgespräch?«

»Nicht direkt. Martin meint, wenn ich die Stelle will, habe ich sie schon.«

»Natürlich willst du sie.«

Sie drehte sich zu ihm um. »Woher weißt du, was ich will?«

Sie hatte Tränen in den Augen. »Was waren denn dann diese letzten fünf Monate, Michael? Nur Jux und Tollerei?«

»Sei nicht albern. Ich liebe dich.«

»Du liebst mich, aber du würdest mich gehen lassen?«

»Es geht doch darum, was *du* willst«, sagte er.

»Ich weiß nicht, was ich will. Ich habe gesagt, daß ich mir noch nicht sicher bin – daß ich es mir noch überlegen will. Mist, ich will natürlich nicht auf ewig hierbleiben. Aber ist diese Stelle mir wichtiger als du? Was ist mit uns?«

»Paß mal auf«, sagte er. Plötzlich wußte er, was er zu sagen hatte. »Du mußt die Stelle nehmen. Wir werden nämlich in London leben, du und ich.«

Glaubte sie ihm? Würde er sich selbst glauben, wenn er sie wäre?

»Paß auf«, sagte er noch einmal. Er hatte sich das alles nicht überlegt, aber die halbformulierten Wünsche, die ihn Nacht für Nacht geplagt hatten, wenn er wach im Bett lag, schossen ihm jetzt in den Mund, ein unaufhaltsamer Schwall von Worten. »Ich werde es Moira sagen. Und ich rede mit Eamonn McKenna, meinem Anwalt, über die Scheidung. Du sollst morgen hingehen und denen sagen, daß du nach London fliegen und mit Somerville sprechen wirst. Das kannst du doch noch, oder?«

»Ja«, sagte sie. »Aber hör mal zu, Michael –«

»Nein, hör du zu. Wenn du nächste Woche nach London fliegst, komme ich mit. Keogh sitzt in London. Das ist dieser Ami, der für alle unsere europäischen Hotels zuständig ist. Er war's auch, der mich damals gebeten hat, wieder hierher zu kommen und das Clarence zu übernehmen. Ich habe hier gute Arbeit geleistet, und die wissen das. Er findet bestimmt etwas für mich in London. Natürlich nicht gleich wieder als Direktor.«

»Aber wenn du hier so gute Arbeit leistest, lassen die dich doch nicht weg.«

»Soll mir egal sein. Wenn er nein sagt, komme ich trotzdem mit nach London. Ich finde schon was.«

Sie sah ihn an, dann wandte sie sich wieder ab und sah in den dunklen Fluß, als wäre er gar nicht mehr vorhanden. Und plötzlich erschien ihm alles, was er eben gesagt hatte, lächerlich und völlig unmöglich. Sie hatten im Grunde nie über eine gemeinsame Zukunft gesprochen. Seine Gedanken an eine Trennung von Moira waren nur halbformulierte Wünsche gewesen, keine konkreten Pläne. Er kannte Andrea eigentlich nicht. Sie war vor vier Jahren nach Nordirland gekommen, weil ihr Vater, ein kanadischer Ingenieur, sich für zwei Jahre bei der Flugzeugfirma Short's verpflichtet hatte. Als ihre Eltern dann nach Kanada zurückgingen, war sie geblieben, um ihr Studium hier zu beenden. Sie hatte auch einen Freund gehabt, aber

Dillon kannte seinen Namen nicht. Sie sagte, ihr seien die Iren lieber als die Engländer, weil sie »viel lustiger« seien. Aber was fand sie an ihm? Er rauchte kein Hasch, er liebte keine Rockmusik, wie sie es tat. Er war nicht so erfahren im Bett wie sie. Er war verheiratet und hielt ihr Verhältnis vor seiner Frau geheim. Sein Beruf mußte ihr langweilig vorkommen. Er war ein verhinderter Dichter in Nadelstreifen. Und trotzdem glaubte er – obwohl er nicht wußte, warum –, daß sie ihn liebte. Seit sie es ihm gesagt hatte, hier auf diesem Treidelweg, hatten sie sich fast täglich getroffen. Oft trafen sie sich nur für eine Stunde und fuhren, von ihrem Verlangen getrieben, ins Hotel, um sich einen Schlüssel zu besorgen und in eines der freien Zimmer zu gehen. Dennoch sah er das Ganze nicht als eine bloße Affäre. Er war bis dahin nie untreu gewesen. Er war so aufgeregt, wie nur ein Verliebter sein konnte, und krank vor Angst, sie zu verlieren. Er wußte, daß Mädchen in ihrem Alter sich manchmal in verheiratete Männer verliebten. Und darüber hinwegkamen.

Sie wandte sich wieder ab von der dunklen Strömung und sah ihn an. »Wünschst du dir das wirklich, Michael?«

»Ja.«

»Bist du sicher? Sag nicht ja, wenn du nicht sicher bist.«

»Ich bin sicher.«

»Dann bin ich einverstanden«, sagte sie und küßte ihn.

Aus Schwarz wurde Weiß. Er hatte seine Tagträume wahr gemacht, indem er sie aussprach. »Ich liebe dich«, sagte er.

Sie nahm ihn bei der Hand, und sie gingen weiter. »Und was wird aus Moira? Bleibt sie hier, wenn du weggehst?«

»Ich glaube, ja. Sie war doch nirgendwo anders glücklich.«

»Was wird sie machen?«

»Weiß ich nicht. Vielleicht wird sie dann ganztags Modeschmuck und den übrigen Kitsch verkaufen.«

»Könnte sie denn davon leben?«

»Keine Ahnung.«

Sie kamen an eine Flußbiegung und sahen vor sich einen roten Himmel. Vom Horizont trieben ihnen schwarze Rauchschleier entgegen.

»Kommt das aus der Stadt?« fragte sie.

»Nein, das ist die andere Richtung. Bei Lisburn.«

»Ob es dort brennt?«

»Ja, aber wahrscheinlich gewollt«, sagte er. »Da brennen Bauern ihre Stoppeln ab.«

»Es ist schon spät. Wir sollten vielleicht umkehren.«

»Noch nicht. Setzen wir uns ein bißchen hin? Bitte.«

Zu ihrer Linken sah er ein Loch in der Hecke. Sie krochen hindurch und kamen auf eine hohe Wiese. Er befühlte den Boden, ob er nicht zu feucht war, bevor sie sich zuerst hinsetzten, dann hinlegten und in den roten Himmel sahen. »Ich kann es kaum erwarten, hier wegzukommen. So ein beschissenes Land. Ich wollte ja eigentlich nie mehr hierher zurück.«

»Ganz ohne Scherz.«

Sie lachten gleichzeitig. »Stimmt, ich glaube, ich habe das wohl schon mal erwähnt.«

»Mindestens tausendmal.«

Er drehte sich herum und wollte sie küssen, und sofort zog sie ihn zu sich herunter und küßte ihn so leidenschaftlich, als wollten sie gleich hier miteinander schlafen, aber als er mit der Hand über ihren Schenkel fuhr, faßte sie danach und wehrte ihn ab. »Bist du dir auch wirklich sicher, Michael?«

»Ja, natürlich. Etwas Besseres ist mir mein Lebtag noch nicht passiert.«

Sie ließ ihn los und sank ins Gras zurück. »Wann wirst du's ihr sagen?«

»Morgen.«

»Und dann?«

»Dann ziehe ich aus. Ich nehme mir ein Zimmer im Hotel, bis wir zusammen nach London fliegen.«

»Wenn man dir aber sagt, du mußt hierbleiben?«

»Wie gesagt. Dann gehe ich trotzdem.«

Sie setzte sich wieder auf und verschränkte die Hände um ihre Knie. »Ich habe Angst. Du nicht?«

»Nein. Ich bin glücklich.«

»Hm, ja, wenn du glücklich bist...« Sie drehte sich ihm zu und sah ihn an. »Ich wünschte, es wäre schon vorbei. Das heißt, ich wünschte, wir wären schon in London. Du machst auch bestimmt keinen Rückzieher? Ich meine, wenn doch, könnte ich es dir nicht verübeln. Ich bin ja nicht verheiratet. Bei mir sieht die Sache anders aus.«

Er reckte die Arme hoch und umfaßte sie; er fühlte, wie ihr Körper sich spannte, fast zitterte. »Du«, sagte er, »ist dir klar, daß wir von jetzt an immer zusammen sein können? Wenn ich morgen ins Hotel ziehe, kannst du bei mir wohnen.«

»Ja, könnte ich eigentlich, oder?«

Ihr Körper entspannte sich wieder. Sie küßte ihn, dann stand sie auf und klopfte sich ein paar Kletten von den Jeans. Sie sah ihn von oben an, streckte die Hand aus und zog ihn hoch.

Auf dem Pfad zum Parkplatz kamen ihnen einige Pärchen entgegen, die sich auf die nahende Dunkelheit freuten. Auf dem Parkplatz standen jetzt doppelt so viele

Autos wie vorher. Während er seinen Wagen aufschloß, mußte er daran denken, daß dies nun das Ende der heimlichen Stelldicheins wäre, daß sie nicht mehr im hohen Gras liegen, in geparkten Autos sitzen, schnell auf ein Schäferstündchen in einem leeren Hotelzimmer verschwinden mußten. Und er brauchte nicht mehr seine Abende bei Moira zu verbringen und darauf zu warten, daß sie zu Bett oder unter die Dusche ging, damit er sich davonschleichen konnte zu seinem nächtlichen Anruf. Und wie um ihn an alle diese Ärgernisse zu erinnern, waren in der Mountjoy Avenue, als sie dorthin zurückkamen, oben im Haus alle Lichter an. Das hieß, daß Andreas Mitbewohnerinnen zu Hause waren, weshalb sie im Auto sitzen blieben. Er küßte sie wieder.

»Wann sehen wir uns morgen?« fragte sie.

»Kannst du um sieben im Hotel sein?«

»Ja, gut.«

»Dann können wir zusammen zu Abend essen. Zur Feier des Tages.«

»Es wird nicht feierlich sein, Michael. Jedenfalls nicht für dich. Ich erinnere mich noch, wie ich mit einem Freund Schluß gemacht habe. Ich war froh, es hinter mich gebracht zu haben, aber ...«

»Wer war eigentlich dieser Freund?« fragte er. »Vielleicht kannst du es mir ja jetzt sagen.«

Sie lachte. »Schnee von gestern. Unwichtig.«

Sie küßte ihn. »Weißt du, was mir Sorgen macht? Wenn sie dich nun nicht gehen läßt? Ich ließe dich nicht gehen.«

Er lachte. »Wir treffen uns um sieben im Foyer des Clarence.«

»Um sieben.« Sie stieg aus und lief zur Haustür. Er sah sie die Tür aufschließen und hoffte, daß sie sich noch einmal umdrehte und ihm winkte. Er wartete. Sie drehte sich um und winkte, dann ging sie ins Haus.

Auf seiner Heimfahrt lag ein typisch nördliches Spätsommerlicht auf den viktorianischen Denkmälern und Häusern der Stadt und hüllte sie in einen gespenstischen goldenen Glanz. Die Geschäftsviertel waren menschenleer. Seit Jahren gingen die Leute abends nur ungern auf die Straßen. Er schlug die Richtung nach Millfield ein und fuhr durch jene Viertel, denen Belfast sein Erscheinungsbild in der Außenwelt verdankte: verbarrikadierte Slums mit Kampfparolen an den Wänden, wo sich die protestantischen und katholischen Armen der Stadt jahrein und jahraus voll angestautem Haß, Angst und Mißtrauen gegenüberstanden.

»Aber es waren die Deutschen, die Belfast zerstört haben«, pflegte sein Vater zu sagen. »Es waren nicht die Unruhen, es waren die Bomben im letzten Krieg. Nach dem Krieg haben sie die Trümmer weggeräumt, aber die Stadt nicht wieder aufgebaut.« Das mochte wohl stimmen, denn er hatte Vorkriegsbilder von der Stadt gesehen, aufgeräumt, häßlich, viktorianisch. Aber was der Krieg begonnen hatte, das hatte ein Vierteljahrhundert Bürgerkrieg noch weiter verschlimmert, so daß nun unter den neuen Autobahnen, die wie Messerschnitte auf einer Landkarte die Stadt durchzogen, das alte Herz von Belfast, die vielen Tausende von kleinen Häusern, in denen Menschen wohnten, die sich nichts weiter wünschten als einen Arbeitsplatz in einer Werft oder Fabrik, im fortwährenden Siechtum der Armut lag, verrottend und ohne Hoffnung.

Er wohnte im Norden von Belfast, in der viel größeren Stadt um die Gettos im Zentrum herum. Sein Haus befand sich in einem der stillen, unbeachteten Mittelstandsviertel, in denen Protestanten und Katholiken Wand an Wand wohnten, geeint durch Klasse, wirtschaftliche Interessen, sogar durch Mischheiraten, wie es den Armen nie vergönnt war. Anders als die meisten Leute in ihrer Straße wohnten sie in ihrem Haus nur zur Miete, denn Moira hatte gesagt: »Mein eigentlicher Wunsch wäre ein hübsches Häuschen irgendwo auf der anderen Seite der Stadt, nicht weit von deiner Arbeit.« Als er einwandte, er habe nicht die Absicht, für immer in Belfast zu bleiben, überhörte sie es.

Bei ihrer ersten Begegnung – es war auf einer Party bei gemeinsamen Freunden in London – hatte sie gesagt: »Gefällt es Ihnen hier? Ich finde es gräßlich. Man könnte überall in London ein halbes Jahr wohnen und müßte von Glück reden, seine Nachbarn überhaupt beim Namen zu kennen. Ich möchte schnellstens wieder nach Hause.«

»Sie gehen also wieder nach Hause?« fragte er. Obwohl er sie kaum fünf Minuten kannte, war er richtig enttäuscht. Sie war groß und schön und sehr kokett. Er hatte schon mit dem Gedanken gespielt, sie um ein Rendezvous zu bitten.

»Wenn ich nur könnte«, sagte sie. »Ich bin hier, weil ich zu Hause keine Arbeit fand. Die Frau da drüben, Clodagh Burke, ist eine Freundin von mir, wir waren zusammen am UCD –«

»Sie waren am UCD?«

Sie lachte. »Das klingt ja so überrascht! Aber was ich sagen wollte, Clodagh hat hier in Hampstead eine kleine private Vorschule aufgemacht und mich gefragt, ob ich nicht herkommen und ihr helfen möchte. Wenn das hier klappt, will sie in Belfast eine zweite eröffnen, und die soll ich dann leiten.«

»Dann gehen Sie also doch zurück?«

»Vielleicht. Aber unter uns, es hängt mir zum Hals heraus, kleine Kinder zu unterrichten. Im Moment weiß ich selbst nicht genau, was ich will. Ich möchte zu gern wieder nach Hause, aber vorerst sitze ich hier fest.«

»Ironie des Schicksals«, sagte er. »Bei mir ist es umgekehrt.«

»Wieso?«

»Diese amerikanische Hotelkette, für die ich arbeite, hat gerade das Hotel Clarence gekauft. Ich soll die Leitung übernehmen. Und das ist das letzte, was ich mir wünsche.«

»Und was haben Sie nun vor?«

»Ich werde hingehen. Man hat mir versprochen, wenn ich jetzt nach Belfast gehe und meine Sache gut mache, holen sie mich wieder nach London und geben mir eines ihrer hiesigen Hotels. Und *das* wünsche ich mir sehr.«

»Wann gehen Sie?«

»Im Oktober.«

»Wie ich Sie beneide«, sagte sie.

Hatte sie deshalb ja gesagt, als er ihr zwei Monate später einen Heiratsantrag machte? Vor ein paar Wochen hatte er in einer Schublade eine ausgemusterte alte Brieftasche gefunden. Darin steckte ein Farbfoto von einer jungen Frau, groß, schlank, lächelnd, mit tief ausgeschnittenem Kleid und schulterlangem vollem Haar, ein Foto, das ein Mann wohl gern in seiner Brieftasche trug, um es andern Männern zu zeigen und sich an ihrem Neid zu weiden.

Und natürlich beneideten sie ihn. War es wirklich erst ein Jahr her, daß ihre Angewohnheit, mit Fremden zu flirten, ihn immer noch mit eifersüchtiger Wut erfüllte? Angefangen bei seinem Vater, der Moira nach dem Hochzeitsempfang beschwipst in die Arme genommen und alles andere als väterlich geküßt hatte, lange und feucht und lüstern.

Während er jetzt die Antrim Road hinauffuhr, mußte er an seinen Vater denken. Moira würde natürlich sofort seine Eltern anrufen. Er konnte sich seinen Vater genau vorstellen, wie er die Neuigkeit erfahren würde, hinten in seinem Büro im Kinsallagh House. Er würde den Hörer weglegen, aufstehen und die grünbespannte Tür schließen, damit das Küchenpersonal nichts mitbekam, wenn er ihn anrief.

»Michael, was muß ich hören? Ich habe eben mit Moira telefoniert. Hast du mal daran gedacht, was das für deine Mutter bedeutet? Ganz zu schweigen von dem Schaden für deine Karriere. Du glaubst doch wohl nicht, daß dich in dieser Branche je wieder einer ernst nimmt, wenn du die Leitung eines namhaften Hotels so einfach hinwirfst? Und schließlich fällt das ja auch auf mich zurück, wenn ich das erwähnen darf. Ich habe dich den Leuten empfohlen. Ich habe dich ausgebildet – ja gut, aber deine Anfangsausbildung hast du hier in Kinsallagh bekommen. Und was glaubst du, wie die Amis reagieren werden? Ich sehe schon Mr. Keoghs Gesicht vor mir, wenn du ihm eröffnest, daß du so eine bedeutende Aufgabe einfach hinschmeißt, weil dir irgend so ein Flittchen über den Weg gelaufen ist. Herrgott noch mal, Michael, es gibt doch im Leben Wichtigeres als Weibsbilder.«

Wahrscheinlich würde er in dem Moment einfach auflegen. Aber damit wäre nichts zu Ende. Sein Vater, Alleininhaber des Hotels Kinsallagh House in der Grafschaft Antrim – »schönes altes irisches Landhaus, denkmalgeschütztes Gebäude inmitten großer Parkanlage (zwei

Hektar), einmalige Angelmöglichkeiten im nahen Kinsallagh-Fluß« –, sein Vater, der es geschafft hatte, sein ganzes Leben in einer Phantasiewelt zu verträumen und sich einzubilden, seine Gäste sähen einen Landjunker in ihm, der Kinsallagh House nicht als Hotel, sondern als Steckenpferd betrieb; sein Vater, der geflissentlich darüber hinwegsehen konnte, daß er, der Landjunker, eigenhändig die Speisen auftragen und allabendlich vor der Essenszeit persönlich die Getränkebestellungen aufnehmen mußte, um über die Runden zu kommen; sein Vater, der ihn ins Hotelgewerbe eingeführt hatte und so tief beeindruckt gewesen war, als man ihm die Leitung des Clarence übertrug: »Ein Bonbon, Michael; das Clarence war einmal das erste Haus am Platz. Und unter deiner Leitung wird es das auch wieder sein.« Für seinen Vater wäre das Ganze eine persönliche Kränkung, ein Verrat an der Familie.

Vor ihm verdunkelte sich der Himmel, als er in die Winchester Avenue einfuhr. Er bog in die schmale Zufahrt hinter seinem Haus und parkte den Wagen an der gewohnten Stelle vor dem Gartentörchen. Kein Wind ging heute abend. Der Garten wirkte sonderbar still. Er sah zum Haus, das sich hinter ungepflegten Sträuchern und Hekken halb versteckte. Kein Licht im oberen Stockwerk. Demnach war sie noch nicht zu Bett gegangen. Er öffnete das Törchen, blieb dann im Garten stehen und wartete auf den Kater. Aber der Kater kam nicht. Wo blieb er nur? Egal wie spät er sonst nach Hause kam, der Kater kam immer sofort angehuscht, strich ihm um die Hosenbeine und maunzte nach seinem Futter. Er war ein Kater fürs Freie. Moira duldete ihn nicht im Haus.

»Teddy!« rief er leise. »Teddy?« Er wartete, dann machte er das Törchen hinter sich zu und ging den Gartenweg hinauf zur Hintertür. Wer würde Teddy füttern, wenn er nicht mehr hier war? Er öffnete die Hintertür, die nicht abgeschlossen war, und sah die falschen Farben des Fernsehers durch die Schatten der hinteren Diele flimmern.

»Bist du's, Michael?«

Es ging ins Wohnzimmer. Sie war nicht allein. »Wir haben uns gerade den Schluß von *Zwielicht* angesehen«, sagte sie, schon im Aufstehen, um den Apparat auszuschalten.

Er wandte sich Peg Wilton zu. »Guten Abend.«

»Guten Abend, Michael. Mein Gott, es ist ja schon halb elf. Ich hab gar nicht geahnt, daß es schon so spät ist. Vor ein paar Minuten war's doch noch hell.«

»Das macht das Zwielicht«, meinte er.

Peg Wilton lachte. Sie erhob sich schwerfällig vom Sofa und präsentierte ihm ihr ausladendes Hinterteil, als sie sich bückte, um ein paar kleine Gegenstände vom Couchtisch aufzusammeln. »Die beiden Gagate lasse ich hier, ja?« sagte sie zu Moira. »Und die Schildpattkämme auch, ist das recht?«

»Ich bin mir bei den Gagaten nicht sicher – aber gut, laß sie nur hier«, sagte Moira. »Und für die Kämme habe ich mit Sicherheit eine Kundin. Aber hör mal, Michael wird dich sicher nach Hause fahren.«

»Bitte keine Umstände.«

»Es macht mir keine Umstände«, sagte er.

Peg Wilton lächelte Moira an. »Stets ein Gentleman.«

Sollte das Ironie sein? Er wußte, daß sie ihn nicht leiden konnte, und normalerweise hätte er sich darüber geärgert, sie die knapp tausend Meter die Straße hinunterfahren zu müssen. Aber heute abend war es ihm nur recht, nicht im selben Zimmer mit Moira zu sein, der er es morgen sagen mußte. »Hör mal, du brauchst nicht meinetwegen aufzubleiben«, sagte er. »Geh nur schon zu Bett. Ich habe sowieso noch zu tun.«

Moira ging nicht darauf ein. »Komm, Peg, wir gehen hinten raus. Das Auto steht am Gartentörchen.«

Sie gingen zu dritt in den Garten hinaus, und er spähte ringsum in die Dunkelheit. »Hast du heute abend schon den Kater gesehen?«

Der Kater interessierte Moira nicht. Sie umarmte Peg Wilton. »Also, ich rufe dich morgen an, Peg. Gegen zehn, ja?«

Er ging voraus, machte für Peg die Wagentür auf und schob den Beifahrersitz so weit zurück, wie es eben ging. Peg war ungeheuer beleibt. Als er die Scheinwerfer einschaltete, sah er plötzlich vorn zwei gelbe Katzenaugen glühen. Aber es war eine Perserkatze. Sie huschte vor dem Wagen vorbei und sprang in ein Gebüsch.

Sie fuhren auf die Winchester Avenue hinaus. Peg meinte: »Im Hotel geht's zur Zeit wohl ziemlich hektisch zu.«

»Ja. Promotionswoche.«

»Klar. Und hinterher geht alles ins Clarence. Gerade jetzt. Es ist einfach großartig, wie das Hotel sich unter Ihrer Leitung verändert hat, Michael.«

Er sah starr auf die Straße. Wer wird es wohl nach mir leiten? Sie werden jemanden aus London schicken müssen. Wieder durchströmte ihn ein solches Glücksgefühl, daß er unwillkürlich aufs Gas trat und das Auto einen Satz nach vorn machte.

»Langsam, langsam«, sagte Peg. »Wir sind gleich da. Die vierte Tür. Dort. Die rote.«

Er hielt an der angegebenen Stelle und schaltete die Zündung aus. Im selben Moment lehnte sie sich zu ihm herüber und legte ihm ihre dicke, beringte Hand auf den Ärmel. »Darf ich Sie etwas fragen, Michael?«

»Ja, bitte.«

»Sie werden mir auch bestimmt nicht böse sein?«

»Warum sollte ich Ihnen böse sein?«

»Sehen Sie, Michael, das ist nämlich so. Ich habe beschlossen, einen zweiten Laden in Dublin aufzumachen. Ich habe dort ein ganz hervorragendes Geschäftslokal in unmittelbarer Nähe der Grafton Street gefunden. Das Problem ist nur, daß ich dort persönlich hin muß, um die Sache erst mal in Gang zu bringen. Und das heißt, ich brauche hier jemanden, der meinen Laden weiterführt. Jemanden mit Fingerspitzengefühl. Und um es rundheraus zu sagen, Moira wäre dafür ideal.«

Hatte Moira ihr diese neueste Verrücktheit ins Ohr gesetzt? Einen Laden! Aber was spielte es jetzt schon noch für eine Rolle? Es war vielleicht sogar gut. »Wie steht denn Moira dazu?« fragte er.

»Nun, das ist es eben, Michael. Sie meint, Sie hätten etwas dagegen, wenn sie in einem Laden arbeitet.« Sie lächelte ihn an, das Lächeln einer Feindin. »Stimmt das?«

»Es stimmt«, sagte er. »Schade um ihre Ausbildung.«

»Aber Sie wissen doch selbst, daß Moira keine Lust zum Unterrichten hat. Ich finde, es wäre für sie ganz toll. Sie käme aus dem Haus, unter die Leute. Ich glaube, es würde ihr großen Spaß machen.«

»Sie muß es selbst wissen«, sagte er und fühlte, wie Peg sofort seinen Arm fester packte.

»Ist das Ihr Ernst?« fragte sie, und jetzt war ihr Lächeln echt.

»Natürlich.«

»Wunderbar! Wie mich das freut! Kann ich ihr also sagen, daß alles klar ist? Oder wollen Sie zuerst noch selbst mit ihr reden?«

»Nein, sagen Sie es ihr nur«, antwortete er. »Aber sagen Sie es ihr erst morgen.« Denn ab morgen um diese Zeit würde Moira ihn wegen nichts mehr um Erlaubnis bitten.

»Aber es geht bestimmt in Ordnung?«

»Bestimmt.«

»Gut, dann verlasse ich mich darauf.« Sie drückte die Tür des kleinen Wagens auf. »Vielen, vielen Dank, Michael. Auch fürs Fahren.«

»Ich begleite Sie noch zur Tür.«

»O nein, danke, nicht nötig.«

Während er Peg Wilton zum Haus gehen und die Tür öffnen sah, mußte er wieder an Andrea denken, wie sie zu ihrer Haustür gelaufen war und sich umgedreht und ihm zugewinkt hatte. Heute abend hat sich mein Leben verändert. Alles ist anders geworden. Alles.

Er fuhr die Antrim Road zurück und stellte den Wagen vor dem Törchen ab. Im Schlafzimmer war jetzt Licht. Vielleicht konnte er unten bleiben, bis sie schlief? In den letzten Monaten war es ihm leichtgefallen, sie zu hintergehen. Sie war die Feindin seiner Freiheit. Aber jetzt war er sicher, daß er sein neues Glück nicht einmal eine Nacht lang vor ihr verheimlichen konnte. Sie war nicht mehr seine Feindin. Sie war sein Opfer.

Als er den Gartenweg hinaufging, hörte er ein Klappern hinter sich. Er hatte das Gartentor nicht richtig zugemacht, und jetzt schwang es hin und her und schlug gegen den Pfosten. Er ging zurück, und da sah er im Lichtschein, der aus dem oberen Fenster fiel, etwas hinter dem Torpfosten unter der Hecke hervorragen. Eine Damenhandtasche? Aber als er sich bückte, um sie aufzuheben, sah er, daß es keine Handtasche war. Teddy. Er faßte den Leichnam an, der unter dem Fell schon hart und kalt war. Der Kopf war an der linken Seite blutverkrustet, der Unterkiefer zerschmettert, als wäre Teddy von einem Auto angefahren worden.

Ob jemand, der die Zufahrt heraufgekommen war, Teddy überfahren und den Kadaver einfach über die Hecke geworfen hatte? Der Zufahrtsweg wurde eigentlich nur von Anwohnern benutzt, die wahrscheinlich wußten, daß Teddy ihm gehörte. Mit einem Kloß im Hals hob er den kleinen Körper auf und verbarg ihn sorgsam unter einer Fuchsie. Besser sagte er Moira heute abend nichts davon. Morgen früh würde er ihn begraben. Nicht daß ihr an Teddy etwas gelegen hätte, aber so etwas konnte sie derart aufregen, daß sie womöglich die Polizei anrief und die Nachbarn verdächtigte und Gott weiß was.

Die Hintertür war unverschlossen. Er schloß sie jetzt ab, nachdem er hineingegangen war. Soeben begann das Telefon zu klingeln, und er rannte durch die hintere Diele zur Garderobe, wo der Apparat unter den Mänteln stand. Er erreichte ihn beim dritten Ton, aber im selben Moment hörte das Klingeln auf. Moira hatte oben im Schlafzimmer abgenommen. Ein Anruf um diese nächtliche Zeit bedeutete meist, daß im Hotel Not am Mann war.

Er nahm darum den Hörer ab, doch da hörte er Peg sagen: »Und daß du nur ja nichts sagst. Stell dich ganz überrascht.«

»Ja, gut«, sagte Moira hastig. »Aber ich glaube, er ist gerade hereingekommen. Bis demnächst.«

Als er die Treppe hinaufging, rief ihre Stimme ihm entgegen: »Bist du's?« Er antwortete nicht. Oben angekommen, sah er ihre dunkle Silhouette vor dem Lichtschein aus dem Schlafzimmer. »Hast du unten abgenommen?« fragte sie.

»Ja. Was wollte Peg denn noch?«

»Oh, sie hatte nur vergessen, mir von einer Intarsienarbeit zu erzählen, die sie gekauft hat.«

Sie drehte sich um und ging ins Schlafzimmer zurück, wo sie sich vor den dreiteiligen Spiegel setzte, um wie an jedem Abend ihr Haar auszukämmen. Sie nahm die Bürste in die Hand, dann beugte sie sich ärgerlich vor und riß sich ein langes Haar aus, hell wie Silberdraht, um es von allen Seiten zu betrachten, als wäre es infiziert. Ihr blaues Batistnachthemd war hinten tief ausgeschnitten, so daß man ihren langen weißen Rücken sah, auf dem die Wirbel vorstanden wie Fingerknöchel. Sie nahm erneut die Bürste und kämmte sich energisch das Haar vors Gesicht, und ihre zuckenden Bewegungen erinnerten ihn daran, wie er sie schon manchmal vor der Toilettenschüssel hatte knien und den Finger in den Hals stecken sehen, um die halbe Schachtel Pralinen oder das dicke Stück Cremetorte herauszuwürgen, die sie vor nicht einmal einer halben Stunde gegessen hatte.

Sie hatte sich gar nicht erst bemüht, ihre Krankheit vor ihm zu verstecken, nachdem er ihr daraufgekommen war. »Das kommt bei mir immer mal wieder vor«, sagte sie. »Bulimie nennt man das, und ich kann nichts dagegen machen. Vielleicht hätte ich es dir ja sagen sollen, bevor wir heirateten. Doch, natürlich. Aber jetzt möchte ich nicht, daß du mit irgend jemandem darüber sprichst. Hörst du, Michael? Es ist mir ernst damit.«

Aber er hatte natürlich nicht auf sie gehört. »Das ist eine Form der Anorexie«, hatte Sean Mullen, ein Gynäkologe, zu ihm gesagt. »Die Betroffenen sind Frauen, die sich sehnlichst eine perfekte Figur wünschen und eine krankhafte Angst vor dem Dickwerden haben. Zuerst fressen sie die Sachen in sich hinein, meist Süßigkeiten, dann würgen sie das Zeug wieder heraus. Man vermutet, daß ihnen als Idealbild das Stereotyp der hilflosen, abhängigen Schönen vorschwebt. Ist es eine Frau, die Sie kennen?«

»Ja. Aber das mit der Hilflosigkeit und Abhängigkeit scheint mir nicht ganz zu stimmen.«

»Sind Sie da sicher?« fragte Mullen. »So etwas tritt nicht immer nach außen zutage. Diese Frau sollte jedenfalls über eine Therapie nachdenken. Bulimiekerinnen sind selbstmordgefährdet.«

Als sie ihn jetzt hinter sich stehen sah, warf sie so schwungvoll den Kopf zurück, daß ihre Haare wie ein Pferdeschwanz nach hinten flogen. »Was hast du?« fragte sie gereizt.

»Nichts.«

»Kommst du zu Bett?«

»Gleich. Ich muß noch ein paar Rechnungen bezahlen. Du brauchst nicht auf mich zu warten.«

Sie drehte sich wieder zum Spiegel und musterte nervös forschend ihr Gesicht, strich sich über die Wangen, zog die Haut um die Augen straff, glättete imaginäre Fältchen. Sie war mit dreiunddreißig noch so schön wie je, aber seit einem Jahr bildete sie sich ein, es gehe mit ihrer Schönheit bergab. Es stimmte zwar, daß sie in ihrem derzeitigen angstvollen, depressiven Zustand nicht mehr dieses kokette Wesen an den Tag legte, auf das die Männer so flogen, aber es ließ sich nicht bestreiten, daß sie noch immer eine

Frau war, nach der man sich auf der Straße umdrehte. Schlechten Gewissens sagte er sich, daß es ihr gewiß nicht schwerfallen werde, einen neuen Mann zu finden. Eine andere Frage war, ob sie das wollte.

»Also gute Nacht«, sagte er. Sie sah ihn kurz im Spiegel an, antwortete aber nicht. Er ging wieder auf den Treppenabsatz hinaus und von dort in das kleine vordere Zimmer, das er zu seinem Arbeitszimmer gemacht hatte. Hier hatte er seine Bücher, auf selbstgebauten Regalen aus Sperrholz und Ziegelsteinen aufgestapelt vom Boden bis zur Decke; sie stammten größtenteils aus seiner Studentenzeit, manche sogar noch aus seiner Kindheit in Kinsallagh House – *seine* Bücher: Čechov, Joyce, Eliot, Stevens, Yeats, Flann O'Brian, Lowell, Proust, Laforgue, Auden, Waugh, Greene, Sartre, Tolstoi, ein Kunterbunt von Romanen, Gedichten und Biographien, Bücher, die er eifersüchtig von der »Bibliothek« in Kinsallagh abgesondert hatte, dieser Sammlung von Krimis und Spionage-Thrillern und Liebesromanen, die von abreisenden Gästen liegengelassen worden waren und von seinem Vater eifrig zum Auffüllen der Regale benutzt wurden. *Seine* Bücher: sein Passierschein zu jener anderen Welt, in die er einstmals einzugehen geträumt hatte. Aber als er heute abend davorstand, dachte er zum erstenmal daran, sich von ihnen zu trennen. Wenn er sie aber nicht mitnahm, würde Moira denken, er sei gar nicht wirklich fortgegangen.

Er hörte draußen ein Auto in der nächtlichen Stille die Allee heraufkommen. Es schien vor dem Haus zu halten. Er ging ans Fenster und sah nach unten. Auf der anderen Straßenseite parkte ein weißer Ford Escort. Der Fahrer knipste die Scheinwerfer aus, und Dillon sah eine Frau neben ihm sitzen. Jetzt legte der Fahrer den Arm um sie, als wollte er sie küssen, doch er tat es nicht. Sie saßen eine ganze Zeitlang wie erstarrt in dieser Haltung, bis die Frau, als hätte sie gemerkt, daß sie beobachtet wurden, plötzlich den Kopf wandte und zum Haus heraufsah. Verlegen wich Dillon vom Fenster zurück. Hinter ihm ging im Schlafzimmer das Licht aus.

Er setzte sich an seinen Schreibtisch. Er zog Schubladen auf und suchte die Sachen zusammen, die er morgen mitnehmen mußte. Er nahm seinen Paß, sein Diplom von der *École Nationale d'Administration des Hôtels* in Lausanne und sein Scheckheft. In einer zweiten Schublade fand er Durchschriften von Gedichten, die er als Student in kleinen Zeitschriften veröffentlicht hatte, sowie ein paar Artikel für *Omega*, die von ihm mitbegründete Studentenzeitschrift. In der linken unteren Schublade lag ein Fotoalbum. Er schlug es auf. Bilder von seiner Hochzeit. Der Empfang hatte im Kinsallagh House stattgefunden, und auf dem Rasen vor dem Hotel stand sein Vater im geliehenen Cut, im Gesicht einen überaus selbstzufriedenen Ausdruck und am Arm seine Mutter, die einen riesengroßen Sommerhut auf dem Kopf hatte. Auf dem zweiten Foto waren Moiras Eltern: Joe, der Metzger, der sich in seinem schlechtsitzenden blauen Anzug gar nicht wohl zu fühlen schien, und Maeve, ihre Mutter, ein Koloß in geblümtem Chiffon. Die nächste Albumseite zeigte dann ein Foto von Moira, ganz allein in weißem Satin, einen Strauß gelber Rosen im Arm, strahlend, lächelnd und irgendwie unendlich rührend, wie eine aufgeschossene Zwölfjährige, als Braut verkleidet. Das nächste Blatt war leer. Er klappte das Album wieder zu, und im selben Moment hörte er sie aus dem Schlafzimmer rufen: »Brauchst du noch lange?«

»Wahrscheinlich ja. Schlaf doch schon.«

»Dann mach die Tür zu. Das Licht scheint mir in die Augen.«

Er machte die Tür nicht zu, er knipste nur die Schreibtischlampe aus, so daß nur noch der Widerschein der Straßenbeleuchtung sein Arbeitszimmer erhellte.

Wie wird es ihr ergehen? Sie wird eine Zeitlang für Peg Wilton den Laden führen, aber das wird nicht von Dauer sein. Bei ihr ist nie etwas von Dauer, weder Arbeit noch Freunde, Liebhaber oder Ehe, nichts. Sie möchte geliebt werden. Wenn ich sie nur hätte lieben können, *sie* lieben, nicht nur ihre Schönheit. Aber wer liebt sie wirklich? Ihr Vater vielleicht, aber er findet sie undankbar. Ihre Mutter fürchtet sich vor ihr. Und wen liebt *sie*, wen liebt Moira? Niemanden vermutlich, am wenigsten sich selbst. Sie sagt, sie liebt den Umgangston hier, die Art, wie die Leute reden. »Wirklich, es geht nichts über Nordirland, ich könnte nirgendwo anders leben.« Und dabei hat sie nicht einmal hier richtige Freunde.

Unten auf der Straße klappte eine Autotür. Er hörte laute Schritte durch die Nacht hallen. Er stand wieder auf und sah aus dem Fenster. Der weiße Ford stand noch auf der anderen Straßenseite, aber die Insassen, der Mann und die Frau, spazierten jetzt Arm in Arm auf dieser Seite. Vor seinem Haus blieben sie stehen und umarmten sich. Dabei sah er, wie die Frau den Kopf zur Seite drehte und zu ihm heraufsah, statt den Mann zu küssen. Wieder zog er sich rasch zurück, damit sie ihn nicht sahen. Er hörte sie weitergehen, dann sah er sie die Straße überqueren und in ihr Auto steigen. Der Motor sprang an. Der weiße Ford fuhr langsam die Allee hinunter und bog in die Antrim Road ab.

»Michael, was machst du da eigentlich im Dunkeln?«

»Nichts.«

»Dann komm ins Bett.«

»Komme schon.«

Als er ins Schlafzimmer trat, knipste Moira die Nachttischlampe an und sah ihn an. »Was hast du nur?«

»Nichts. Ich habe nachgedacht.«

Er begann sich auszuziehen, und sie drehte das Gesicht zur Wand. Als er das Laken hochklappte, um zu ihr ins Bett zu steigen, warf sie sich plötzlich herum und sah ihn an. »*Worüber* hast du nachgedacht? Du hast mir doch etwas zu sagen, oder?«

Er sah sie mißtrauisch an. Ihr Gesicht wirkte nackt ohne Make-up, die ungeschminkten Augen sahen kleiner aus als sonst. Wie hat sie es herausbekommen, woher kann sie es wissen, wo ich mich doch heute abend erst entschieden habe?

»Was soll ich dir zu sagen haben?« fragte er.

»Für wen hältst du dich eigentlich, Michael? Wie kommst du nur auf die Idee, daß ich dich wegen irgend etwas um Erlaubnis bitten müßte? Scher dich doch zum Kuckuck!«

»Was redest du da?«

»Ich weiß nicht, wieso Peg überhaupt mit dir gesprochen hat, ich habe sie nicht darum gebeten, und es geht dich einen Dreck an, was ich tue, von wegen daß ich nicht in einem Laden stehen soll und dieser ganze Quatsch. Ich arbeite, wo es mir paßt, verstanden? Ich bin nun einmal nicht so verspießert und eingebildet wie du.«

»Du redest von Pegs Laden?« fragte er. (Mein Gott, ist es nur das?) »Aber hör mal«, sagte er, »ich bin doch gar nicht dagegen, das muß sie dir doch gesagt haben. Du kannst tun, was du willst, wenn es dich glücklich macht.«

»Tun, was ich will? Vielen herzlichen Dank. Was bringt dich nur auf die Idee, daß ich zu irgend etwas deine Erlaubnis brauche?« Sie hatte sich jetzt im Bett aufgesetzt, die langen Beine in Jogastellung gekreuzt, gerüstet für eine dieser sinnlosen Auseinandersetzungen, die sich über Stunden hinziehen konnten. »Ich weiß gar nicht, was ich hier zu suchen habe«, sagte sie. »Beim lebendigen Gott, ich weiß es wirklich nicht. Ich bin dir zu nichts nütze, du hast mich nicht einmal mehr gern –«

»Das ist nicht wahr.«

»Es ist wahr, das weißt du doch selbst. Ich weiß nicht, warum du mich geheiratet hast, jedenfalls nicht, weil du mich liebtest. Ich weiß, ich weiß, du fandest mich hübsch, aber das tust du jetzt auch nicht mehr, nein?«

»Hör doch auf damit«, sagte er.

»Aufhören, womit? Wovon redest du überhaupt? Nichts, was ich tue, ist dir recht – ich bin dir verhaßt, dir ist dieses Haus verhaßt, es ist dir verhaßt, hier zu sein, dir ist deine eigene Heimat verhaßt. Ich weiß doch, daß du in Frankreich oder sonstwo viel glücklicher wärst, irgendwo, nur nicht hier –«

»Du bist mir nicht verhaßt«, sagte er.

»Hör zu, ich kann es dir gar nicht übelnehmen – sieh mich doch an, was ist aus mir geworden?« Sie schlug die Hände vors Gesicht und begann zu weinen.

»Bitte«, sagte er. »Ich habe dir schon ein ums andere Mal gesagt, daß du eine der schönsten Frauen bist, die ich je gekannt habe. Es hat nun wirklich nichts mit deinem Aussehen zu tun, das ist doch dumm!«

»Dumm, o ja. Schon gut, ich weiß, daß du mich dumm findest. Wen hast du nur zu heiraten geglaubt, vielleicht Maud Gonne MacBride oder Simone de Beauvoir – wie fändest du das? Ihr könntet über Literatur reden, soviel das Herz begehrt.«

»Schluß jetzt!«

»Schluß womit? Es ist die Wahrheit, oder nicht? Du langweilst dich mit mir, du hast mich nur geheiratet, weil du dich in mich verguckt hattest, aber seit es mit meiner Schönheit vorbei ist, bin ich dir so egal wie sonstwas. Der endgültige Beweis ist doch, wie du früher immer dagegen gewettert hast, daß ich mich in einen Laden stellen wollte, und plötzlich ist es dir völlig egal.«

»Vielleicht war ich ja da im Unrecht«, sagte er. »Du weißt, was ich gegen die Arbeit in einem Laden habe; du erinnerst dich, daß ich dir erzählt habe, wie ich als Junge in diesem Geschenkladen in Kinsallagh arbeiten mußte –«

»O ja, der junge Dichter, zu eingebildet, um mal einen Aran-Pullover oder ein paar Souvenirs zu verkaufen, jawohl, daran erinnere ich mich, vielen Dank, aber ich bin nicht du, ich trage die Nase nicht so hoch wie du –«

»Bitte«, sagte er. »Bitte, Moira, hören wir auf damit.«

Sie schaukelte auf den Fersen nach hinten und starrte an die Decke, während sich in ihren Augen Tränenpfützen bildeten. »Warum verläßt du mich eigentlich nicht?« fragte sie. »Das möchtest du doch am liebsten, oder?«

Er konnte es ihr nicht sagen, nicht jetzt, wenn sie so weinte. »Laß uns doch jetzt schlafen«, sagte er. »Wir reden morgen früh darüber.«

Sie schnappte hörbar nach Luft. »*Worüber* reden wir morgen früh?«

»Nichts weiter. Komm. Mach das Licht aus.«

»*Worüber* sollen wir morgen früh reden? Daß du mich verlassen willst? Das hast du doch eben gesagt, oder?«

»Ich habe nichts dergleichen gesagt. Ich habe morgen einen schweren Tag. Ich möchte schlafen.«

Langsam, fast geistesabwesend, wischte sie sich die Tränen ab. Sie sah ihn lange an, ihr Gesicht war starr wie eine Maske, dann legte sie sich hin und drehte sich zur Wand.

»Hättest du gern die Decke über dir?«

Sie schüttelte den Kopf. Er legte sich ins Bett, vorsichtig, um sie nicht zu berühren. Er griff nach dem Schalter und löschte die Nachttischlampe. Hier an der Rückseite des Hauses schien kein Licht von draußen herein. Im Dunkeln verwandelten sich der Frisiertisch und der Stuhl neben dem Bett in seltsame Gestalten. Ob sie Bescheid weiß? Aber woher denn? Sie weiß von Andrea nicht einmal, daß es sie gibt. Nein. Es ist ja auch nichts Neues, sie hat schon öfter davon gesprochen, daß ich sie verlassen wolle. Er starrte in den Nachthimmel. Da draußen im Garten lag sein toter Kater. Vielleicht war es besser so. Sie hätte ihn bestimmt nicht gefüttert. Er wäre verwildert.

»Michael?«

»Hm?«

»Ich werde nicht bei Peg arbeiten, wenn du es nicht willst.«

»Ich sagte doch schon, daß ich da im Unrecht war«, antwortete er. »Es ist wahrscheinlich sogar eine gute Idee. Peg meint, es würde dir Spaß machen.«

»Aber hör doch«, sagte sie. »Ich will nicht hierbleiben, wenn ich nicht mehr erwünscht bin. Ich packe meine Sachen und ziehe morgen aus. Ich kann vieles machen. Ich kann auch wieder unterrichten. Ich meine, ich will nicht irgendwo bleiben, wo man mich nicht mehr haben will.«

Jetzt wäre der Moment gewesen, es ihr zu sagen. Aber dann würden sie die ganze Nacht wach bleiben.

»Michael?«

»Hm?«

»Verlaß mich nicht. Bitte.«

Er fühlte ein Brennen in den Augen, als müßte er gleich weinen. Und nun geschah, wovor er sich gefürchtet hatte. Sie kam herangerückt und schmiegte sich an seinen Rükken. »Liebst du mich denn noch? Wenigstens ein bißchen?«

Er drehte sich um und legte die Arme um sie. Er küßte sie – ein Verräterkuß. »Nun hör mal auf damit«, sagte er. »Laß uns schlafen.«

2

Aber er schlief natürlich nicht. Er lag noch stundenlang neben ihr und hörte sie atmen, fühlte ihren Körper leicht zucken, wenn ihr ruheloser Geist durch die Korridore ihrer Träume flüchtete. Nachdem er endlich selbst in einen unruhigen Dämmerzustand gesunken war, wurde er plötzlich von den Geräuschen eines Wagens auf der Straße geweckt. Er setzte sich auf und sah Moira an, die auf dem Rücken lag, dann stieg er aus dem Bett und wollte ins Bad gehen. Die Zeiger des Weckers auf dem Nachttisch standen auf vier Uhr fünfzehn.

Als er am Schlafzimmerfenster vorbeikam, sah er in den Garten hinaus. Ein Auto war die Zufahrt heraufgekommen und parkte jetzt vor dem seinen. Es war ein weißer Ford. Während er noch dastand und hinaussah, ging die Beifahrertür auf, und die Frau stieg aus. Sie kam zum Törchen, entriegelte es und trat in den Garten. Dort blieb sie stehen, ein Schattenriß nur, und sah zum Haus herauf. Er trat ein Stück vom Fenster zurück. Er sah sie kehrtmachen und wieder hinausgehen. Er hörte das leise Klappern, als das Törchen zuging. Sie stieg wieder ins Auto. Die Autotür klappte zu. Dann gingen die Scheinwerfer einmal kurz an und aus. War das ein Signal? Es war dasselbe Pärchen, derselbe Wagen, der vor ein paar Stunden an der Straße vor dem Haus geparkt hatte. Vielleicht hatten sie die ganze Zeit das Haus beobachtet? In der Somerton Road war letzte Woche eingebrochen worden.

Er drehte sich um und betrachtete die schlafende Moira. Sie war nicht aufgewacht. Jetzt kamen zwei dunkle Männergestalten die Zufahrt herauf und auf den weißen Ford zu. Sie gingen daran vorbei, und der eine öffnete leise das Gartentörchen. Als er sie kommen sah, machte er kehrt, eilte aus dem Schlafzimmer und lief die Treppe hinunter. Im Erdgeschoß angekommen, blieb er stehen und lauschte. Er hörte an der Hintertür Stimmen flüstern. Er wußte, daß die Hintertür verschlossen war. Sogleich machte er wieder kehrt und lief in die vordere Diele, wo unter der Garderobe das Telefon stand. Im selben Moment hörte er hinter sich ein Klirren von zerbrochenem Glas. Er erreichte die Diele, mußte aber in der Dunkelheit erst lange zwischen Handschuhen und Schals nach dem Telefonhörer suchen. Gerade als er abhob, erklangen hinter ihm Schritte.

»Auflegen!« befahl eine Stimme. »Und bleiben Sie, wo Sie sind.«

Ein Lichtstrahl schien ihm blendend ins Gesicht. »Wo ist der Schalter?« fragte eine zweite Stimme. Es waren die Stimmen junger Männer, klanglos, mit nordirischem Akzent. Der Lichtstrahl kam näher.

Die Dielenleuchte ging an.

Vor ihm stand mit einer Taschenlampe in der einen und einem Revolver in der anderen Hand eine vermummte Gestalt, das Gesicht unter einem wollenen Kopfschützer, dessen Augenlöcher so weit ausgeschnitten waren, daß man darunter noch die Wangenknochen sah. Er trug Wollhandschuhe, ein billiges blaues Westernhemd mit metallenen Bügelverschlüssen, verwaschene Jeans und Turnschuhe. Hinter ihm stand beim Lichtschalter eine zweite, ähnlich vermummte Gestalt, ebenfalls mit einem Revolver im Anschlag.

Er hatte sie schon in den Fernsehnachrichten oder auf Zeitungsfotos gesehen, theatralische Gestalten, die an Gräbern standen und mit ihren Revolvern paramilitärischen Salut schossen oder hinter einem Banner hermarschierten. Wie die meisten Leute hielt er sich aber aus dem wirklichen Geschehen möglichst heraus, so daß er sie nun zum erstenmal in seinem Leben leibhaftig vor sich sah, hier in seinem Haus, mit echten Revolvern und gesichtslos starrenden Augen, flegelhafte Jungen hinter wollenen Masken. Wer waren sie? Protestanten oder Katholiken – UDA oder IRA? Handelte es sich um einen dieser berüchtigten Irrtümer, wo sie einfach hereinkamen und den Falschen erschossen?

»Was wollen Sie?« Er hörte die Angst in seiner Stimme.

»IRA. Wo ist Ihre Frau?«

»Oben. Sie schläft.«

Während er das sagte, hörte er Schritte in der Küche. Zwei weitere Maskierte kamen durch die Küche in die Diele. Der eine war baumlang und hatte ein Funkgerät bei sich. Beide waren bewaffnet. Sie gingen ins dunkle Wohnzimmer und kamen wieder heraus. Der Lange schaltete das knisternde Funkgerät ab.

»Gehen Sie zu ihr, sie soll runterkommen«, sagte der mit der Taschenlampe zu Dillon, dann zeigte er auf den Kleinsten in der Gruppe. »Volunteer, du gehst mit.«

Der Kleine hielt seinen Revolver auf Dillons Rücken gerichtet, während sie die Treppe hinaufgingen. Oben angekommen, sagte Dillon: »Warten Sie bitte hier. Ich will sie nicht erschrecken.«

Blaue Augen, von den Löchern im Kopfschützer weiß umringt, musterten ihn kurz. »Haben Sie da drinnen ein Telefon?«

»Ja.«

»Dann muß ich mitkommen.«

Dillon schaltete das Flurlicht ein, um ins Schlafzimmer zu sehen. Moira schlief noch. Aber in dem Moment, als er eintrat, setzte sie sich auf.

»Oh!« machte sie. Es war fast ein Schrei, als wäre sie soeben aus einem Angsttraum aufgewacht.

Er sprang ans Bett und nahm sie in die Arme. »Es ist gut, Moira, es ist gut. Ich bin's.«

»Mein Gott«, sagte sie. »Was machst du denn um diese Zeit noch auf?«

Plötzlich ging die Schlafzimmerlampe an. Neben dem Schalter stand der kleine Maskierte und hielt seinen Revolver auf sie gerichtet. »Oh-h!« keuchte Moira, aber Dillon hielt sie fest an sich gedrückt.

»Pssst. Es ist ja gut.«

Sie starrte über seine Schulter hinweg den Maskierten an, dann riß sie sich unversehens aus Dillons Armen. »Wer ist das? Was macht er hier?« fragte sie empört.

»Stehen Sie auf«, befahl der Maskierte.

»Was wollen Sie?« fragte sie keineswegs ängstlich.

»IRA. Ziehen Sie sich an. Wir gehen nach unten.« Er wandte sich an Dillon. »Sie auch. Ziehen Sie sich beide an.«

Dillon zögerte, dann ging er zum Telefonapparat. Sofort kam der Kleine mit vorgehaltenem Revolver angesprungen. »Moment«, sagte Dillon. »Der Anschluß steckt in einer Wandbuchse.« Er bückte sich, zog den Stöpsel heraus und reichte das Telefon dem Eindringling, der zuerst zögerte, es dann aber nahm. »Würden Sie jetzt bitte einen Augenblick draußen warten?« fragte Dillon. Der Bursche nickte und verließ das Zimmer.

Moira ging zu dem Stuhl, auf dem ihre Sachen hingen, zog sich mit einer raschen, fließenden Bewegung das Nachthemd über den Kopf und stand nackt vor ihm, schlank und elfenbeinweiß unter der Deckenleuchte. Dillon blickte sich sofort um, ob der maskierte Jugendliche etwa zusah. Aber der Bandit stand mit dem Rücken zur Tür. Jetzt zog Moira einen Slip und das rote Hemdblusenkleid an, das sie gestern abend getragen hatte. »Wo sind meine Schuhe?« fragte sie.

Er fand sie am Fußende des Bettes. Sie setzte sich vor den Frisiertisch und nahm ihren Lippenstift in die Hand. »Beeil dich«, sagte er.

Sie drehte sich um. »Wozu beeilen? Du bist ja selbst noch nicht angezogen.«

Er nahm hastig Bluejeans und einen Rollkragenpullover aus dem Kleiderschrank, zog sie an und schlüpfte in ein Paar Mokassins. Unterdessen saß Moira vor dem Spiegel und malte mit einem Augenbrauenstift ihre Augen an. Seit er sie kannte, hatte sie sich stets geweigert, sich vor irgend jemandem ohne Make-up zu zeigen, und soeben begann sie an ihren Wimpern herumzustricheln, als ob dieser Bewaffnete ein Botenjunge wäre, den man getrost warten lassen konnte. Doch bei näherem Hinschauen sah er ihre Hand zittern. Er ging zu ihr, beugte sich über sie und sagte ruhig: »Sieh mal, das Ganze ist doch nur ein Irrtum. Uns wird schon nichts passieren.«

Während er mit ihr sprach, hörte er draußen Stimmen. Der erste Bandit, der mit der Taschenlampe, kam ins Schlafzimmer. »Wofür brauchen Sie so lange?« fragte er mit seiner hohen, zornigen Stimme. »Los. Runter jetzt.«

Der Kleine kam wieder herein und scheuchte sie mit vorgehaltenem Revolver auf den Flur hinaus. Die Dielenlampe war inzwischen ausgeknipst worden, und der andere Bandit leuchtete ihnen mit seiner Taschenlampe die Treppe hinunter. »Bleib du an der Haustür«, sagte er zu dem Kleinen. Dann ging er, als wäre er mit dem Grundriß des Hauses schon völlig vertraut, ins dunkle Wohnzimmer und zog das Rollo hinunter. Er knipste die kleine Leselampe an und winkte sie herein. »Setzen Sie sich da drüben hin«, sagte er, wobei er auf das Sofa vor dem Fernseher zeigte. Er schloß die Tür, zog sich einen Stuhl heran und setzte sich ihnen gegenüber.

»Wir bleiben bis zum Morgen hier. Es wird immer einer von uns bei Ihnen sein. Versuchen Sie keine Mätzchen, dann passiert Ihnen nichts.«

Der Mann verbreitete eine fast elektrische Spannung um sich, die ihn gefährlich wirken ließ. Wie er da auf dem Stuhl saß, zuckte sein linkes Bein nervös, und er zwinkerte unablässig mit den Augen, als täte das Licht ihnen weh; die Augen waren rotgerändert, die Wimpern versengt wie durch ein Feuer oder eine Explosion. Seine hohe Stimme und die jugendlich schlanke Figur verrieten, daß unter dem paramilitärischen Pullover und der drohenden Gesichtsmaske ein bewaffnetes Kind steckte, aufgeregt wie jedes Kind, wenn das Spiel auf einmal gefährlich wird.

Dillon sah Moira an. Sie saß aufrecht auf dem Sofa wie auf einem Küchenstuhl, die gefalteten Hände im Schoß, die Knie geziert aneinandergepreßt, als hätte sie und nicht der Bewaffnete hier zu sagen. Sie starrte so unverwandt in die gesichtslose Maske des Banditen, daß dessen Lider immer schneller zwinkerten und sein linkes Bein immer stärker zuckte.

Dieser zitternde Rhythmus, mit dem der gummibesohlte Schuh des Eindringlings auf den abgetretenen

Teppich klopfte, war mittlerweile das einzige Geräusch im Zimmer. Und als könnte er das fortwährende Starren nicht mehr ertragen, gab der Bandit sich plötzlich einen Ruck und sagte in breitem Belfaster Tonfall mit seiner hohen Stimme: »Was starren Sie denn so?«

Moira ließ die Frage einen Moment nachklingen, bevor sie zur Antwort die Worte ausspie: »Nichts Besonderes.«

Dillon rückte instinktiv näher zu ihr, wie um zu verhindern, daß der Bursche sie schlug. Dieser saß jedoch völlig reglos da. Sogar sein Bein zappelte nicht mehr. Plötzlich begann er hinter der Wollmaske zu lachen. »So eine freche Lippe«, meinte er. »Ihr verkommenen, eingebildeten Bourgeois!«

»Sie wissen ja gar nicht, was Bourgeois heißt, dafür sind Sie viel zu dämlich«, sagte Moira. Ihre Aussprache hatte sich verändert. Sie sprach jetzt mit demselben breiten Belfaster Akzent wie der Bandit. »Und damit Sie Bescheid wissen«, sagte sie, »ich stamme von der Falls Road. Kommen Sie mir also bloß nicht damit.«

»Aber von da haben Sie sich inzwischen ganz schön weit entfernt, wie?« meinte der Bandit.

Moira schüttelte mit bösem Lächeln den Kopf. »Überhaupt nicht«, sagte sie. »Und das wird auch so bleiben.«

Der Fuß des Banditen begann wieder zu zucken. »Wo haben Sie denn da gewohnt?«

»In der Divis Street.«

»Dann war Ihr Vater wohl Polizist«, meinte der Bandit, dem vor Wut fast die Stimme kippte.

»Nein, Metzger«, sagte Moira. »Sofern Sie das was angeht.«

Der Fuß hörte auf zu zucken. Der Bandit beugte sich auf seinem Stuhl nach vorn und hielt den auf Moira gerichteten Revolver dabei so zwischen den Schenkeln, daß er aussah wie ein lauernder Penis. Mit seinen zwinkernden kleinen Augen musterte er sie von unten bis oben, von den sandalenbekleideten Füßen über die langen nackten Beine, den schlanken Körper, das blasse Gesicht, bis zu den langen, losen dunklen Haaren. Es war ein so unverhüllt lüsterner Blick, daß Dillon, der ihn sah, sich unwillkürlich aufrichtete. Der Bandit nahm aber keine Notiz von ihm und rückte seinen Stuhl noch ein Stückchen näher an sie heran. »Sie tun sich damit gar nichts Gutes«, sagte er zu ihr. »Soll ich Ihnen eine aufs Maul hauen?«

»Lassen Sie gefälligst meine Frau in Ruhe«, sagte Dillon. Er stand auf. Sofort fuhr der Bandit wütend zu ihm herum und schrie ihn mit seiner hohen Stimme an: »Hinsetzen! Nehmen Sie sich bloß in acht! Hinsetzen!«

Sein Gebrüll hallte so laut durch die stille Nacht, daß sofort Schritte über den Flur geeilt kamen. Die Tür ging auf, und die beiden Bewaffneten, die Dillon zuvor schon gesehen hatte, kamen mit vorgehaltenen Revolvern hereingestürmt. Jetzt blickte er gleich in drei Mündungen. Er fühlte sich wie vor einem Exekutionskommando. »Was gibt's hier?« zischte der eine Neuankömmling.

»Schon gut«, antwortete die hohe, zornige Stimme. »Nichts.«

Einer stieß Dillon den Revolver vor die Brust. »Hinsetzen, los.« Er bekam einen Stoß und fiel neben Moira auf das Sofa. Er sah in die flackernden, gesichtslosen Augen des Langen. »Was wollen Sie eigentlich von uns?« fragte er. »Sind wir hier Geiseln oder was? Und wieso belästigt dieser Schweinekerl meine Frau?«

»Hab sie gar nicht belästigt, sie hat mich belästigt!« Die hohe Stimme kreischte fast.

Der Lange wandte sich von Dillon ab und sagte: »Willst du vielleicht die ganze Straße wecken?« Er nickte dem anderen Banditen zu, der mit ihm hereingekommen war. »Paß du mal auf sie auf.« Und dann mit kalter Stimme: »Volunteer! Komm mal mit raus.«

Er und der Kreischer gingen aus dem Zimmer und zogen die Tür hinter sich zu. Ihr neuer Bewacher, ein dicker Bursche, setzte sich auf den von seinem Vorgänger geräumten Stuhl. Auch er schien noch ein Jugendlicher zu sein, genau wie die anderen. Er legte seinen Revolver neben sich auf ein Tischchen, dann faßte er in seine Hemdtasche und holte ein Päckchen Zigaretten heraus. Nach kurzem Zögern bot er sie Moira und Dillon an. Sie schüttelten beide den Kopf, worauf er die Zigaretten wieder einsteckte.

Dillon sah Moira am ganzen Leib zittern. Er rückte näher zu ihr, und als sie ihn ansah, hatte sie Tränen in den Augen. »Was wollen die von uns?« fragte sie leise. Er zuckte die Achseln, was heißen sollte, daß er es auch nicht wußte. Er wollte den Arm um sie legen, aber sie wehrte ihn ab, als hätte er vor einem Fremden etwas Ungehöriges getan.

Was *konnten* sie von ihnen wollen? Er hatte gelesen, daß sie manchmal in Häuser eindrangen und die Bewohner für ein paar Stunden zu Geiseln nahmen, um mit deren Autos inzwischen Bombenanschläge oder Überfälle zu verüben. Dies war ein wohlhabendes Viertel. Möglicherweise wohnte in der Umgebung ein Oberrichter oder ein hoher Unionist, den sie ermorden wollten. Oder sie planten einen Bombenanschlag auf eine Polizeikaserne. »Wir bleiben bis zum Morgen hier«, hatte der mit der hohen Stimme gesagt.

Er versuchte zu zählen. Vier sind im Haus. Dazu der Mann und die Frau, die draußen in dem weißen Ford Wache halten. Ob sie Teddy umgebracht haben? Schon möglich. Damit er keine Aufmerksamkeit auf sie lenkte, wenn er kam und nach seinem Futter maunzte? War das der Grund? Es kann nicht sein, daß sie es auf uns abgesehen haben. Wir werden nur zu irgend etwas benutzt.

Er wandte sich an Moira. »Du«, sagte er leise. »Die wollen nichts von uns. Wenn wir tun, was sie sagen, passiert uns nichts.«

»Woher weißt du, was die wollen?« fragte Moira mit hysterisch lauter Stimme. »Sie sind in unserm Haus, sie bedrohen uns mit Revolvern. Es sind genau dieselben, die Kindern in die Kniescheiben schießen und Unschuldige anstelle derer in die Luft jagen, die sie eigentlich umbringen wollen, und du sagst, sie tun uns nichts. Aber irgendwem wollen sie etwas tun, oder etwa nicht?«

Während sie sprach, drehte Dillon sich um und sah den dicken Bewacher an, der beim Zuhören halb mit dem Kopf nickte, als sei er ganz ihrer Meinung. Als sie fertig war, beugte er sich zu ihnen vor und sagte ruhig, fast bittend: »Hören Sie, Missis, es tut mir ja leid, aber was Ihr Mann da sagt, ist richtig. Wir sind nicht hier, um Ihnen was zu tun, aber lassen Sie sich gesagt sein, daß dieser andere Volunteer, der vor mir hier war, Ihnen schon was tun *könnte*, wenn Sie ihn reizen. Das sage ich Ihnen zu Ihrem Besten. Ihr Mann hat recht. Tun Sie, was wir sagen, dann passiert Ihnen nichts.«

»Aber irgendwem *wird* etwas passieren«, sagte Moira mit bebender Stimme.

Der Dicke antwortete nicht.

Sie saßen da und schwiegen. Dillon hörte Leute auf dem

Flur umhergehen. Wenig später begann Moira keuchend und abgehackt zu schluchzen und ballte die Fäuste, als wollte sie ihre Tränen damit ersticken. Er legte den Arm um sie, und diesmal wehrte sie sich nicht dagegen.

Sie weinte. Er hielt den Arm um sie und hätte sie gern getröstet. Egal was diese Leute sagten, sie konnten beide tot sein, bevor es Morgen wurde. Er glaubte an keinen Gott, keine Religion, keine irgendwie geartete Ordnung oder Absicht in dieser Welt. Er hatte einst geglaubt, ein Dichter zu sein, und gehofft, sein Werk werde gelesen, und Schreiben könne der Sinn seines Lebens sein. Es war nicht so gekommen. Er hatte geglaubt, Moira zu lieben, aber da hatte er sich geirrt. Er hatte daran geglaubt, daß ausgerechnet heute abend sein Glück sich endlich gewendet habe und er morgen den Mut finden werde, ihr die Wahrheit zu sagen und wegzugehen, weg von ihr, in ein neues Leben. Aber wie könnte er morgen, nach den Geschehnissen dieser Nacht, vor sie hintreten und ihr das sagen? Er sah sie an, wie sie jetzt weinte in ihrer Wut und Angst vor diesen Terroristen, und was er für sie empfand, war nicht Liebe, vielmehr Mitleid und Verzweiflung. Hätte er sich doch nur schon einen Monat früher entschlossen, sie zu verlassen, dann wäre dies alles nicht passiert. Das Haus wäre leer gewesen, Moira würde bei ihren Eltern wohnen oder bei jemandem wie Peg. Einmal mehr hatte sein Leben eine falsche Wendung genommen. Einmal mehr hatte er zu spät gehandelt.

Schritte. Die Tür ging auf. Der Lange erschien im Türrahmen, in der Hand das Funkgerät, das knisternde Geräusche von sich gab. Er zeigte auf Dillon. »Wo sind Ihre Autoschlüssel?«

»Im Schlafzimmer. Oben.«

»Ich brauche sie. Kommen Sie mit.«

Er stand auf und folgte dem Burschen auf den dunklen Flur. Die Taschenlampe leuchtete ihnen den Weg nach oben. Auf dem Treppenabsatz knipste er die Schlafzimmerlampe an und ging ins Zimmer. Autoschlüssel, Kleingeld und Brieftasche lagen auf dem Nachttisch. Eine Stimme hinter ihm sagte: »Geben Sie her.« Er gehorchte. Sie gingen wieder die Treppe hinunter, deren Dielen durch den verschlissenen Läufer unter ihren Schritten knarrten. In der Diele drehte sich das maskierte Gesicht zu ihm um. »Wieviel Benzin ist in Ihrem Auto?«

»Der Tank ist halbvoll.«

»Gut. Gehen Sie wieder hinein.«

Als er die Wohnzimmertür öffnete, saß Moira in sich zusammengesunken auf dem Sofa; sie drehte sich bei seinem Eintreten um und sah ihn angstvoll und erleichtert an. Beschämt erkannte er, daß sie Angst um ihn gehabt hatte. »Alles in Ordnung?«

Er nickte. »Machen Sie die Tür zu, und setzen Sie sich wieder hin«, befahl der Dicke. Er hörte den Langen über den Flur zur Küche gehen, dann schlug die Hintertür.

Sie wollen mein Auto nehmen. Sie wollen damit wegfahren, und ehe die Nacht vergeht, werden sie jemanden ermorden. Oder sie packen eine Bombe hinein und stellen ihn irgendwo vor einem Gebäude ab, das sie in die Luft jagen wollen. Sie werden jetzt jeden Moment wegfahren.

Aber sie fuhren nicht weg. Er lauschte, aber draußen auf der Zufahrt sprang kein Motor an. Minuten vergingen. Moira stand auf, ging von der einen Seite des Zimmers auf die andere und wandte sich dann an den Dicken. »Ich muß auf die Toilette.«

Der Dicke nickte, ging zur Tür und rief: »Volunteer!«

Jemand kam aus der Küche und leuchtete mit einer Taschenlampe durch den dunklen Flur. Als er ins Zimmer trat, sah Dillon bestürzt, daß es wieder der eine IRA-Mann war, der Wüterich, der Moira so aufgeregt hatte.

»Sie muß aufs Klo«, sagte der Dicke.

Der Wüterich nickte. »Kommen Sie mit«, sagte er zu ihr. »Wo ist es? Oben?«

»Ja.«

Dillon stand auf. »Ich gehe mit«, sagte er.

»Setzen Sie sich«, sagte der Wüterich. »Wenn Sie auch müssen, gehen Sie nacheinander.«

Moira legte Dillon die Hand auf den Arm. »Schon gut«, sagte sie. Der Wüterich folgte ihr auf den Flur und machte die Tür hinter ihnen zu.

Dillon lauschte angestrengt nach jedem Geräusch. Er hörte das Knarren der Treppendielen, dann ging eine Tür zu. Einen Augenblick später wurde die Stille vom Geräusch eines Autos unterbrochen, das vor dem Haus vorbeifuhr. War es seines? Was tat sich oben? Er dachte an den lüsternen Blick des Wüterichs, als Moira gegen ihn zu sticheln begonnen hatte. Sie war jetzt allein mit ihm da oben.

Er stand auf, aber sofort hob der Dicke seinen Revolver. »Hören Sie«, sagte er zu seinem Bewacher. »Könnten wir nicht nach oben gehen, Sie und ich zusammen? Ich traue diesem Lumpen nicht.«

»Sie trauen ihm wieso nicht?« fragte der Dicke.

»Das wissen Sie genau«, sagte Dillon.

»Sie denken, daß er sich an sie ranmacht?« Der Dicke schüttelte den Kopf. »Nein, keine Bange. So was tut er nicht.«

»Woher wollen Sie das wissen? Ich bitte Sie nur um einen Gefallen. Gehen wir nach oben.«

»Wir bumsen nicht mit Weibern, wenn wir im Einsatz sind«, sagte der Dicke entrüstet. »Das ist nicht drin. Nie. Das ist ein militärischer Einsatz.«

»Ihr seid verdammt noch mal kein Militär!« rief Dillon, plötzlich wütend. «Militärischer Einsatz, daß ich nicht lache!«

»Sehen Sie sich bloß vor«, sagte der Dicke. »Setzen Sie sich. Und überlegen Sie gut, was Sie sagen, verstanden? Dieser Volunteer, der jetzt mit Ihrer Frau oben ist, der haut Ihnen eine aufs Maul, wenn Sie das zu ihm sagen, verlassen Sie sich darauf. Aber ich will hier keinen Ärger mit Ihnen. Nur die Ruhe. Ihre Frau kommt gleich wieder runter.«

Er sah auf die Uhr. Es war zwanzig nach fünf. Er setzte sich wieder. Fünf Minuten vergingen.

»Na, wo bleibt sie denn?« fuhr Dillon auf. Der Dicke senkte den Kopf, als dächte er über die Frage nach. Mit seinem Kopfschützer sah er aus wie ein Schauspieler im mittelalterlichen Ritterhelm auf einer Shakespeare-Bühne.

Oben im Haus hörte man jetzt jemanden an eine Tür hämmern. Der Ritterhelm flog ruckartig hoch. Eine Stimme rief etwas, aber Dillon verstand es nicht. Der Dicke stand auf, ging zur Tür und öffnete sie. »Kev?« rief er nervös.

Wieder das Hämmern von oben. Diesmal vernahmen Dillon und sein Bewacher deutlich die hohe Stimme des Wüterichs. »Hören Sie? Kommen Sie raus da, sonst schlage ich die Tür ein.«

Der Dicke drehte sich zu Dillon um. »Wir sollten lieber mal raufgehen. Außer ihm und mir ist keiner im Haus. Los.«

Er winkte Dillon mit seinem Revolver in die Diele und

knipste dort das Licht an, bevor sie hinaufgingen. Die Toilette war auf dem oberen Treppenabsatz. Dort kam ihnen schon der Wüterich entgegen, und seine Stimme bebte vor Zorn und Angst. »Sie ist schon viel zu lange da drin. Und vorhin hat sie ganz lange gespült. Irgend etwas treibt die da drinnen.«

Dillon dachte plötzlich an das Toilettenfenster und den Gartenschuppen, dessen Dach sich drei Meter darunter befand. Er schob sich rasch an den Banditen vorbei und klopfte an die Tür. »Moira! Ich bin's, Moira. Ist alles klar?« Er hielt das Ohr an die Tür. Drinnen hörte er den Wasserkasten vollaufen. Eine Hand stieß ihn beiseite. Kev, der Wüterich, warf sich mit der Schulter gegen die Tür.

Der Krach schreckte den Dicken auf, der sagte: »Pst! Du weckst die ganze Straße auf. Warte.« Der Dicke zog ein Portemonnaie aus seiner Gesäßtasche, nahm ein Plastikkärtchen heraus und drückte es gefühlvoll unter dem Schloß zwischen Tür und Rahmen. Dann schob er es mit wackelnden Bewegungen hoch und nieder und bewegte dabei den Türknauf. Die Tür ging auf. Genau in diesem Moment hörte Dillon zu seinem Entsetzen etwas auf das Dach unter dem Fenster plumpsen.

In der Toilette brannte Licht. Aber niemand war darin. Das Fenster stand offen. Es war kein großes Fenster, gerade so, daß ein Mensch hindurchpaßte. Die Banditen rannten hin. Kev war zuerst da. Er sah hinaus, wuchtete sich auf die Fensterbank, steckte seinen Revolver in den Gürtel, schwang die Beine hinaus und sprang in die Finsternis. Sie hörten ihn auf dem Schuppendach landen. Dillon erreichte das Fenster zugleich mit dem Dicken und spähte nach draußen. Gerade kroch Moira auf allen vieren über das schräge Schuppendach zum Rand, offenbar um mit einem zweiten Sprung den Gartenweg darunter zu erreichen. Doch Kev war inzwischen auf die Beine gekommen und schlitterte verwegen hinter ihr drein. Sie blickte sich um, sah ihn und schrie: »Hilfe! Hilfe!« Doch gerade als ihre Stimme hoch und laut durch die Dunkelheit hallte, warf Kev sich über sie und hielt ihr den Mund zu.

Dillon war mit einem Satz aus dem Bad. Er sprang die Treppe hinunter, sein Bewacher hinterdrein. »Halt!« rief der Dicke ihm in Todesängsten nach. »Wollen Sie erschossen werden?«

Dillon drehte sich kurz nach ihm um und lief weiter durch die Küche und hinaus in den Garten.

Schnelle Schritte eilten ihm entgegen. Zwei Maskierte kamen von der Zufahrt her, rannten mit einer wild blitzenden Taschenlampe auf den Schuppen zu. Dillon, der in dieselbe Richtung lief, sah die Männer jetzt deutlicher. Einer von ihnen, der Lange, der seine Autoschlüssel genommen hatte, leuchtete mit der Taschenlampe zum Schuppendach hinauf. »Was ist da los?« rief er leise.

Über ihnen, scharf vor dem Nachthimmel abgehoben, stand Kev und hielt Moira wie eine Geisel vor sich, eine Hand auf ihrem Mund. »Alles klar«, flüsterte Kev. »Ich hab sie.«

Der Dicke hatte Dillon eingeholt und stieß ihm seinen Revolver in den Rücken. »Bleiben Sie stehen, wo Sie sind!«

»Moira!« rief Dillon.

Der Lange fuhr herum und schlug ihm mit der Faust in den Magen. »Schnauze!«

Der Schmerz nahm Dillon die Luft. Er sah, wie sie Moira vom Dach herunterließen, sah den Strahl der Taschenlampe kurz über ihr rotes Kleid und die langen nackten Beine huschen. »Licht aus!« zischte der Lange. »Und schafft die beiden nach drinnen.«

Die Taschenlampe ging aus. Dillon versuchte im Dunkeln zu Moira zu gehen, aber der Dicke trat ihm gegen das Schienbein. »Los, ins Haus mit euch, oder ich lege euch um!«

Er taumelte, von dem Banditen geschubst, zur Küchentür. Vor sich sah er Moira und Kev, der ihr noch immer den Mund zuhielt. Er hörte angstvolle, wütende Stimmen.

»Was hast du da für einen Scheiß gemacht?«

»Gar nichts hab ich gemacht. Ich mußte sie aufs Klo lassen, und da ist sie aus dem Fenster gesprungen. Die ist doch nicht ganz dicht.«

Nachdem sie alle wieder in der Küche waren, sagte der Lange: »Zurück ins Wohnzimmer, ihr zwei.« Er hatte es nicht zu Dillon und Moira gesagt, sondern zu Kev und dem Dicken. Zugleich schaltete er sein Funkgerät ein. Dann gingen er und der andere wieder nach draußen.

Sowie sie fort waren, knipste Kev seine Taschenlampe an und leuchtete Moira damit ins Gesicht. Er packte sie am Arm und schob sie durch die Küche in die Diele. Dillon, dem der Dicke seinen Revolver ins Kreuz drückte, folgte ihnen. Im Wohnzimmer, wo das Licht noch an war, sah er, daß Moira sich bei dem Sturz die Knie blutig geschlagen hatte. Ihr rotes Kleid war an der Schulter aufgerissen, so daß man darunter den dünnen weißen Träger ihres Büstenhalters sah. Kev schloß die Tür und gab ihr einen wütenden Stoß, der sie aufs Sofa warf. Dillon sprang zu ihm und packte ihn am Arm. »Laß sie gefälligst in Ruhe, Kev!«

Kev riß sich los. »Was sagen Sie da?«

»Ich sage, du sollst sie in Ruhe lassen, Kev.«

Kevs rotumränderte Augen zwinkerten, als hätte ihm

jemand einen Schlag versetzt. Er wandte sich an den Dikken. »Was redet der da?«

Der Dicke schien auf einmal ganz verlegen. Er setzte sich rittlings auf einen Stuhl. »Keine Ahnung.«

Kev wandte sich wieder an Dillon. »Ich heiße nicht Kev. Wer hat Ihnen denn erzählt, ich hieße Kev?«

Dillon antwortete nicht. Kev schickte einen Blick zu dem Dicken, der ihm aber auswich. Dann sagte er mit seiner hohen, hysterischen Stimme: »Hier wird von jetzt an nichts mehr geredet.« Er zeigte auf Dillon. »Los, hinsetzen!«

»Lassen Sie mich bitte in die Küche gehen und Heftpflaster holen, damit ich meiner Frau die Wunden reinigen kann«, sagte Dillon.

»Nicht nötig«, sagte Moira. »Bleib hier, Michael.«

Er setzte sich neben sie und nahm ihre Hand. Es herrschte eine erneute Spannung im Zimmer. Es war, als hätte Moira mit ihrem Fluchtversuch das Gleichgewicht der Angst verschoben. Jetzt waren es ihre Bewacher, die Angst hatten. Konnte jemand ihren Hilferuf gehört haben? War ein Nachbar ans Fenster gegangen und hatte gesehen, was sich im Garten abspielte? Rief etwa jemand in diesem Moment die Polizei an?

Plötzlich rief Kev, wie um diesen Gedanken zu bestätigen: »Licht aus!« Der Dicke knipste das Licht aus. Kev ging ans Fenster und schob das Rollo halb hoch. Auf der Straßenseite gegenüber parkte der weiße Ford. Die Straße war leer. Kev beobachtete noch eine Weile, dann zog er das Rollo wieder herunter. Das Licht ging an.

Kev schob seine Hand unter den wollenen Kopfschützer, um sich das Gesicht zu kratzen. Dabei sah er nervös zu dem Dicken, der seine Zigaretten herauszog und Kev eine anbot. Kev zögerte zuerst, dann nahm er eine. Der Dicke riß ein Streichholz an, und beide schoben ihre Masken ein Stückchen hoch, um die Zigaretten zum Mund führen zu können. Dillon sah, daß Kevs Kinn so unbehaart war wie das eines Kindes. Seine Wange war gerötet von einer schmerzhaften Akne. Er und der Dicke stellten sich, während sie ihre Zigaretten pafften, von Dillon und Moira abgewandt, als wollten sie ihre Gesichter verstekken. Nach ein paar Zügen sagte der Dicke unruhig: »Wir sollten uns an die Regeln halten.«

»Ja, machen wir sie aus«, pflichtete Kev ihm hastig bei. Sie drückten rasch die Zigaretten aus und steckten die Kippen in die Hosentaschen. Kev begann im Zimmer auf und ab zu gehen und mit den Armen zu wedeln, als wollte er den Rauch verteilen, dann setzte er sich in sichtlicher Erregung wieder hin, und kurz darauf sah Dillon ihn sich umdrehen und sein pickliges Gesicht unter der Wollmaske kratzen. Dabei zuckte er, als täte es weh. Dillon, der ihn beobachtete, erschrak ein bißchen, als er sah, daß Kev, obwohl er sein Gesicht von Dillon und Moira abgewandt hatte, genau in den Wandspiegel über dem Bücherschrank blickte. Dillon sah sich nach Moira um, aber Moira hatte sich zurückgelegt und starrte wie in Trance an die Decke.

Wieder drehte Dillon sich zu Kev um und erstarrte vor Schrecken. Kev, der sich unbeobachtet glaubte, hatte seine Wollmaske hochgeschoben und kratzte an einem Furunkel unmittelbar unter dem linken Auge herum. Im Spiegel sah Dillon jetzt endlich sein Gesicht, das von Pickeln übersäte Gesicht eines Jugendlichen, einen fast mädchenhaften Mund mit weichen Lippen, einen dünnen Hals und eine schmale, spitze Nase. Er sah das alles nur so kurz, wie man mit einer Kamera zum Scharfstellen und Abdrücken brauchen würde, dann zog Kev die Maske herunter und drehte sich wieder um, ohne zu ahnen, daß er beobachtet worden war. Er nahm seinen Revolver in die Hand. Wieder begann sein linker Fuß wie im Krampf zu zucken.

»Kannst du die Zappelei nicht mal abstellen?« meinte plötzlich der Dicke. »Du machst mich wahnsinnig damit.«

»Leck mich am Arsch«, sagte Kev, aber er legte die Hand auf den Oberschenkel, um das Zucken zu unterdrücken. Er sah zu Moira hinüber, stierte mit seinen rotränderten Augen ihren Körper an. Sie ignorierte ihn und sah an die Decke. »Was gibt's da oben eigentlich zu sehen?« fragte er plötzlich und lachte. «Sie scheinen wirklich nicht ganz dicht zu sein, wie?« Er wandte sich an den Dicken. »Das muß man sich vorstellen, daß wir hier die Irrenwärter spielen dürfen!«

»Gib schon Ruhe«, antwortete der Dicke. »Keiner hat sie gehört.«

»Woher wollt ihr das wissen?« fragte Moira.

Ihre Worte klangen wie eine Verurteilung aller Anwesenden. Plötzlich saßen alle vier wie erstarrt und lauschten. Dillon, der in den schlaflosen Nächten der letzten Monate schon oft um diese Zeit wach gelegen hatte, wußte, daß Belfast bei Nacht so still war wie ein Dorf in Frankreich. Es war auch jetzt still. Niemand hatte Moira gehört. Niemand würde kommen.

Auf dem Flur war plötzlich ein Knistern zu hören, dann gedämpfte Stimmen aus einem Funkgerät. Kev und der Dicke wechselten einen besorgten Blick. Kev stand auf und ging noch einmal mit wedelnden Armen durchs Zimmer, um den Zigarettenrauch zu verteilen.

»Mach das Fenster auf«, riet der Dicke.

Kev schüttelte den Kopf und kehrte auf seinen Platz

zurück. Sie hörten Schritte auf dem Flur. Die Tür ging auf, und der Lange trat ein. Er sah zuerst zu Moira, dann zu den beiden Bewachern. »Alles klar«, sagte er. »Ihr könnt Pause machen. Ich passe auf die beiden auf.»

Kev und der Dicke standen sofort auf und verließen das Zimmer. Der Lange schob einen Stuhl näher zu ihnen und setzte sich rittlings darauf, dann rückte er ihn noch etwas näher, um Moira und Dillon unmittelbar gegenüber zu sitzen.

»Das war ein dummer Streich, den Sie uns da spielen wollten«, sagte er zu Moira. Er wandte sich an Dillon. »Wenn Sie beide heute nacht nicht mitspielen, wird's Ihnen noch leid tun. Vielleicht nicht sofort, aber später – in einer Woche, einem Monat. Wir vergessen Sie nicht. Wenn Ihnen jemand wegen heute nacht Fragen stellt, Sie wissen nichts. Ist das klar?«

Dillon antwortete nicht.

»Dieses Unternehmen ist nämlich noch nicht beendet, es fängt gerade erst an. Wie ich höre, hat Ihre Frau vorhin eine ziemlich freche Lippe riskiert. Ich glaube, ihr ist einiges nicht klar. Verstehen Sie, was ich meine?«

»Was soll mir nicht klar sein?« fragte Moira plötzlich.

Er beachtete sie nicht. Er sprach weiter zu Dillon.

»Es ist an Ihnen, sie im Zaum zu halten, verstanden? Zu ihrem eigenen Besten.« Er schnupperte. »Rauchen Sie?«

Dillon schüttelte den Kopf.

»Beide nicht?«

Dillon schüttelte wieder den Kopf. Augenblicklich stand der Lange auf, ging zur Tür, öffnete sie und rief leise: »Volunteer!«

Sekunden später erschien der Dicke an der Tür.

»Habt ihr hier geraucht?«

»Nur die eine Zigarette. 'tschuldigung.«

»Beide?«

Soeben kam Kev dazu. »Du auch?« fragte der Lange.

Kev nickte. »'tschuldigung.«

»Scheiße!« schimpfte der Lange. »Was heißt hier Entschuldigung? Habt ihr eure Masken abgenommen?«

»Sie haben uns nicht gesehen«, antwortete der Dicke. »Wir haben uns umgedreht. Es waren nur ein paar Züge. Ganz kurz.«

Der Lange sah sie an, dann machte er ihnen die Tür vor der Nase zu und ließ sie draußen stehen. Er kam ins Zimmer zurück und setzte sich Moira und Dillon wieder gegenüber. »Sie sind doch Katholiken, oder?« fragte er.

»Das geht Sie gar nichts an«, sagte Moira.

»Ich meine, sollten Sie etwas gesehen haben, was nicht für Sie bestimmt war, werden Sie doch sicher beide nicht darüber reden, oder? *Oder?* Wohlgemerkt, ich drohe nicht. Ich weiß ja, daß Sie beide bestimmt nicht mehr für die Briten übrig haben als wir andern alle.«

»Was Sie nicht alles wissen!« sagte Moira. Sie wandte den Kopf und sah ihn böse an. Sofort ergriff Dillon warnend ihre Hand. Aber sie befreite sich und ging erneut auf den Banditen los. »Für wen halten Sie sich eigentlich, uns hier zu sagen, was wir zu tun haben? Wissen Sie, was ich mir eben die ganze Zeit überlegt habe? Wer ist schuld daran, daß ihr heute nacht in meinem Haus seid? *Ich* bin schuld. Ich weiß nicht, wie wir euch so weit kommen lassen konnten. Wenn die nordirischen Katholiken morgen abstimmen könnten, würdet ihr keine fünf Prozent bekommen. Ihr seid doch nur ein einziges Lumpenpack, IRA und UDA, Protestanten oder Katholiken, ihr betreibt alle dasselbe Geschäft. Gangster, alle miteinander. Es gibt keine Baustelle in der Stadt, keine Kneipe, die nicht von euch oder der UDA um Schutzgeld erpreßt wird. *Schutzgeld*! Militärische Einsätze, zum Totlachen! Ihr habt aus diesem Land ein Schlachthaus gemacht, und wenn man euch morgen den ganzen Laden in die Hände gäbe, wüßtet ihr nicht das allermindeste damit anzufangen.«

»Halten Sie die Fresse!« sagte der Lange. »Haben Sie gehört? Sie sollen die Fresse halten, sonst werde ich sie Ihnen stopfen.«

»Nur zu, schlagen Sie mich doch«, sagte Moira.

»Was soll das nützen? Sie sind ja nur eine Frau, Sie wissen überhaupt nicht, wovon Sie reden.«

»Nein? Dann will ich Ihnen mal was sagen, und das *weiß* ich. Ihr kämpft für niemandes Freiheit. Nicht für meine, nicht für die Freiheit Nordirlands, für niemanden. Ihr sorgt für nichts anderes, als daß die Menschen einander immer noch mehr hassen. Aber darauf kommt es euch vielleicht ja an, oder? Wenn nämlich die Katholiken hier plötzlich aufhörten, die Protestanten zu hassen, wo bliebe dann die IRA? Und das schlimmste ist, daß ich meinen Atem verschwende, wenn ich mit euch rede, weil ihr zu dumm seid, um zu begreifen, welchen Schaden ihr angerichtet habt.«

Die gesichtslosen Augen sahen sie starr aus den Löchern der Wollmaske an. »Sind Sie fertig?«

»Wollen Sie mehr hören?« fragte Moira.

Er stand auf, ging zur Tür und öffnete sie. »Kommt rein, ihr zwei«, sagte er. Kev und der Dicke kamen vom Flur herein. »Und ich bitte mir Ruhe aus. Absolute Ruhe. Kein Wort.«

Er ging hinaus und machte die Tür hinter sich zu. Kev und der Dicke nahmen ihre vorherigen Plätze wieder ein.

Kev sah Dillon an. »Haben Sie ihm gesagt, daß wir geraucht haben?«

Dillon antwortete nicht.

»Ihr beide werdet's noch mal bedauern, daß ihr mir je begegnet seid«, sagte Kev.

»Pst«, machte der Dicke und wies mit dem Daumen zur Tür. Kev nickte, dann starrte er Moira wieder mit diesem hungrigen, lüsternen Blick an, der mit Haß gemischt war. Auch Dillon sah sie an. Sie war wütend und voller Angst, aber sie zeigte einen Mut, den er nicht hatte. Sie war es, die den Fluchtversuch gemacht hatte, sie stellte sich ihnen entgegen. Vor ihr fürchteten sie sich. Mit ihm hofften sie reden zu können. Er mußte an die Worte des Langen denken, vor Moiras Ausbruch: *Dieses Unternehmen ist noch nicht beendet, es fängt gerade erst an.* Vielleicht wollten sie nicht nur sein Auto benutzen? Vielleicht führten sie noch etwas anderes im Schilde?

Und auf einmal fiel es ihm wie Schuppen von den Augen. Sie planten vielleicht einen Bombenanschlag auf das Hotel. Es gehörte zu ihrer Taktik, Touristen abzuschrekken, indem sie Hotels in die Luft jagten. Sie brauchten sein Auto, um die Bombe durch die Sicherheitskontrolle zu bekommen. Mit ihm am Steuer? Und womöglich noch mit Moira im Wagen?

In diesem Moment ging die Tür auf, und der Lange kam mit seinem Funkgerät herein, das leise knisterte. »Macht das Licht aus«, flüsterte er. Kev sprang sofort zum Schalter. Das Zimmer wurde schwarz. »Keine Taschenlampen, nichts«, sagte die Stimme des Langen. »Paßt auf die beiden auf. Und Totenstille. Totenstille, verstanden?«

Dillon fühlte in der Dunkelheit, wie ihm ein kalter, schwerer Revolver an den Kopf gedrückt wurde, dicht unterm Ohr. Neben sich hörte er Moira nach Luft schnappen, als ginge es ihr ebenso. Er hörte im Dunkeln die Atemzüge ihrer Bewacher. Das Funkgerät begann wieder zu rauschen. Eine Frauenstimme sagte: »Zweite Gruppe. Zweite Gruppe.«

»Hier zweite Gruppe. Kommen«, antwortete der Lange.

»Fußstreife kommt von der Antrim Road herauf.«

»Wie viele?«

»Vier. Sie haben Funkgeräte bei sich. Funkstille. Ende.«

»Ende.« Das Rauschen verstummte. Der Lange sagte: »Ich gehe nach hinten raus.«

Dillon hörte ihn durch die Diele in die Küche gehen. Die Revolvermündung unter seinem Ohr verrutschte ein wenig, und der Dicke flüsterte: »Sehen Sie sich vor, kapiert? Ruhe!«

Dann flüsterte Kev in Moiras Ohr: »Wenn Sie nicht still sind, schieße ich Ihnen die Birne runter.«

Die flachen, aufgeregten Atemzüge seines Bewachers, der kalte Stahl unter seinem Ohr, der Gedanke, daß eine Polizeistreife, bewaffnet und wahrscheinlich in Funkkontakt mit einem Panzerwagen, von der Antrim Road heraufkam und sich auf der Allee dem Haus näherte, vielleicht von einem Nachbarn alarmiert, der Moiras Schrei gehört und die Vorgänge im Garten beobachtet hatte – diese Gedanken, diese Gefühle erfüllten Dillon mit einer wirren Mischung aus Angst und Hoffnung.

Irgendwo da draußen kommen Polizisten auf dieses Haus zu, beobachtet von dem Mann und der Frau in dem weißen Ford, vielleicht auch noch von anderen IRA-Leuten, die bewaffnet sind und jederzeit bereit, das Feuer zu eröffnen. Wenn die Polizei nun an die Tür kommt und läutet? Wird das die Schießerei auslösen?

Plötzlich saß er mit seinen Peinigern in einem Boot, gefangen, auf den Beginn der Gewalttätigkeiten wartend und betend, daß die Polizei vorbeigehen möge. Wie oft hatte er schon gelesen, daß in solchen Schießereien unschuldige Passanten getötet wurden, sogar Kinder!

Wenn sie Moira und mich jetzt töten, wird es völlig umsonst sein. Unser Tod wird ein weiteres Glied in der langen Kette sinnloser Morde sein. Die Polizei wird uns nicht retten. Laß sie vorbeigehen. Bitte laß sie vorbeigehen.

In der Stille hörte er hinter sich die Tür aufgehen. Er wollte sich unwillkürlich umdrehen, aber die Revolvermündung bohrte sich in seinen Nacken und zwang ihn stillzuhalten. Jemand war ins Zimmer gekommen und ging an ihm vorbei. Da er mit dem Gesicht zum Fenster saß, sah er, daß dieser Jemand das Rollo an einer Seite ein wenig anhob, so daß ein Teil der Straße zu sehen war. Eine Stimme flüsterte: »Sie kommen die Allee herauf. Zu viert.«

Dann hörten sie es, das langsame, schwerfällige Rumpeln eines Panzerwagens, der die Allee heraufkam. Augenblicklich stieg die Spannung im Zimmer auf den Siedepunkt. Das Geräusch wurde lauter, und auf einmal sah Dillon durch den schmalen Fensterspalt im Schein der Straßenbeleuchtung vier bewaffnete Polizisten, die auf der anderen Straßenseite gingen, sich vorsichtig vorwärts bewegten, immer nach links und rechts spähend und einander Deckung gebend. Sie gingen weiter, jetzt wieder außer Sicht, dann rumpelte der Panzerwagen vorbei, grau, drohend und blind, während über ihm der Lauf eines Maschinengewehrs hin und her schwenkte wie ein fremdartiger Rüssel. Er fuhr vorbei.

Sekunden später hielt er an. Eine Stimme auf der Straße rief etwas. Eine zweite Stimme antwortete.

Sie kommen zurück, dachte Dillon.

Dann flüsterte der Bandit, der am Fenster stand: »Alles klar. Sie steigen ein.«

Der Panzerwagen fuhr wieder an. Sie horchten, wie sein Rumpeln immer leiser wurde, bis es nicht mehr zu hören war. Der IRA-Mann am Fenster ließ das Rollo fallen. »Pst!« sagte er. »Keiner rührt sich, bis wir Entwarnung bekommen.«

Der Dicke, der Dillon festhielt, ließ ein wenig locker. Kevs hohe Stimme flüsterte: »Was suchen die?«

Niemand antwortete ihm. Doch dann sagte Moira in ganz normaler Lautstärke: »Ihr habt vor Angst noch die Hosen voll, wie?«

Dillon fühlte neben sich auf dem Sofa, wie Kev mit ihr rang, hörte Moira keuchen, als Kev ihr den Mund zuhielt. Der Dicke preßte ihm die Revolvermündung ans Ohr. »Rühr dich nicht!«

Eine dritte Stimme, die des Mannes am Fenster, sagte: »Die Luft ist rein.« Der Strahl einer Taschenlampe fiel auf Moira. Kev hatte ihr eine Hand auf den Mund, die andere um die Kehle gelegt, als wollte er sie erwürgen.

»Laß sie los«, sagte der andere IRA-Mann. Die Wohnzimmerlampe ging an. Das »Laß sie los« war von dem einen IRA-Mann gekommen, den Dillon vorhin im Garten kurz gesehen hatte. Kev gab Moiras Mund frei und gestattete ihr, sich aufzusetzen. Sie rieb sich hustend den Hals. Der andere IRA-Mann ging zur Tür und öffnete sie. »Wartet auf die Durchsage«, befahl er. »Die Gefahr ist noch nicht vorbei.«

Er ging hinaus und schloß die Tür. Moira, die immer noch husten mußte, wandte sich an Dillon, als ob sie allein im Zimmer wären. »Es ist wahr, oder nicht?« meinte sie.

»Halt's Maul!« sagte Kev. Plötzlich konnte er nicht mehr an sich halten und versetzte ihr einen so wütenden Schlag ins Gesicht, daß ihr der Kopf nach hinten flog. Und als hätte er gewußt, daß Dillon auf ihn losgehen würde, fuhr er im selben Moment herum und schlug Dillon die geballte Faust ins Gesicht. »Maul halten, beide!«

Dillon brannten vor Schmerz die Augen, als er zu Moira hinüberrückte, um sie zu trösten. Sie saß kerzengerade da, die mißhandelte rechte Wange gerötet, und als er sie anrührte, wehrte sie ihn ab und rutschte ans andere Ende des Sofas. »Ich brauche ein Taschentuch«, sagte sie. »Da drüben in der Schublade sind welche.«

Der Dicke stand auf, ging zu der bezeichneten Schublade und brachte ein Päckchen Kleenex. Als er es neben sie aufs Sofa legte, sagte er in einem Ton, als wäre es für niemanden im besonderen bestimmt: »Diese ganze Prügelei ist doch unnötig. Vollkommen unnötig.«

Es wurde still, und Dillon dachte an sein Hotel, das Nachtpersonal, das um acht Uhr früh nach Hause gehen und von den Kellnern und Putzfrauen der Morgenschicht abgelöst würde, das Rezeptionspersonal, das seine Plätze einnahm, die Gäste, die im Foyer ihre Zeitungen kauften, die Leute, die einer nach dem andern ins Frühstückszimmer gingen. In der Vergangenheit hatte die IRA immer gewarnt, wenn sie in einem Hotel eine Bombe deponiert hatte. So hatte sie auch voriges Jahr angerufen, als sie eine Bombe in die Küche des Clarence gelegt hatte. Selbst bei den vielen Anschlägen auf das Hotel Europa war noch niemand verletzt worden, oder? Sie jagte Häuser in die Luft, nicht Menschen. Beruhige dich, sagte er sich. Wenn sie das Hotel hochgehen lassen, ist das nicht weiter schlimm. Das sind nur Sachwerte. Nicht weiter schlimm.

Aber noch während er sich das einredete, sagte er sich, daß er nicht wissen konnte, was sie vorhatten. Vielleicht galt das alles gar nicht dem Hotel. Es konnte etwas völlig anderes sein.

Neben ihm putzte Moira sich die Nase. »Wieviel Uhr ist es?« fragte sie ihn.

»Maul halten, hab ich gesagt«, schnauzte Kev. »Haben Sie nicht gehört? Maul halten!«

»Halb sechs«, sagte der Dicke.

3

Das anfangs matte Licht war zum knalligen Gelb eines Sommermorgens gereift. Es strahlte unter der Ritze des Rollos herein und wetteiferte mit der Wohnzimmerlampe. Kurz nach sieben Uhr knipste Kev die Lampe aus und schob das Rollo eine gute Handbreit hoch, so daß sie nun auf die Allee hinausblicken konnten. Sie hörten den Morgenverkehr auf der nahen Antrim Road, und soeben kam ein Milchwagen die Allee herauf, um volle Flaschen zu liefern und leere abzuholen. Im selben Moment knisterte draußen auf dem Flur das Funkgerät, und der Lange kam herein und fragte aufgeregt: »Haben Sie Milch bestellt?«

Dillon sah Moira an, die ihre Hände im Schoß liegen hatte und auf ihre Schuhe starrte, ohne auf die Frage zu reagieren. Er sah zu dem maskierten Gesicht auf. »Wir bekommen normalerweise einen halben Liter.« Auf diese Worte hin ging der Bursche ans Fenster und zog das Rollo wieder herunter. Während sie schweigend dasaßen und warteten, hörten sie die Schritte des Milchmanns über die Allee auf ihr Haus zukommen. Das vordere Törchen ging auf, Flaschen klimperten, und das Törchen ging wieder zu. Der Wagen fuhr weiter.

Der Lange hatte das Rollo wieder in seine vorherige Position hochgeschoben, so daß es einen Blick auf die Allee gestattete. »Zehn Minuten«, sagte er geheimnisvoll zu den anderen. Dann ging er hinaus und schloß die Tür.

Auf der anderen Seite der Allee, genau gegenüber ihrem

Haus, trat soeben Mr. Harbinson, Bankdirektor im Ruhestand, aus seiner Tür und legte seinem alten Airedaleterrier die Leine an. Dillon sah Mr. Harbinson von der Haustür ans Törchen kommen und es öffnen, dann auf dem Gehweg stehenbleiben und die offene Hand ausstrecken, als hätte er Regentropfen gefühlt. Mr. Harbinson sah in den Himmel und ahnte nicht, daß bewaffnete Männer in wollenen Gesichtsmasken ihn beobachteten. Er schloß das Törchen und wandte sich die Allee hinauf, ging an dem weißen Ford vorbei und blieb zwei Häuser weiter stehen, damit sein Hund dort an dem niedrigen Gartenmäuerchen das Bein heben konnte.

Mr. Harbinson hatte, genau wie sie, wahrscheinlich noch nie einen leibhaftigen IRA-Mann gesehen. Es hatte in diesem Viertel noch nie Demonstrationen oder Paraden der Sinn Fein gegeben. Mr. Harbinson war seinen Äußerungen zufolge höchstwahrscheinlich Protestant, aber ebenso wahrscheinlich war er so wenig ein praktizierender Protestant, wie Dillon ein praktizierender Katholik war. Nie würde Mr. Harbinson in einem Bürgerkrieg mitkämpfen, damit Ulster nicht Teil der irischen Republik wurde, oder seinen Status als Bürger des Vereinigten Königreichs mit der Waffe verteidigen. Wie neun von zehn Nordiren, Katholiken wie Protestanten, wollte Mr. Harbinson nichts weiter als leben und von Männern in wollenen Gesichtsmasken in Ruhe gelassen werden.

Und als Dillon ihn jetzt mit dem Hund zu seinem Morgenspaziergang aufbrechen sah, fühlte er, wie die Wut in ihm hochkam, Wut über die Lügen, die dieses Land, in dem er und Mr. Harbinson geboren waren, mit der tödlichen Krankheit des Fanatismus und der Ungerechtigkeit infiziert hatten, Lügen, die man seit Jahren den protestantischen Armen über die Katholiken erzählte, Lügen, die man den katholischen Armen über die Protestanten erzählte, Lügen von Podien und Kanzeln, Lügen auf Kundgebungen und Beerdigungen, vor allem aber die Lügen des Schweigens bei denen in Westminster, die sich mit den Ungerechtigkeiten des nordirischen Status quo nicht auseinandersetzen wollten. Wütend stierte er auf die gefährlichsten Opfer dieser Lügen, die hier mit ihm im selben Zimmer waren, diese jungen, dummen, mordlüsternen Banditen. Was planen sie heute wieder, welche neuen Greuel führen sie im Schilde, damit wir weiter im Sumpf des Hasses steckenbleiben?

Irgendwo im Haus schlug eine Tür. Kev stand auf und streckte Arme und Beine, als wäre er steif vom Sitzen. Er ging zum Sofa, stellte sich unmittelbar vor Moira und begann Kniebeugen zu machen. Moira drehte sich zur Seite und zog ihren Rock tiefer hinunter, als glaubte sie, er wolle ihr zwischen die Beine sehen. Kev rückte noch näher heran, machte noch ein halbes Dutzend Kniebeugen, blieb dann vor ihr in der Hocke sitzen und sah sie an. Sie würdigte ihn keines Blickes. Er stand auf, ging zum Tisch, um seinen Revolver wieder an sich zu nehmen, steckte ihn in den Hosengürtel und sagte zu dem Dicken: »Meinst du nicht auch, daß die zehn Minuten um sind?«

Der Dicke nickte. Kev trat ans Fenster und ging erneut in die Hocke, um unter dem Rollo hindurch nach draußen auf die Allee zu spähen. Gerade da ertönte auf dem Flur ein Trappeln, als wären viele Leute auf einmal ins Haus gekommen. Sofort sprang Kev wieder hoch und wechselte einen Blick mit dem Dicken. Die Tür ging auf. Der Lange kam herein, gefolgt von einem weiteren Maskierten, den sie bisher noch nicht gesehen hatten. Der Lange wies auf Dillon. »Also los. Kommen Sie mit nach draußen.«

Dillon stand auf, um dem Befehl Folge zu leisten, aber zugleich sprang Moira auf und packte ihn am Arm, »Michael! Hör zu, Michael.«

»Hab keine Angst«, sagte er zu ihr. »Es passiert schon nichts.«

»O doch, es wird etwas passieren«, sagte sie und zog ihn an sich, als wollte sie ihn am Gehen hindern.

»Kommen Sie schon, wir müssen los«, sagte der Lange zu ihm. Dann zu Moira: »Lassen Sie ihn jetzt bitte.«

Aber sie ließ ihn nicht. »Die bringen dich um«, rief sie hysterisch. »Bestimmt, ich weiß es.«

»Keiner bringt ihn um, wenn er tut, was man ihn heißt«, sagte der Lange und nickte Kev zu, der sofort Moira von hinten packte und sie von ihm wegriß. Zugleich packte der neu hinzugekommene IRA-Mann Dillon und drehte ihm den Arm so schmerzhaft auf den Rücken, daß er nach vorn klappte.

»Michael!« rief Moira in panischer Angst, aber Kev hielt ihr sofort wieder den Mund zu und brachte sie, so sehr sie sich wehrte, zum Verstummen. Der Lange und der andere IRA-Mann schoben Dillon auf den Flur und schlossen die Tür. Dillon sah zwei Maskierte am Küchentisch sitzen. Der IRA-Mann ließ Dillons Arm los, und der Lange richtete seinen Revolver auf ihn und sagte: »Wir gehen jetzt nach oben, Sie und ich. Und keine Mätzchen, verstanden?«

Dillon ging die Treppe hinauf, der Lange immer eine Stufe hinter ihm. »Sie werden sich jetzt umziehen. Wo sind Ihre Sachen?«

»Im Schlafzimmer.«

»Also weiter.«

Sie gingen ins Schlafzimmer. Moiras Nachthemd lag ausgebreitet wie ein Stoffmuster auf dem zerwühlten Bett. Auf dem Frisiertisch lagen ihre zahlreichen Toilettenartikel wild durcheinander. Das ganze Zimmer duftete nach ihrem Parfüm, und im offenen Schrank sah man eine lange Reihe Damenkleider und ein langes Regal mit Damenschuhen.

»Wo sind *Ihre* Sachen?«

Er ging ans andere Ende des Kleiderschranks, wo seine paar Anzüge hingen.

»Ziehen Sie das an, was Sie heute auch sonst zur Arbeit anziehen würden. Anzug und Schlips, ja?«

Während er die Sachen auszog, die er in der Nacht angehabt hatte, warf er einen Blick aus dem Schlafzimmerfenster. Sein kleiner roter Renault stand nach wie vor auf dem Zufahrtsweg vor dem Gartentörchen. Sie waren also gar nicht damit weggefahren. Er ging in Unterhosen zur Kommode, wo seine Hemden in einer Schublade lagen.

»Moment«, sagte sein Bewacher. »Rasieren Sie sich lieber noch.«

Er ging nackt ins Bad. Während er sich einseifte, sah er im Spiegel den maskierten Kopf hinter sich erscheinen. »Beeilen Sie sich«, sagte der Kopf.

Er nahm den Rasierapparat. Es hatte ihn schon immer nervös gemacht, wenn beim Rasieren jemand um ihn herum war, und dieser bedrohliche Kopf hinter ihm ließ ihn jetzt fast in sich zusammensinken, als ob er Schläge erwartete. Die halbverhüllten Augen folgten jeder seiner Bewegungen, während er sich rasierte und das Gesicht wusch. Sie gingen wieder ins Schlafzimmer, wo er unter den Augen seines Bewachers ein weißes Hemd anzog, dazu eine blaue Krawatte und den Anzug, den er auch normalerweise trug. Dann ging er zu Moiras Frisiertisch und steckte Brieftasche, Kamm und Kleingeld ein.

»Kämmen«, befahl die Stimme hinter ihm. Er fuhr sich mit dem Kamm durch die Haare und beobachtete dabei seinen Bewacher im Spiegel.

»Setzen Sie sich. Wir beide werden uns jetzt ein bißchen unterhalten.«

Sein Mund war trocken. Er legte die Hände ineinander, um ihr Zittern zu unterdrücken. Jetzt würden sie ihm sagen, was sie von ihm wollten. Er setzte sich auf Moiras Frisierschemel, sein Bewacher setzte sich aufs Bett, mit dem Jeans-Hintern mitten auf Moiras Nachthemd.

»Sie fahren jetzt los«, sagte der Bandit. »Wie alle Tage. Sie fahren zur Arbeit. Sie nehmen den üblichen Weg, die Antrim Road hinunter, dann auf der Clifton Street nach rechts in die Upper Library Street. Sie fahren wie üblich durch die Stadt und die University Road hinauf. Sie biegen zum Clarence ein und stellen den Wagen auf Ihren reservierten Parkplatz. Sie werden um eine bestimmte Zeit dort eintreffen. Darüber reden wir noch. Nachdem Sie den Wagen geparkt haben, gehen Sie aber nicht ins Hotel. Haben Sie mich verstanden?«

Er nickte, ohne den Blick von den maskierten Augen zu wenden, die ihn beobachteten.

»Sie gehen nicht ins Hotel. Sie kommen sofort durch die Kontrolle zurück auf die Straße. Wenn man Sie am Tor etwas fragt, sagen Sie, daß Sie sich noch etwas aus dem Laden gegenüber holen wollen. Sie kennen doch diesen kleinen Laden gegenüber? Murray's heißt er.«

Er nickte.

»Sie gehen kurz in diesen Laden, nur so lange, wie man braucht, um Zigaretten oder so was zu kaufen, dann kommen Sie wieder heraus, und genau in diesem Moment wird ein grünes Taxi vorbeifahren. Sie winken ihm. Sie steigen ein, und das Taxi bringt Sie nach Hause. Verstanden?«

»Ist eine Bombe in meinem Wagen?«

Der Bandit zögerte. Seine Augen, eingekreist von den eckigen Sehschlitzen seiner Maske, zwinkerten, dann schloß er sie, als versuchte er, sich an etwas zu erinnern. Als er sie wieder öffnete, sah er Dillon einen Moment mit starrem Blick an, dann sagte er mit unbewegter Stimme, als rezitierte er eine auswendig gelernte Rede: »Ja, in Ihrem Wagen ist eine Bombe. Sie hat einen Zeitzünder. Ihre Aufgabe ist es, den Wagen auf seinen angestammten Parkplatz zu stellen und sofort wieder herauszukommen. Sprechen Sie mit niemandem. Wenn jemand Sie anspricht, sagen Sie ihm nur guten Tag oder guten Morgen oder irgend so was. So, und wenn Sie genau tun, was ich Ihnen sage, werden Sie hierher zurückkommen, und Ihre Frau wird Sie erwarten.«

»Sie haben also vor, das Hotel in die Luft zu sprengen?«

Der Bandit rutschte mit seinem Hinterteil auf dem Bett herum und zerknüllte Moiras Nachthemd. »Was wir vorhaben, geht Sie nichts an.«

»Werden Sie Alarm geben?« Er hörte seine Stimme um einen Ton steigen, während er das fragte. Bleib ruhig, ermahnte er sich, du redest hysterisch. »Ich habe gefragt, ob Sie Bombenalarm geben werden. Es sind Hunderte von Menschen in diesem Hotel, meine Mitarbeiter und die Gäste, Touristen, unschuldige Menschen.«

Der maskierte Bandit sah ihn kalt an. »Kümmern Sie

sich nicht darum, was wir tun werden. Tun Sie nur, was Ihnen gesagt wird, dann geschieht Ihrer Frau nichts.«

»Aber bei anderen Gelegenheiten haben Sie gewarnt«, sagte Dillon. »Als Sie das Europa gesprengt haben. Und letztes Jahr, beim Anschlag auf das Clarence, da haben Sie angerufen und vor der Bombe gewarnt.«

»Stimmt.« Die Augen hinter der Maske zuckten leicht. »Hören Sie jetzt auf, sich den Kopf über Dinge zu zerbrechen, die Sie nichts angehen. Das ist unsere Sache. Ich diskutiere darüber nicht mit Ihnen. Ich gebe Ihnen Anweisungen. Wenn Ihretwegen etwas schiefgeht, wird Ihre Frau zwar hier sein, wenn Sie nach Hause kommen. Aber tot.«

Dillon sah in dem dreiteiligen Spiegel über Moiras Frisiertisch sein eigenes Gesicht: fremd, erschrocken, starr. Sein Bewacher trommelte mit den behandschuhten Fingern auf dem Jeansstoff seines Hosenbeins herum. Er hörte leise Stimmen unten in der Diele. Aber während er hier oben saß und sie hörte, war ihm, als hätte man ihm eine Narkose gegeben und er verlöre das Bewußtsein. Wie in einem Traum hörte er den gedämpften Knall eines Revolvers, sah Moira lautlos aufschreien und nach dem Schuß fallen. Sein Verstand befreite sich aus dem Spinnennetz der Panik und nahm Zuflucht zu der einzigen Hoffnung, die ihm blieb. »Aber Sie werden Alarm geben?« fragte er. »Es sind unschuldige Menschen.«

»Wir sind nicht darauf aus, Unschuldige zu töten«, sagte der Bandit. »Und aus demselben Grund sind wir auch nicht darauf aus, Ihre Frau zu töten. Aber wenn es sein muß, tun wir's. Die Volunteers da unten werden kurzen Prozeß mit ihr machen. So, kommen Sie jetzt. Sind Sie fertig?«

Sie gingen zur Treppe. Unten standen die beiden Maskierten, die er vorhin in der Küche gesehen hatte, und schauten zu ihnen herauf. Als er in die vordere Diele kam, stand die Tür zum Wohnzimmer offen. Auf dem Sofa saß Moira, ihr gegenüber Kev, und am Fenster saß der Dicke in der Hocke und spähte auf die Allee hinaus. Moira wandte den Kopf, sah ihn und sprang auf, als wollte sie zu ihm herausgerannt kommen. Aber Kev trat ihr sofort in den Weg.

Der Lange, der hinter Dillon stand, sah es und sagte: »Laß sie einen Moment rauskommen.«

Sowie sie frei war, kam sie in die Diele gerannt. »Was haben die vor?« fragte sie mit bebender Stimme.

»Verabschieden Sie sich jetzt von ihr«, sagte der Lange.

Und vor den Augen der fünf maskierten und bewaffneten Männer nahm er in der Diele des Hauses, aus dem er heute für immer hatte ausziehen wollen, die Frau in die Arme, die er hatte verlassen wollen. Er fühlte ihren Körper zittern, ihre Finger bohrten sich in seinen Rücken. »Gott beschütze dich«, sagte sie, als spräche sie ein Gebet.

»Ich bin bald wieder da«, sagte er zu ihr. »Mach dir keine Gedanken. Und tu nichts Unüberlegtes, nein? Versprichst du mir das?«

»Ein guter Rat«, sagte der Lange. Dann tippte er Dillon auf die Schulter. »Kommen Sie jetzt.«

Aber Moira hielt ihn fest. Sie drängte sich an ihn, so daß er sich mit Gewalt aus ihrer Umarmung lösen mußte. »Ich bleibe nicht lange«, sagte er.

»Was sollst du tun?«

»Das geht Sie nichts an«, sagte der Lange, und dann zu Kev: »Bring sie wieder hinein.«

Kev und der Dicke packten Moira bei den Armen. »O Jesus«, sagte sie und begann zu schluchzen.

»Los, kommen Sie.« Der Lange stieß Dillon seinen Revolver in die Seite und drängte ihn über den Flur in die Küche.

Im Gehen hörte er Kev zu Moira sagen: »Los, rein mit Ihnen!« *Er ist es, der ihr gern etwas antun würde. Er ist es, der sie umbringen wird.*

In der Küche stellte sich der Lange mit dem Gesicht zu ihm, während die beiden anderen Maskierten zur Hintertür gingen, als warteten sie auf ein Signal. Der Lange sah auf seine Digitaluhr und fragte: »Volunteer, wie spät hast du's?«

Einer der Männer schob seinen Hemdsärmel hoch und sah auf die Uhr. »Sieben Uhr fünfundzwanzig.«

»Gut. Sieh draußen nach«, befahl der Lange.

Einer der Maskierten öffnete die Hintertür und ging in den Garten. Er kam zurück. »Alles in Ordnung.«

Der Lange legte Dillon jetzt die Hand auf die Schulter, als wären sie die besten Freunde. »So, Sie werden folgendes tun. Sie fahren zum Hotel, wie ich schon sagte. Wenn Sie dort ankommen, wird es gerade acht Uhr sein. Halten Sie unterwegs nicht an, versuchen Sie keine Mätzchen. Denken Sie immer daran, daß Sie beobachtet werden. Wir haben Funkkontakt. Ein falscher Schritt von Ihnen, und jemand schießt ihr hier die Birne runter. Klar?«

Dillon nickte. Sein Mund war trocken.

»Man wird Sie nicht anhalten. An Ihrem Weg sind heute früh keine Polizeikontrollen. Das haben wir nachgeprüft. Am Hotel werden Sie sowieso nie kontrolliert. Ihr Kofferraum ist abgeschlossen. Versuchen Sie nicht, ihn zu öffnen. Wenn Sie auf den Hotelparkplatz gefahren sind und fünf Minuten später nicht wieder herauskommen, wissen wir, daß Sie uns hereingelegt haben. Und zum Schluß noch eins.« Seine Hand drückte Dillons Schulter fester. »Wenn die Polizei Sie nach uns ausfragt, wir hatten alle Masken auf, und Sie kennen keine Namen und wissen nicht, wie wir aussehen, nichts. Verlassen Sie sich darauf, daß wir erfahren, was Sie denen erzählen. Dasselbe gilt für Ihre Frau. Wenn Ihnen etwas an ihrem Leben liegt, sorgen Sie dafür, daß sie den Mund hält. Man hat mir einiges von dem berichtet, was sie heute nacht so von sich gegeben hat. Wir wissen daher, daß sie eine Feindin Irlands ist. Sie soll sich nicht einbilden, es würde ihr den Hals retten, daß sie eine Katholikin von der Falls Road ist. Also überlegen Sie sich beide, was Sie sagen.«

Er stieß seine behandschuhte Faust in die Höhe, als wollte er zuschlagen, und Dillon zuckte unwillkürlich zusammen. Aber statt zu schlagen, warf er Dillon nur die Autoschlüssel zu. Dillon fing sie. Der Lange sah zur Hintertür. »Volunteer!«

An der Tür erschien ein zweites maskiertes Gesicht und nickte. »Die Luft ist rein.«

Der Lange gab Dillon einen leichten Schubs und sagte: »Ab mit Ihnen. Schnell jetzt.«

Der eine Bandit öffnete die Hintertür. Dillon ging hinaus in die Morgensonne und sah nach links und rechts in die benachbarten Gärten. Niemand in Sicht. Er ging weiter, vorbei an Sträuchern und Blumenbeeten, und sah eine leere Bierflasche unter dem alten Picknicktisch, ein Überbleibsel von dem Lunch, den er und Moira letzten Sonntag dort eingenommen hatten. Man beobachtete ihn. Als er auf das Gartentörchen zukam, sah er den Fuchsienstrauch und darunter Teddys kleinen Leichnam, ein Bündel Fell und Knochen mit zerschmettertem, blutverschmiertem Schädel. Die Fliegen machten sich schon darüber her.

Das Hintertörchen quietschte, als er es öffnete. Drei Gärten weiter kam eine Frau aus dem Haus, um Abfall in ihre Mülltonne zu tun. Sie hatte nur ein baumwollenes Nachthemd an, und als sie das Quietschen hörte, war es ihr so peinlich, sich unbekleidet gezeigt zu haben, daß sie grußlos ins Haus zurückrannte.

Sein Auto stand da, wo er es abgestellt hatte. Oder doch nicht? Er bildete sich ein, es stehe ein kleines Stückchen weiter hinten. Es war abgeschlossen. Er drehte den Schlüssel im Türschloß und setzte sich hinters Steuer, wobei er sich kurz umsah, ob irgendeine Veränderung zu sehen war. Die verschlissene schwarze Polsterung, die Schachtel Kleenex auf der Ablage, die kaputte Sonnenbrille neben dem Schaltknüppel, alles schien unberührt. Er horchte, aber er vernahm kein Ticken. Als er den Schlüssel ins Zündschloß steckte, erinnerte er sich, daß er in Filmen schon Autos in die Luft fliegen gesehen hatte, sowie die Zündung eingeschaltet wurde. Aber der Motor sprang an und drehte sich ruhig.

Er setzte aus der Zufahrt zurück auf die Allee. Der weiße Ford stand noch auf der anderen Straßenseite. Als er in Richtung Antrim Road daran vorbeifuhr, sah er den Mann auf dem Fahrersitz und die Frau daneben. Beide guckten in die andere Richtung, damit er ihre Gesichter nicht sah. Aber er hatte ihre Gesichter gestern abend schon gesehen, besonders das der Frau.

Als er in die Antrim Road einbog, folgte ihm der weiße Ford. Sein Weg führte von Norden nach Süden durch Belfast, durch Straßen, die sich seit seiner Kindheit kaum verändert hatten. Er führte um die armen Arbeiterviertel herum und an den großen Monumenten und Gebäuden des Stadtzentrums vorbei. Die Strecke war ihm an normalen Tagen zu vertraut, als daß er sich bewußt gemacht hätte, woran er vorbeifuhr. Heute morgen aber, mit einer Bombe im Auto und beschattet von Terroristen, die jeden Moment über Funk den Befehl zum Mord an seiner Frau geben konnten, war es ihm, als führe er vielleicht zum letztenmal durch diese häßliche, heimgesuchte Stadt, die für ihn unerbittliche Erinnerungen an sein früheres Leben barg. Es war wie Ironie, daß er jetzt nacheinander an dem Haus vorbeifahren würde, in dem er geboren war, dem Internat, wo er zur Schule gegangen war, der Universität, wo er Gedichte geschrieben, eine Studentenzeitung herausgegeben und von einem anderen Leben geträumt hatte.

Zuerst kam das Haus; es stand an einer Straßenbiegung, nur einen guten halben Kilometer von dem entfernt, in dem er jetzt wohnte. Es war größer als die Nachbarhäuser und stand für sich allein auf einem eigenen Grundstück, das auf der Rückseite einen Tennisplatz, einen Rasen und einen Gemüsegarten hatte, das Ganze umgeben von einer hohen Hecke, die es vor den umliegenden Straßen verbarg.

Es war das Haus seines Großvaters gewesen, des Großvaters, durch den das Hotelgewerbe zur Familientradition geworden war, des Großvaters, der mit einer Hafenkneipe und ein paar Fremdenzimmern angefangen und sich auf dieser Grundlage zu »A. D. Dillon, Import von Weinen und Spirituosen« emporgearbeitet hatte, zum Besitzer zweier kleiner Hotels, der zudem ein Dutzend Kneipen mit Getränken belieferte. Diesen Großvater, der noch vor seiner Geburt gestorben war, kannte Dillon nur als Figur auf einem Familienfoto. Darauf stand er, bärtig und schwergewichtig wie Edward VII., vor einem großen

Daimler, auf dessen Trittbrett seine drei Kinder in Matrosenanzügen saßen.

Das Haus hieß Ardath. Dillons Vater war 1947, im Todesjahr des Großvaters, dort wieder eingezogen. Dillon war fünf Jahre später dort geboren worden und hatte darin gelebt, bis er elf war und sein unsteter Vater es verkaufte, um Kinsallagh House zu erwerben, ein großes Landhaus in Donegal, das er zu einem Hotel machte. Er erinnerte sich, wie sein Vater in langen weißen Hosen auf dem alten Grasplatz Tennis gespielt hatte; er erinnerte sich an das stets warme Gewächshaus, wo er beobachtet hatte, wie aus Kaulquappen Frösche wurden. Jetzt sah er im Vorbeifahren noch den alten Namen »ARDATH« an einem steinernen Sockel rechts vom Tor stehen. Aber links stand auf einem neueren Schild: »Barmherzige Schwestern: Mädchenschule.«

Er fuhr weiter und kam an dem Kino vorbei, in das er als Junge gegangen war, um Filme zu sehen, in denen Männer mit Revolvern auf andere Männer schossen und Forts und andere Bauwerke in die Luft sprengten, wo jedoch am Ende immer die Bösen für ihre Untaten büßten. Es war jetzt Viertel vor acht. Wenn die Bombe nun zu früh losging?

Er stoppte an einem Fußgängerüberweg. Eine junge Frau schob ihren Kinderwagen über die Straße und drehte sich auf halbem Weg um und lächelte ihm zu. Im selben Moment befiel ihn eine unsinnige Panik. Geh schneller. Mach, daß du weit von mir wegkommst. Er blickte in den Rückspiegel, aber inzwischen war ein schwerer, mit Milchkannen aus Aluminium beladener Lastwagen hinter ihm eingeschert, so daß er den weißen Ford nicht mehr sah. Die Frau mit dem Baby hatte jetzt die andere Straßenseite erreicht, und als er weiterfuhr, sah er den weißen Ford ausscheren, den Lastwagen überholen und sich wieder hinter ihn setzen.

Plötzlich rannten drei kleine Jungen, die ihre Schultaschen durch die Luft wirbelten, als wollten sie einander damit schlagen, schreiend und lachend mitten durch den Verkehr über die Straße. Sie trugen Marineblazer und weiße Hemden und hatten die Krawatte seiner Schule umgeknotet wie ausgefranste Taue. Ohne auf die quietschenden Bremsen links und rechts zu achten, erreichten sie die andere Straßenseite und setzten ihre wilde Jagd fort. Dillon sah vorn rechts das kunstvolle schmiedeeiserne Tor, die lange Allee und an deren Ende die Backsteinfassade der katholischen Schule, in der er elf Jahre als Internatsschüler zugebracht hatte, einer Schule, deren Unterrichtsmethode von Schikanen, Prügelstrafen und Auswendiglernen geprägt war, geleitet von Priestern, deren engstirniges Sektierertum der ideale Nährboden für die entzweiende Verbitterung war, die hinter den Ereignissen der letzten Nacht stand.

Seht doch, seht mich an, hätte er schreien mögen, als er an dem verhaßten Tor vorbeifuhr. Seht dieses Auto auf dem Weg zum Mord an unschuldigen Menschen, seht meine Frau in der Gewalt von Terroristen, eine Revolvermündung am Kopf, und dann fragt euren Kardinal, ob er für diese Mörder noch immer Verständnis äußern kann!

Er fuhr in den Kreisverkehr am Carlisle Circus ein. In der Mitte stand ein steinerner Sockel, der einmal die Statue eines protestantischen Klerikers getragen hatte, die im Krieg, wie so viele andere Denkmäler in der Stadt, zerstört und danach nie wieder errichtet worden war. Der weiße Ford folgte ihm weiter, als er in die Clifton Street bog und am Sitz des Oranienordens vorbeikam, dem Hort protestantischer Vorurteile gegen das katholische Drittel der Bevölkerung von Ulster. Auf dem häßlichen Gebäude aus grauem Stein thronte ein Standbild, das weder im Krieg noch im Bürgerkrieg zerstört worden war, ein berittener holländischer Prinz, der ein Schwert durch die Luft schwenkte und starr über die zerstörte Stadt hinweg zu den alten, ewigen Hügeln Irlands hinüberblickte, ein Standbild zum Gedenken an einen Krieg vor dreihundert Jahren, als das Heer der protestantischen Oranier auf irischem Boden das Heer eines papistischen englischen Königs schlug. Am Ende der Clifton Street bog er nach rechts ab und fuhr nun an den protestantischen und katholischen Gettos vorbei, dem wahren und bleibenden Erbe dieser britischen Provinz, die auf Ungleichheit und sektiererischen Haß gegründet war. In zehn Minuten würde er beim Clarence ankommen. Und dann, was würde er tun?

Wenn nun sein Wagen hier mitten auf der Straße eine Panne hätte, würde er aussteigen und versuchen müssen, ihn wieder in Gang zu bringen, wissend, daß die Leute in dem weißen Ford hinter ihm waren und ihn beobachteten. Auf diesen Straßen der Innenstadt bestand absolutes Parkverbot, und binnen Minuten würde die Polizei da sein und fragen, was los sei. In diesem Moment würden die Leute in dem weißen Ford vielleicht eine Meldung zu seinem Haus funken. Dort würden sie vielleicht Moira erschießen. Außerdem waren die Straßen hier voller Menschen. Sollte die Bombe hier losgehen, würde es womöglich Dutzende das Leben kosten. Wenn sie erst vor dem Hotel losging, eventuell sogar nach telefonischem Bombenalarm, gäbe es dann vielleicht keine Todesopfer?

Er fuhr weiter, vorbei an den großen viktorianischen

Bauten am Fisherwick Place, trieb mit im Morgenverkehr, der in Richtung Shaftesbury Square floß. Nach wie vielen Minuten würde die Bombe explodieren, wenn er den Wagen auf dem Hotelparkplatz abgestellt hatte? Wenn der Alarm nun zu spät kam? Aber sie hatten ihm gar nicht versprochen, Alarm zu geben. Nichts hatten sie versprochen. Der Zünder konnte so eingestellt sein, daß die Bombe schon zehn Minuten nach seiner Ankunft hochging. Selbst wenn er die Polizei verständigte, war es vielleicht nicht mehr möglich, das Hotel rechtzeitig zu evakuieren. Und wenn er die Polizei verständigte, würden sie Moira erschießen. Und wenn die Polizei das Hotel nicht rechtzeitig räumen könnte, würden die Menschen darin umkommen. Und er hätte sie umgebracht.

Hinter ihm wurde ungeduldig gehupt. Er merkte, daß er immer langsamer geworden war und den Verkehr aufhielt, der jetzt auf eine grüne Ampel zurollte. Er näherte sich dem Geländer der Queen's University. Auf den Gehsteigen wimmelte es von Studenten in geliehenen Talaren, die mit Angehörigen und Freunden zur Promotionsfeier strömten. Heute erhielten diese Studenten ihren Paß in ein neues Leben. Einst war er einer von ihnen gewesen, hatte auf einen Lehrauftrag in England gehofft, wäre aber auch sonst überallhin gegangen, nach Afrika oder in den Nahen Osten, nur weg von hier. Er hatte in seinem geliehenen Talar in der Whitla Hall gesessen und gewartet, daß man ihn aufrief: »Michael Patrick Dillon, Englisch, *summa cum laude*«, um zum Podium zu gehen, wo ein englischer Industriemagnat im Kanzlertalar ihm die Hand schütteln und seine Urkunde überreichen würde.

Und hinterher war er auf dieser Straße zum Clarence geeilt, hatte gelacht und mit Freunden gescherzt und mit den Mädchen geflirtet und sich auf das anstehende Biergelage gefreut, hatte sich schon als angehenden Dichter gesehen und war so stolz gewesen auf seinen Erfolg. Da wußte er eben noch nicht, daß sein akademischer Grad kein Paß in die Freiheit war, sondern das Ende seiner Freiheit. Er bekam nicht den ersehnten Lehrauftrag in England, noch auf dem europäischen Kontinent, noch irgendwo an einem fernen, exotischen Ort. Sein Großvater war Gastwirt und Hotelier gewesen, sein Vater war Hotelier, und wie sie war er ein besserer Lakai geworden, der andern zu essen und zu trinken und ein Nachtlager gab. Nur daß ihm, anders als Vater und Großvater, das Hotel nicht einmal gehörte, das er nun gleich in die Luft sprengen würde.

Am Haupttor der Universität mußte er anhalten, um eine promotionfeiernde Gesellschaft über die Straße zu lassen. Voran ging die stolze Absolventin, hübsch anzusehen in ihrem geliehenen Talar, hübsche Beine in schwarzen Strümpfen und Lacklederpumps. Es folgten die Eltern in ihrem besten Staat, dann ihre scherzenden Geschwister, alle so stolz auf die eine, die nun das Ansehen der Familie mehren würde. In wenigen Stunden würden sie im Triumph zum Clarence ziehen, um das Ereignis mit einem festlichen Lunch zu begehen. Oder eben nicht?

Es hing von ihm ab.

Der weiße Ford folgte ihm stets mit drei Wagenlängen Abstand, aber als er jetzt in die Malone Road einbog, sah er ihn abdrehen und verschwinden. Hatten sie jemanden im Hotel postiert, der auf seine Ankunft wartete? Jeder konnte das sein, einer vom Personal, ein Gast, vielleicht sogar nur einer, der zum Frühstück in den Speisesaal gekommen war. Eines war sicher. Er wurde noch immer beobachtet.

Vorn kam jetzt ein Schild:

HOTEL CLARENCE
BAR – RESTAURANT

Er hielt gegenüber dem Schild und wartete auf eine Lücke im Verkehr, um in die Hoteleinfahrt abbiegen zu können. Vor dem Kontrolltor warteten schon vier Wagen hintereinander. Er behielt den Gegenverkehr im Auge, und als er eine Lücke erspähte, fuhr er im weiten Bogen über die Straße und stellte sich ans Ende der Schlange. Er spielte einen Moment mit dem Gedanken, einem der Sicherheitsposten heimlich ein Zeichen zu geben, er solle seinen Wagen kontrollieren. Aber die von der IRA wußten, daß sein Wagen nie kontrolliert wurde. Und wenn außerdem sein Kofferraum geöffnet würde und die Bombe schon hier am Tor explodierte?

Chef des Sicherheitsdienstes, der die ankommenden Autos inspizierte, war Billy Craig, ein pensionierter Polizist, der auch heute wieder seinen schwarzen Polizeipullover mit den schwarzen Lederflecken an den Ellbogen anhatte. Ein soeben abgefertigter Wagen rollte gerade aufs Tor zu, und Billy humpelte hin, um es zu öffnen, da sah er Dillons kleinen roten Renault ans Ende der Reihe aufschließen. Sogleich hob er gebieterisch die Hand und hielt den anderen Wagen an, um Dillon durchzuwinken. »Guten Morgen, Sir!« rief Billy, als Dillon vorbeifuhr.

Dillon winkte ihm zu. Die Zufahrt zum Hotel war nur für das Bringen und Abholen von Gästen und Gepäck da. Als er am Eingang vorbeifuhr, um auf den Besucherparkplatz hinter dem Hotel zu fahren, sah er ein großes Menschengedränge im Foyer. Auf dem hinteren Parkplatz waren vier Plätze für die Hotelleitung reserviert. Dillons Platz lag genau unter den Fenstern des Grünen Saals, eines der an das Hauptrestaurant angrenzenden Nebenräume. Der Parkplatz war bis auf den letzten Platz gefüllt, und in der Mitte stand störend ein Ausflugsbus, der auf eine französische Touristengruppe wartete. Er hatte die Franzosen gestern abend im Speisesaal gesehen, Lehrer und Beamte aus der Bretagne, alle in mittlerem Alter, die ängstlich die fremdländische Speisekarte studierten und wohlweislich Bier und nicht den überteuerten Wein bestellten.

Er manövrierte seinen Renault um den Ausflugsbus herum. Gleich dahinter waren gerade zwei freie Plätze besetzt worden, und soeben flogen die Türen dieser beiden Wagen auf, und die Insassen stiegen aus. Es waren Einheimische, Männer mittleren Alters, die alle diesen schnoddrigen Ulster-Ton an sich hatten. Zwei Jüngere in knallbunten Jogginganzügen waren dabei, und als Dillon sich ihnen näherte, traten sie vor seinen Wagen und stierten ihn an, als hätte er soeben eine Parkvorschrift übertreten. Der eine hob die Hand, um ihn anzuhalten. Dillon gehorchte verblüfft, und in dem Moment kamen die anderen Passagiere zwischen den beiden Wagen hervor, vier dunkel gekleidete Männer mit einem hochgewachsenen alten Herrn in der Mitte, der einen schlechtsitzenden grauen Anzug und einen Priesterkragen aus Zelluloid trug. Als dieser Alte mit seinen Leibwächtern kam, setzten die beiden jungen Männer in den Jogginganzügen sich an die Spitze und eilten zielstrebig zum Hintereingang des Hotels.

Der Alte kam geradewegs auf Dillons Wagen zu. Sein Gesicht, verwittert von Regen und Wind durch lebenslange Auftritte im Freien, hatte den leeren, starren Ausdruck eines Wasserspeiers an einem Kathedralenpfeiler. Unmittelbar vor Dillons Wagen wandte er den Kopf nach ihm und grüßte ihn mit einer Geste, gedankenabwesend wie ein Feldmarschall beim Abschreiten der Parade. Seine beiden Wachhunde, die jungen Männer in den Jogginganzügen, waren inzwischen zur Hoteltür vorausgeeilt und hielten sie für ihn auf.

Dillon erwiderte den Gruß nicht. Der Alte ging mit schweren Schritten weiter. Er sah ihm nach. Pastor Alun Pottinger, der »tollwütige Hund des Ulster-Protestantismus«, wie seine Feinde ihn nannten, schritt zum Frühstücksempfang für seine transatlantische Gefolgschaft, und auf diesem Empfang würde er wieder seine bekannte, von Konfessionshaß triefende Predigt loslassen. Dillon konnte jetzt auf seinen Parkplatz. Während er in die Lücke rangierte, sah er hinauf zu den Fenstern des Grünen Saals. An einem Dutzend Tische in diesem Raum saßen Männer und Frauen, die nicht von hier waren. Sie sahen amerikanisch aus. Es mußten die Anhänger des kanadischen Oranienordens sein, die gekommen waren, um Pottinger reden zu hören.

Er schaltete die Zündung aus. Sein Herz schlug so unregelmäßig, als gehörte es einem anderen Körper. Er sah wieder zu dem einen Fenster hoch, das er genau vor sich hatte. Der Rednertisch stand direkt an diesem Fenster. Er war noch nicht besetzt. Jetzt sah er Pottinger mit seinem Gefolge den Raum betreten. Leute standen auf und applaudierten, als Pottinger händeschüttelnd durch den Raum ging und nach kurzer Beratung an der Mitte des Rednertisches Platz nahm, keine sechs Meter über Dillons Parkplatz.

Dillon starrte Pottingers Rücken an, als dieser sich

setzte. Die Aufpasser in den Jogginganzügen kamen ans Fenster. Einer von ihnen sah unverwandt zu Dillon herunter, und Dillon, der ihn beobachtete, wußte plötzlich Bescheid: Die IRA will nicht das Hotel in die Luft jagen. Ich bin hier, um Pottinger zu töten. Sie werden keinen Alarm geben. Die Bombe wird schon sehr bald explodieren.

Aber wieso wollten sie Pottinger umbringen? Das hatten sie noch nie versucht. Es hieß, die IRA könne sich gar keine bessere Propaganda wünschen als Pottingers antikatholische Haßtiraden. Aber sie hatten diesen Parkplatz ausgesucht, diesen Tag, diese Uhrzeit. Sie hatten gesagt: »Wenn Sie auf den Hotelparkplatz gefahren sind und fünf Minuten später nicht wieder herauskommen, wissen wir, daß Sie uns hereingelegt haben.« Wenn ich jetzt aussteige und weggehe, wird es Pottinger und seine kanadischen Freunde in Fetzen reißen. Und ich habe ihn getötet.

Der Aufpasser sah noch immer zu ihm herunter. Dillon zog den Zündschlüssel ab und stieg aus. Als er sich von seinem Parkplatz entfernte, kam er an den Fenstern des Hauptrestaurants vorbei, das neben dem Grünen Saal lag. Die unteren Fensterteile waren hochgeschoben, denn es war ein warmer Morgen. Er hörte französisch reden. Er sah auf und lauschte der Sprache, die er einmal gelernt hatte. An einem Tisch beim Fenster erklärte eine grauhaarige Dame in den Fünfzigern den anderen Touristen, das heutige Frühstück sei im Zimmerpreis inbegriffen, der spätere Lunch im Giant's Causeway müsse jedoch extra bezahlt werden. Ein alter Mann mit ausgeprägtem bretonischem Akzent empfahl daraufhin, alles aufzuessen, was es hier gebe, weil dieses Frühstück mit Eiern und Speck und gutem Brot wahrscheinlich besser sei als der Lunch, den man ihnen später vorsetzen werde.

Dillon sah den Alten erschrocken an. Du wirst keinen Lunch mehr zu dir nehmen. Zur Lunchzeit werden die meisten von euch tot sein. Heute abend wird das Fernsehen die Bombenschäden am Hotel zeigen. Morgen werden die Zeitungen in Brest oder Dinard vielleicht eure Fotos bringen und die paar von euch interviewen, die überlebt haben. Aber die übrige Welt wird in ihrer Presse nur das Konterfei des Pastors Pottinger zu sehen bekommen. Ihr werdet ermordet von Leuten, die euch nicht kennen, die euch nie sehen werden, denen es völlig egal ist, ob ihr lebt oder sterbt. Vielleicht haben eure Freunde daheim euch gewarnt, daß es gefährlich sei, hierherzukommen. Es ist nicht gefährlicher, als in Dinard über die Straße zu gehen, aber diese kleinen statistischen Feinheiten werden euch jetzt nicht helfen.

Da stand er und starrte zu ihnen hinauf. Sie waren Lehrer, Beamte, kleine Geschäftsleute. Sie hatten in Frankreich Familien, die sie brauchten. Er sah zu den Fenstern des Grünen Saals zurück, wo Pottingers kanadische Anhänger zu applaudieren begonnen hatten. Auch sie haben Familien, die sie brauchen.

Und ich habe Moira. Moira, die ich verlassen wollte.

Er kehrte sich von den Fenstern ab und verließ den Parkplatz. Er ging am Haupteingang des Hotels vorbei. Ich entferne mich vom Telefon. Gibt es in Murrays Laden ein Telefon? Habe ich noch eine Chance, die Polizei anzurufen?

Jack, ein livrierter Portier, kam soeben mit dem Gepäck eines ausziehenden Gastes aus dem Hotel. »Guten Morgen, Mr. Dillon.«

»Morgen, Jack.«

»Heute wird ziemlich was los sein«, meinte Jack.

»Ja, das wird's.«

Er ging weiter die Zufahrt hinunter zum Kontrolltor. Auf einmal hatte er das Gefühl, verfolgt zu werden. Er sah sich um. Ein Botenjunge von höchstens zwölf, dreizehn Jahren folgte ihm mit einem Blumengebinde im Korb auf etwa dreißig Schritt Abstand. Als er den Jungen ansah, blieb dieser stehen und tat, als müsse er seine Blumen neu ordnen. Er konnte ein Späher der IRA sein. Es hieß, daß sie für solche Aufgaben Kinder mißbrauchten.

Das Kontrolltor war zu, weshalb er, um Zeit zu sparen, durchs Kontrollhäuschen auf die Straße hinausging. Die Sicherheitsposten durchsuchten die Autos heute besonders gründlich und unterzogen jeden Insassen einer Leibesvisitation. Der Grund war zweifellos Pottingers Anwesenheit im Hotel. Er sah auf die Uhr, als er auf die Malone Road hinauskam. Acht Uhr fünfundvierzig. Er war genau sieben Minuten drinnen gewesen.

Auf der Malone Road herrschte starker Verkehr. Nichts zu sehen von dem weißen Ford. Am Taxistand vor dem Hotel standen vier Taxis hintereinander. Keines war grün. Der Botenjunge trat auf die Straße und ging in Richtung Shaftesbury Square weiter, ohne Dillon zu beachten.

Zwei Kreuzungen weiter sprang eine Ampel auf Rot und hielt den Verkehrsstrom an, so daß Dillon über die Straße konnte. Warum wollen sie, daß ich zu Murray's hineingehe und etwas kaufe? Damit sie Zeit gewinnen, um das Taxi hierher zu schicken?

Er sah zum Hotel zurück. Am anderen Ende der Straße stand der Botenjunge, immer noch mit seinem Blumenkorb am Arm, und sprach mit einem aufgeschossenen Mädchen, das trotz des warmen Morgens einen langen gelben Schal um den Hals gewickelt hatte. Sie sahen nicht zu ihm her. Er ging weiter und stieß die Tür zu dem kleinen Laden auf, in dem es Zeitungen, Zigaretten und Süßigkeiten zu kaufen gab, außerdem Konserven, Milchprodukte und Wurstwaren in vier Regalreihen. An der einzigen Kasse warteten drei Kunden, die ihre Einkäufe bezahlen wollten. Gerade als er die Ladentür öffnete, sah er das Mädchen mit dem gelben Schal hinter ihm die Straße überqueren und in seine Richtung kommen.

Es läuft. Es läuft genauso, wie sie es geplant haben. Wir arbeiten alle Hand in Hand: ich, der Botenjunge, das Mädchen, das Paar in dem weißen Ford, die Maskierten in meinem Haus. Die Bombe ist am Platz. Jeden Augenblick wird sie hochgehen. Ich habe nur noch eines zu tun. Ich muß hier irgend etwas kaufen, Zigaretten oder Süßigkeiten, damit sie Zeit gewinnen, um das Taxi hierher zu schicken. Wenn ich in das grüne Taxi steige, wird alles vorbei sein.

Die Leute an der Kasse rückten eins vor. Er sah sich im Laden um. Kein Münztelefon. Er sah zum Schaufenster hinaus. Das Mädchen mit dem gelben Schal stand, mit dem Rücken zu ihm, draußen auf dem Gehsteig. Plötzlich stürzte er an den Leuten bei der Kasse vorbei und beugte sich zu der Kassiererin hinüber. Sie sah zu ihm auf, eine stämmige Frau mit rotem Gesicht und schlechten Zähnen.

»Haben Sie hier irgendwo ein Telefon?« fragte er. »Bitte, es geht um Leben und Tod.«

Sie sah zu den anderen Leuten vor der Kasse, dann wieder zu ihm. »Hinten in dem kleinen Raum, im Büro, da steht eins. Gehen Sie nur rein.«

Er lief zwischen den Regalreihen hindurch. In der Rückwand des Ladens war eine weiße Tür, deren oberer Teil verglast war. Er sah durch die Scheibe Regale über

Regale, einen Haufen Kartons auf dem Boden und in der Mitte des Raums einen überladenen Schreibtisch, auf dem ein Telefon stand. Er stieß die Tür auf. Er riß den Hörer herunter. In diesem Moment glaubte er wieder den breiten Belfaster Tonfall zu hören. ... *werden kurzen Prozeß mit ihr machen*. Zitternd sah er zur Tür zurück. Eingerahmt in der Glasscheibe sah er das Mädchen mit dem gelben Schal, das ihn anstarrte. Er bückte sich sofort und wählte 999. Als der Wählton erklang, sah er wieder auf. Das Mädchen war nicht mehr da.

Beim dritten Wählton sagte eine Stimme: »Zentrale Belfast.«

»Ich will eine Bombe melden.«

»Augenblick.«

Er hörte ein Klicken, dann fragte eine andere Stimme. »Wo befinden Sie sich?«

»In einem Laden, Murray's heißt er, gegenüber dem Hotel Clarence. Die Bombe befindet sich auf dem Hotelparkplatz in meinem Wagen. Den habe ich vor etwa acht Minuten dort abgestellt.« Plötzlich ging ihm auf, daß man ihn sicher für einen IRA-Mann hielt. »Ich bin der Hoteldirektor«, sagte er. »Die IRA hat die Bombe in meinen Wagen geladen und mich gezwungen, damit hierher zu fahren. Sie haben zu Hause meine Frau in ihrer Gewalt. Sie werden sie umbringen, weil ich Sie angerufen habe. Ich werde beobachtet.«

Die Antwort kam schnell und ruhig. »Ihre Privatadresse?«

Er nannte seine Adresse. Die Stimme sagte, daß die Polizei sich unverzüglich auf den Weg zu seinem Haus machen werde. Er selbst solle ins Hotel zurückgehen, Alarm auslösen und das Hotel räumen lassen. Die Stimme fragte nach der genauen Stelle, an der sein Wagen stehe, nach dem Fabrikat und ob er wisse, wo die Bombe im Wagen versteckt sei, zuletzt nach seinem Namen.

Dann sagte die Stimme: »Es kann sein, daß die IRA selbst noch im Hotel anruft und Alarm gibt, Mr. Dillon. Die wollen ja meist nur Sachschaden anrichten.«

»Diesmal nicht. Das habe ich Ihnen noch gar nicht gesagt. Alun Pottinger hält im Hotel gerade eine Ansprache. Mein Wagen steht genau unter dem Fenster des Nebenraums, in dem er spricht.«

»Gehen Sie sofort ins Hotel zurück. Tun Sie, was ich Ihnen gesagt habe, und erwarten Sie uns am Haupteingang. Wir sind schon unterwegs.«

Er legte den Hörer auf. Er stand in dem kleinen Raum, mitten zwischen den Kartons, auf denen die Markennamen verschiedener Lebensmittel standen, und starrte auf den kleinen Schreibtisch, auf dem lauter Rechnungen lagen, außerdem ein Aktenordner, eine Brille und eine aufgeschlagene Boulevardzeitung, aus der ihn ein Mädchen anlächelte, das sich die Hände vor die nackten Brüste hielt. Alle anderen Geräusche gingen jetzt in einem Knattern unter, das über ihm immer lauter wurde, als ein Hubschrauber der britischen Armee sich über der Malone Road postierte und seine neugierigen Kameraaugen auf die unter ihm liegenden Straßen richtete. War das Zufall, oder konnte es so schnell schon die Reaktion auf seinen Anruf sein?

Er riß die Tür des kleinen Büros wieder auf und rannte in den Laden zurück. Von dem Mädchen mit dem gelben Schal war nichts mehr zu sehen. Die wenigen Kunden im Laden gingen weiter ihren Einkäufen nach, unempfänglich für den gewohnten Lärm am Himmel. »Alles in Butter?« rief die Frau an der Kasse, als er ihr kurz zuwinkte und auf die Straße hinausrannte, wo er die Hand hob wie ein Verkehrspolizist und mitten durch den Verkehr auf die andere Seite hinüberlief. Er eilte zu der Reihe wartender Autos am Kontrolltor und rief Billy zu: »Machen Sie das Tor auf, und schicken Sie die Wagen weg. Bombenalarm!«

Billy riß das Tor auf, und er hetzte hindurch und sprang völlig außer Atem zum Haupteingang hinauf. Er lief zur Rezeption und sagte zu Maggie Donlon: »Geben Sie über Lautsprecher durch, daß wir das Hotel evakuieren. Läuten Sie Feueralarm. Lassen Sie alle Zimmer kontrollieren. Schnell.«

»Was gibt's denn, Michael?«

»Eine Bombe.«

Schon bei diesen Worten hörte er draußen Polizeisirenen, ungeduldig, weil sie im Verkehr feststeckten. Er lief zum Haupteingang zurück. Zwei Panzerwagen der Polizei kamen durchs Tor und scheuchten hupend andere Autos aus dem Weg. Hinter sich hörte er Maggies Stimme über Lautsprecher: »Alle werden gebeten, sofort das Hotel zu verlassen. Bitte verlassen Sie sofort das Hotel.« Die Feuerglocken begannen zu schrillen. Jetzt strömten schon Menschen an ihm vorbei zum Haupteingang hinaus. Zu seinem Erstaunen drängelte oder rannte niemand. Er hörte fragende Stimmen: »Wo brennt es denn? Es muß irgendwo brennen.«

Der erste Panzerwagen hielt ruckend vor dem Hotel an. Er gestikulierte den vier bewaffneten Polizisten in kugelsicheren Westen, die hinten aus dem Wagen sprangen und auf ihn zugerannt kamen. »Sind Sie der Direktor?«

»Ja. Der Wagen steht auf dem Parkplatz hinter dem Hotel. Ich führe Sie hin.«

»Wo ist Dr. Pottinger?«

»Im Nebenraum«, antwortete er verblüfft.

»Führen Sie uns bitte dorthin.«

Sie liefen zur Drehtür, deren Flügel soeben von Jack, dem Portier, zurückgeklappt wurden, damit die Leute schneller hinauskonnten. Dillon, die Polizisten auf den Fersen, rannte unter den erstaunten Blicken der ins Freie strömenden Gäste durchs Foyer und in den Korridor zu den Sälen. Dort kamen ihnen schon die beiden Aufpasser in den blauen Jogginganzügen entgegen, dahinter Pottingers hoch aufragende Vogelscheuchengestalt, flankiert von seinen vier Gehilfen. Die Polizisten erkannten Pottinger sofort und nahmen ihn in die Mitte, um ihm einen Weg durchs Foyer zu bahnen. »Hier entlang, Reverend. Schnell.«

»Was ist denn los, was gibt's? Eine Bombendrohung?«

Dillon stand vergessen da und sah ihnen nach. Unablässig schrillte der Feueralarm. Über Lautsprecher ertönte ein ums andere Mal die Aufforderung: »Das Hotel wird geräumt. Alle müssen das Hotel sofort verlassen.«

Plötzlich erschien vor Dillon ein Polizeisergeant mit einer zweiten Gruppe schwerbewaffneter Polizisten. »Sind Sie Mr. Dillon? Gut. Wo steht der Wagen?« Und schon eilten sie im Laufschritt zum Hinterausgang, der von den Speisesälen zum Hotelparkplatz führte.

Auf dem Parkplatz blockierte noch immer der französische Ausflugsbus die Ausfahrt. Leute rannten zu ihren Autos, um sie wegzufahren, aber die Polizisten scheuchten sie fort. »Keine Zeit!« riefen sie. »Nur schnell weg hier!«

Der Sergeant wandte sich an Dillon. »Welcher ist es?«

»Der da. Der Renault.« Dillon zeigte darauf. Der Sergeant nahm ein Funkgerät vor den Mund und sprach hinein.

Dillon hörte nicht, was er sagte. Die Bombe konnte jeden Moment hochgehen. Er wollte nur noch weg vom Parkplatz.

Der Sergeant rief einem Kollegen zu: »Weg da mit dem Bus!«

Als der Polizist zu dem Bus rannte, sah Dillon die Franzosengruppe auf den Parkplatz kommen, hörte ihre französischen Worte, ratlos und erschrocken: *»C'est une incendie? Non, il dit que c'est une bombe.«* Die Touristen wollten zu ihrem Bus, aber der Fahrer wendete, von dem Polizisten eingewiesen, eilig sein Gefährt und fuhr vom Parkplatz, und die Touristen blieben verlassen und ängstlich am fremden Ort zurück.

Dillon lief hin und sagte ihnen auf französisch, sie sollten den Bus vergessen und zum Tor laufen, schnell, schnell, beeilen Sie sich. Sie sahen ihn mit aufgerissenen Augen an, dann gehorchten sie erschrocken und machten kehrt.

Er sah nach seinem Wagen. Ein Polizist stand dabei. Er schien Angst zu haben. Der Sergeant und die beiden anderen liefen auf dem Parkplatz hin und her, um ihn von Menschen zu räumen. Dillon sah auf die Uhr. Fast neun. Wenn alles nach den Plänen der Terroristen gegangen wäre, hätte Pottingers Gefolgschaft jetzt ihr Frühstück beendet, und Pottinger hätte sich erhoben und zu reden angefangen. Er sah noch einmal zu dem kleinen roten Renault, der leer unter den Fenstern des Grünen Saals stand, dann machte er kehrt und lief den französischen Touristen nach, ohne sich um den Polizeisergeant zu kümmern, der ihn vergessen zu haben schien. Dabei hörte er durch das Schrillen der Feuerglocke, durch die Rufe und das Knattern des Überwachungshubschraubers hindurch noch weitere Sirenen heulen. Zwei Militärjeeps kamen auf den Parkplatz gerast. Sie bremsten scharf, und aus beiden sprangen Soldaten. Ihr Anführer, ein Captain, sprach mit dem Polizeisergeant, der sich umdrehte und rief: »Mr. Dillon, Sie werden hier gebraucht.«

Er ging zurück. Der Offizier erwartete ihn. Der Polizeisergeant zeigte auf den Renault. Der Offizier kam Dillon entgegen und fragte in schneidigem Britisch: »Ist das Ihr Auto? Haben Sie gesehen, wie die Bombe darin installiert wurde?«

Er schüttelte den Kopf. »Nein. Aber die sagen, sie sei im Kofferraum.«

»Das ist der Anti-Terror-Offizier«, sagte der Polizeisergeant. »Er übernimmt jetzt hier das Kommando.«

Der Offizier ging darüber hinweg. Er fragte, wann der Wagen auf dem Parkplatz abgestellt worden sei, und sagte dann zu Dillon: »Gut, danke. Gehen Sie jetzt.« Er wandte sich an den Polizisten. »Sie auch. Sind aus diesen Räumen alle heraus?« Er zeigte zu den Fenstern der Nebenräume, und ohne eine Antwort abzuwarten, ging er zu den Jeeps, in denen Dillon allerlei Spezialgerät liegen sah.

»Na, dann machen wir mal, daß wir hier wegkommen«, sagte der Polizeisergeant zu Dillon. Er, Dillon und die drei anderen Polizisten liefen zur Parkplatzausfahrt. Dillon warf im Laufen noch einen Blick auf die Szene, die sie zurückließen: die Soldaten, die sich vorsichtig dem Renault näherten, die Jeeps mitten auf dem Parkplatz, den Offizier, der jetzt irgendwelche Geräte abladen ließ.

Vor dem Hotel wurden soeben die letzten Gäste auf die Straße geschickt. Dillon sah Collis, den Restaurantdirektor, im Eingang stehen und zwei Kellner zur Eile antreiben. Maggie Donlon, die Rezeptionistin, führte eine alte Dame heraus, die noch im Nachthemd war und halb getragen werden mußte.

Er lief zu Maggie. »Sind jetzt alle draußen?«

»Ich glaube, ja.«

Er drehte sich um, wieder halb in Panik, und gestikulierte zu Collis, er solle sich beeilen. Collis nickte und kam zu ihm. »Sind alle heraus?« fragte er Collis.

»Die meinen, ja«, sagte Collis. »Die Scheißbombe soll ja diesmal echt sein, höre ich.«

»Genau«, sagte Dillon.

Das Kontrollhäuschen war leer, das Tor stand offen. Sie gingen zur Malone Road hinunter, wo er die Menschen sich zu Hunderten drängen und zum Hotel hinaufglotzen sah. Über allem noch immer das ohrenbetäubende Geknatter des Überwachungshubschraubers. Löschfahrzeuge kamen mit heulenden Sirenen, die verstummten, als sie vor dem Eingang anhielten und die Feuerwehrleute anfingen, die gaffende Menge zu zerstreuen. Ein Panzerwagen der Polizei verließ als letzter den Hotelparkplatz. Er kam in hohem Tempo angejagt und stoppte neben Dillon. Ein Polizist sprang heraus und rannte zu dem Sergeant. Dillon hörte ihre Funkgeräte knistern und den Sergeant sagen: »Nein, Pottinger ist draußen. Den haben wir schon vor zehn Minuten herausgeholt.«

Dillon ging zu dem Sergeant und tippte ihn am Arm. »Sprechen Sie gerade mit Ihrer Zentrale? Könnten Sie sich mal nach meiner Frau erkundigen? Was ist mit ihr?«

»Was soll mit Ihrer *Frau* sein?« fragte der Sergeant verdutzt. »Wo ist sie denn?«

»Die IRA hält sie in unserm Haus fest.«

»Moment.« Der Sergeant drehte sich um und ging ein

paar Schritte zur Seite, als sollte Dillon nicht mithören, was gesagt wurde. Dillon sah ihn in den Apparat sprechen.

Plötzlich erzitterte die Erde. Dem Knall ging ein heftiges Beben voraus. Dann schoß hinter dem Hotel mit einem Donnergrollen wie von einstürzenden Mauern eine Wolke von Staub und Trümmerteilen in die Luft. Um Dillon herum duckten sich die Leute wie unter dem Schlag einer großen Peitsche. Der Detonation folgten Sekunden der Stille, bis auf der Straße die ersten Stimmen ertönten, Stimmen, die zuerst befremdlich klangen, wie Vogelgezwitscher. »Die Bombe – das war eine Bombe, mein Gott, war da noch jemand drin, sind da noch welche im Haus?«

Maggie Donlon erschien mit bleichem Gesicht und faßte ihn am Arm. »Sind da hinten noch die Soldaten?«

»Ja.« Er wandte sich an den Polizeisergeant, der sein Funkgerät an sich drückte, als müßte er es beschützen. »Was ist passiert?«

»Vielleicht haben die das Ding gesprengt«, meinte der Sergeant. »Oder es ist von selbst losgegangen, was eher anzunehmen ist. Nur keine Aufregung. Die Jungs verstehen ihr Handwerk.« Er schien sich gestört zu fühlen. Er wandte sich wieder ab und drehte weiter an seinem Funkgerät, das nur ein Rauschen von sich gab. Dann hob er lauschend die Hand, um Dillon zu bedeuten, daß er still sein solle.

Ringsum schnatterten die Menschen aufgeregt durcheinander wie die Überlebenden einer Katastrophe. »Wir waren noch keine fünf Minuten draußen«, sagte einer. »Fünf Minuten später, und wir wären allesamt tot gewesen.«

Andere riefen besorgt: »Hast du Helen gesehen? Ist Helen bei dir?«

»Es war die IRA.«

»Es war eine Bombe.«

»Waren da oben noch welche in den Zimmern?«

»Nein, sie ist hier. Ich hab sie eben erst gesehen.«

»Das Ding ist irgendwo hinten losgegangen. Hinter dem Hotel.«

Der Polizeisergeant schaltete sein Funkgerät ab und winkte Dillon zu sich, weg von Maggie Donlon und den anderen Zuschauern. Dillon folgte der kugelsicheren Weste, und in seinem Magen bildete sich ein Klumpen aus Angst und Gewißheit. *Sie ist tot.* Der Sergeant schob sich durch ein Knäuel wartender Menschen und blieb neben der Motorhaube seines Panzerwagens stehen. Als Dillon ihn dort einholte, legte der Sergeant ihm die Hand auf die Schulter und sagte in vertraulichem Ton: »Ich habe Ihnen etwas auszurichten. Nein, nicht von Ihrer Frau. Aber ich soll Ihnen dringend anraten, mit niemandem über Ihre Rolle in dieser Angelegenheit zu sprechen – Ihr Auto – die Bombe – kein Wort. Es ist zu Ihrer eigenen Sicherheit.«

»Aber was ist mit meiner Frau, ist sie wohlauf?«

»Darum kümmern die sich noch. Tut mir leid, daß ich Ihnen da nichts Definitives sagen kann.«

»Warum nicht?« fragte Dillon wütend, aber er wartete die Antwort nicht ab. Er machte kehrt und drängte sich an den Platz zurück, wo Maggie Donlon noch immer stand. »Haben Sie Ihren Wagen hier, Maggie? Wo steht er?«

»In der Wellesley Avenue. An der üblichen Stelle. Brauchen Sie ihn? Es ist ein kleiner gelber Fiat.«

»Geben Sie mir bitte den Schlüssel. Es ist eine Notlage.«

Sie sah ihn mit großen Augen an, während sie die Schlüssel aus ihrer Handtasche nahm. »Ist etwas, Michael? Was ist denn los?«

Er konnte nicht sprechen und schüttelte nur den Kopf. Er nahm die Schlüssel, schob sich durch die schnatternden Gaffer und lief auf die Straße, mitten zwischen den Autos hindurch, die im Schrittempo am Hotel vorbeifuhren, während ihre Insassen die Feuerwehrwagen, die Staubwolke, den Menschenauflauf bestaunten. Wie ein Dieb rannte er mitten auf der Straße weiter, zwischen blökenden Hupen, bis er die Wellesley Avenue und Maggies Wagen erreicht hatte. Als er damit auf die University Road hinauskam, mußte er sich wieder in den zähflüssigen Verkehr einreihen, der sich träge auf das Universitätsgelände zubewegte. Er hielt krampfhaft die Hände ums Lenkrad gespannt, sein Herz hämmerte laut vor wilder Angst, während er sich zentimeterweise dem Haupttor und den Promotionsfeiern näherte.

Darum kümmern die sich noch, hatte der Sergeant gesagt. Kümmern, um was? Um den Abtransport von Moiras Leiche? Oder umstellten sie erst noch das Haus, um es demnächst zu stürmen und zu sehen, was passiert war?

Nachdem er endlich an der Universität vorbei war, konnte er Gas geben; er fuhr dieselbe Strecke zurück, die er heute früh genommen hatte. Er fuhr wie ein Irrer. Er sah wieder Kevs maskiertes Gesicht und hörte seine hohe, zornige Stimme, sah die behandschuhte Faust mit dem Revolver darin. Nicht Kev hat sie getötet. Ich habe sie getötet. Ich habe sie in dem Moment getötet, als ich den Hörer abnahm, ich habe sie getötet, um die französischen Touristen zu retten, ich habe sie getötet, um Pottinger und diese Fanatiker im Grünen Saal zu retten.

Er fuhr durch den Carlisle Circus und weiter die Antrim Road entlang. Vor ihm sprang eine Ampel auf Rot. Er fuhr einfach durch. Um ein Haar hätte er einen Mann angefahren, der gerade, als er über die Kreuzung fuhr, auf die Straße trat. Rechts und links von ihm wurde gehupt, wenn er andere Verkehrsteilnehmer überholte und ständig aus- und wieder einscherte; er nahm die Straße vor ihm nur halb wahr, sie erschien ihm unwirklich, während er in erschreckender Lebendigkeit Moira an ihrem Hochzeitstag vor sich sah, wie sie ihn im Buffetzelt umarmte und flüsterte: »Bis daß der Tod uns scheidet; glaubst du daran?«

Ja, sagte er, ja. Natürlich glaubte er daran.

Und dann sagte sie einen Satz, der ihn daran gemahnte, daß er Moira Keenan, die nun seine Frau war, eigentlich so wenig kannte, als ob sie eine Fremde wäre: »Ich glaube es auch. Ich weiß nämlich, daß ich nicht lange Rost ansetzen werde. Ich will nicht alt und häßlich werden, bis mich keiner mehr ansehen mag. Ich will jung sterben, solange mich die Männer noch begehren. Solange ich die Macht habe.«

Und was hatte er darauf geantwortet? Wahrscheinlich etwas Witziges, er wußte es nicht mehr. Aber jetzt, da er nach Hause fuhr und damit rechnen mußte, sie tot vorzufinden, überlegte er, ob es nicht das Ergreifendste gewesen war, was sie ihm je über sich und ihr Leben gesagt hatte.

Drei Straßen vor der Winchester Avenue begann er sich nach Straßensperren, Polizei und Menschenaufläufen umzusehen. Aber es war ein Vormittag wie jeder Vormittag auf der Antrim Road. Spaziergänger und Einkaufsbummler, Eltern mit ihren kleinen Kindern auf dem Weg in den Park, als ob sie in einer Stadt lebten, die viele tausend Meilen weit weg war von Bomben und Schießereien. Diese IRA-Geschichten waren für die meisten von ihnen etwas aus dem Fernsehen, wie die täglichen Berichte über Flugzeugabstürze, Geiselnahmen im Nahen Osten, Guerillakriege und Entführungen. Von denen, die da auf der Antrim Road einherbummelten, würde sich selbst jetzt keiner im Traum vorstellen, daß heute morgen noch maskierte Männer mit Revolvern und Bomben in ihrer Mitte gewesen waren.

Die Winchester Avenue war jetzt die nächste Straße links. Halbkrank vor Angst schaltete er den Blinker ein. Als er um die Ecke bog, standen dort zwei Polizisten, die ihn prüfend musterten. Sie hielten ihn nicht an. Weiter vorn, etwa die halbe Allee hinauf, sah er einen gepanzerten Polizeiwagen vor seinem Haus stehen. Und am höchsten Punkt der Straße stand ein zweites Polizeiauto an der Kreuzung. Da man ihn einfach durchließ, nahm er an, daß die IRA wohl nicht mehr im Haus war. Im Haus, bei Moira, war jetzt die Polizei. War Moira *tot?*

Er parkte hinter dem Panzerwagen. Beim Aussteigen sah er, daß davor noch ein anderes, neutrales Auto stand, auf dessen Fahrersitz ein Mann in Zivil saß. Ein Arzt? Der Mann sah ihn nicht an, als er an ihm vorbeiging. Als er das Törchen öffnete und gerade zum Haus wollte, ging die Haustür auf, als hätte man ihn erwartet. Ein Polizist in kugelsicherer Weste stand in der offenen Tür. »Ich bin Michael Dillon«, sagte Dillon.

Der Polizist nickte und ließ ihn ein. »Fassen Sie bitte nichts an, Sir«, sagte der Polizist. »Die Spurensicherung wird gleich hier sein und sich das Haus vornehmen.«

Er ging ins Wohnzimmer, wohin der Polizist ihn gewiesen hatte. Bei seinem Eintreten erhob sich ein Mann, um ihn zu begrüßen. Er war etwa vierzigjährig und adrett gekleidet: weißes Hemd, rote Wollkrawatte und blauer Straßenanzug. Auf dem Sofa hinter ihm saß Moira.

»O Gott«, sagte Dillon und ging zu ihr. Er nahm sie in die Arme und fühlte ihre warme Haut an seiner Wange. Mit einemmal stöhnte er auf, als müsse er gleich weinen. Er zog sie fest an sich, aber jetzt merkte er, daß sie nicht die Arme um ihn gelegt und seinen Kuß nicht erwidert hatte. »Geht's dir gut?« fragte er.

»Es ist ihr nichts passiert«, sagte eine Stimme hinter ihm. »Wir wollten im Hotel Bescheid sagen, aber da waren Sie schon fort. Ich bin übrigens Kriminalinspektor Randall. Harry Randall. Ihre Frau hat natürlich einen schweren Schock erlitten. Aber Ende gut, alles gut. Wenn ich nicht irre, hat es also auch im Hotel keine Toten gegeben?«

»Ich weiß es nicht«, sagte er. Er sah zu Moira. »Geht's dir gut?« fragte er noch einmal.

Sie nickte, ohne ihn anzusehen.

»Was ist passiert?«

Sie antwortete nicht. Der Inspektor fragte: »Wieviel Uhr war es, als Sie hier weggefahren sind, Mr. Dillon?«

»Viertel vor acht.«

»Aha. Etwa um zwanzig nach acht haben die sich hier verzogen. Ihre Frau haben sie in diesem Zimmer zurückgelassen und zu ihr gesagt, sie dürfe sich nicht rühren oder irgend etwas unternehmen, sonst würden Sie umgebracht. Also hat sie noch hier gesessen und gewartet, als wir gegen Viertel vor neun kamen.«

Er starrte den Inspektor an. »Demnach sind sie hier weggegangen, bevor sie wußten, daß ich angerufen hatte?«

Der Inspektor nickte. Er klappte ein kleines Ringbuch auf und blätterte darin. Dillon fühlte sich bei seinem Anblick an einen Bankmanager erinnert, der einen Kreditantrag prüfte. »Ja, stimmt, Sie haben erst um acht Uhr sechsunddreißig angerufen. Und da wir gerade dabei sind, sollten wir vielleicht versuchen, das Bild zu vervollständigen. Ihre Frau hat mir schon mehr oder weniger geschildert, was in der Nacht hier vorgegangen ist. Wenn Sie mir jetzt noch genau berichten könnten, wie es weitergegangen ist, nachdem Sie heute früh hier weggefahren sind ...?«

Plötzlich sah Moira ihn erwartungsvoll an.

Und wie ein Angeklagter vor Gericht setzte er sich bangen Herzens neben sie aufs Sofa und erzählte von seiner Fahrt durch die Stadt und dem weißen Ford, der ihm gefolgt war. Er berichtete von seiner Ankunft beim Hotel, und wie er auf dem Parkplatz Pottinger gesehen und begriffen habe, daß es sich um ein Attentat handelte. Er erzählte, vornehmlich an Moira gewandt, wie er an den Fenstern des Speisesaals vorbeigekommen sei und drinnen die unschuldigen französischen Touristen habe frühstükken sehen. Sie und der Inspektor hörten ihm schweigend zu. Sie waren seine Richter. Er erzählte von dem verdächtigen Botenjungen und dem Mädchen mit dem gelben Schal. Er erzählte, wie er dann in dem kleinen Laden plötzlich die Polizei angerufen habe. »Ich dachte an diese Menschen«, sagte er zu Moira. »Und natürlich habe ich die ganze Zeit an dich gedacht.«

Sie sah ihn an. »So?«

»Und dann?« mischte der Inspektor sich ein, wie um ihre Frage zu ersticken.

»Dann hat die Polizei am Telefon zu mir gesagt, ich soll ins Hotel gehen und sofort Alarm auslösen. Und zehn Minuten später ist die Bombe hochgegangen. Ich weiß nicht, ob die Soldaten sie gesprengt haben oder was.«

»Die Soldaten haben sie nicht gesprengt«, sagte der Inspektor. »Ich denke mir, sie war so eingestellt, daß sie um zehn vor neun hochgehen sollte, und sie ist genau nach Plan hochgegangen.«

Dillon drehte sich zu Moira um. »Dann habe ich mir ein Auto geliehen und bin hierher gekommen.«

Ein Schweigen entstand, und der Inspektor bemühte sich eilig, es auszufüllen. »Und Sie haben Ihre Rolle in dieser Angelegenheit gegenüber niemandem erwähnt, Mr. Dillon?«

»Nein, die Polizei hat mir davon abgeraten.«

»Warum?« fragte Moira.

»Zu Ihrer eigenen Sicherheit«, sagte der Inspektor. »Wenn die IRA versucht hat, Dr. Pottinger zu ermorden, möchte sie bestimmt nicht bekannt werden lassen, daß sie gepatzt hat. Wahrscheinlich ist es ihr lieber, die Leute glauben, daß der Anschlag nur dem Hotel galt und die Bombenwarnung von ihr selbst kam. Sie sollten also lieber nichts sagen. Ich meine, wenn die Medien erst Wind davon bekämen, würde es einen großen Rummel um Sie geben, und alle wüßten, daß Sie sich der IRA widersetzt haben. Das brächte Sie in höchste Gefahr.«

»In Gefahr sind wir jetzt doch auch«, sagte Moira. »Oder nicht?«

»Richtig. Man weiß nie, was die machen. Ich denke, Sie wissen, welche Alternative Sie unter diesen Umständen haben.«

»Was für eine Alternative?« fragte Moira. »Wie meinen Sie das?«

»Nun, wir können Ihnen natürlich keine Vorschriften machen. Aber es hat eben schon andere Leute in Ihrer Situation gegeben, Leute, die nicht taten, was die ihnen gesagt hatten. Diese Leute sind dann fortgezogen. Sie haben Irland verlassen. Wohlgemerkt, es muß nicht sein, daß Ihnen oder Mr. Dillon etwas zustößt. Ich sage Ihnen nur, daß wir Sie eigentlich nicht schützen können. Wir können für Ihre Sicherheit nicht garantieren.«

Während der Inspektor das sagte, war gegenüber dem Haus ein Polizeiauto vorgefahren. Ein paar Leute waren aus ihren Häusern gekommen und sahen jetzt neugierig zu, wie Polizeibeamte allerlei Kästen und Gerätschaften in Dillons Haus trugen. Der Inspektor wandte sich von ihnen ab und horchte auf den Lärm in der Diele. »Könnten Sie sich vielleicht woandershin begeben – nur für ein paar Stunden? Unsere Leute nehmen jetzt Ihr Haus unter die Lupe. Sie werden keine Unordnung machen, aber es wird schon eine Weile dauern.«

»Sie hatten alle Handschuhe an«, sagte Moira, indem sie plötzlich aufstand und vor den neugierigen Gaffern auf der anderen Straßenseite die Fenstervorhänge zuzog. »Sie werden nichts finden.«

Auch der Inspektor stand auf. »Handschuhe sind kein hundertprozentiger Schutz«, meinte er mit seinem untertänigen Lächeln. Er wandte sich an Dillon. »Sie haben wohl nicht zufällig eines der Gesichter gesehen?«

»Doch«, sagte Dillon. Er sah Moira überrascht zu ihm hersehen.

»Wann?« fragte der Inspektor.

»Einmal hat einer von ihnen, dieser Kev, seine Maske hochgeschoben. Er stand mit dem Rücken zu mir, aber ich konnte sein Gesicht im Spiegel sehen. Er hat sich an der Wange gekratzt. Er hat eine schlimme Akne.«

»Weiß er, daß Sie ihn gesehen haben?«

»Nein.«

»Das könnte uns sehr viel nützen«, sagte der Inspektor. »Aber ich hielte es für klüger, Sie würden es beide gegenüber keinem Dritten erwähnen. Die Polizei natürlich ausgenommen. So, und nun werden Sie wohl wieder in Ihr Hotel wollen, Mr. Dillon. Und Sie, Mrs. Dillon, können wir Sie irgendwohin mitnehmen? Draußen steht mein Wagen mit Chauffeur.«

»Du kannst vielleicht zu Peg Wilton«, meinte Dillon. »Ich muß wieder zurück – ich habe Maggies Wagen.«

»Ich möchte zu meiner Mutter«, sagte Moira, nicht zu ihm, sondern zu dem Inspektor. »Sie wohnt in Lurgan.«

»Macht nichts, dann fahren wir Sie eben dorthin«, sagte der Inspektor. »Wenn Sie ein paar Sachen für die Nacht einpacken wollen, sorgen wir dafür, daß hier alles abgeschlossen wird, sobald wir fertig sind.«

»Ich brauche nichts mitzunehmen«, sagte Moira. »Ich hole nur meinen Mantel.« Sie wandte sich an Dillon. »Kommst du später auch zu Mama? Ich möchte mit dir reden.«

»Ja, natürlich«, sagte er und ging zu ihr, um sie zu küssen, aber sie verließ das Zimmer. Der Inspektor sah ihr nach, dann drehte er sich wieder zu Dillon um und fragte ruhig: »Sie haben wirklich sein Gesicht gesehen?«

»Ja.«

»Dann könnten Sie ihn also identifizieren?«

Er nickte. »Hören Sie«, sagte er zu dem Inspektor, »diese Leute, von denen Sie vorhin sprachen, wohin sind sie denn gezogen? Ans Ende der Welt?«

Der Inspektor lächelte. »Um es genau zu sagen, einer ist tatsächlich nach Australien gegangen. Aber in den beiden anderen mir bekannten Fällen sind die Leute einfach nach England gezogen.«

»Und sie leben noch?«

»Bisher ja«, sagte der Inspektor.

4

An den Hoteleingang war ein handgeschriebener weißer Zettel geheftet:

RESTAURANT GESCHLOSSEN
BOMBENSCHÄDEN
BAR GEÖFFNET SANDWICHES

Als er in Maggies Auto durchs Kontrolltor fuhr, fragte er Billy, ob das Sprengkommando noch da sei.

»Es sind noch Soldaten da«, sagte Billy. »Aber das Sprengkommando ist abgezogen, nachdem die Bombe losgegangen war. So ein Pech, das mit Ihrem Wagen, Sir!«

»Was ist mit meinem Wagen?«

»Die ganze Mauer ist auf die Autos im Personalbereich gefallen. Sie werden es sehen, wenn Sie da reinfahren.«

Er fuhr weiter. Die Parkplatzeinfahrt war von der Armee abgesperrt. Er stieg aus und ging zu Fuß weiter.

Auf den ersten Blick sah es so aus, als wäre die ganze Rückseite des Hotels zerstört, aber im Näherkommen sah er, daß die Schäden auf den Grünen Saal und den daneben liegenden Hauptspeisesaal begrenzt waren. Der Grüne Saal war nur noch ein Trümmerhaufen, die Außenmauer war vollständig eingestürzt, Tische und Stühle lagen unter Schutt begraben, die Decke hing herunter wie die gebrochene Schwinge eines großen Urzeitvogels. Der Speisesaal war ähnlich verwüstet. Die herabstürzende Außenmauer hatte seinen Wagen und drei weitere unter Steinen und Mörtel verschüttet. Die Autos waren so total zerstört, daß sich nur schwer noch feststellen lassen würde, in welchem die Bombe versteckt gewesen war. Während er über den Parkplatz auf diesen Ort der Verwüstung zuging, sah er auf der anderen Seite einen Panzerwagen der britischen Armee stehen, und soeben kam ein Soldat mit Gewehr auf ihn zu und winkte ihm, er solle weggehen.

»Ich bin der Hoteldirektor«, sagte er. »Können Sie mir sagen, ob einer vom Sprengkommando verletzt wurde?«

Der Soldat betrachtete ihn eine Sekunde, als überlegte er, ob er antworten solle, dann sagte er: »Nein, Sir. Und Sie dürfen hier nicht näher herangehen, tut mir leid.«

»Danke.« Er nickte dem Soldaten zu und ging vom Parkplatz. Er sah auf die Uhr. In der Universität würde jetzt jeden Augenblick die Promotionsfeier zu Ende sein. Die Absolventen nebst Angehörigen und Freunden würden bald zum Lunch hier eintreffen, oder auf einen Drink zur Feier des Tages. Der Zettel am Eingang: *Restaurant geschlossen – Bombenschäden* würde für die meisten der erste Hinweis darauf sein, daß etwas passiert war. Sie würden sich davon nicht abhalten lassen. Schlimmes nicht zur Kenntnis zu nehmen, war in Ulster Tradition. Mal wieder ein Bonbömbchen, pflegte man hier zu scherzen. Bis nächste Woche wäre der ganze Vorfall vergessen.

»Michael?«

Auf dem Weg zum Hoteleingang kam ihm Rory Burke, sein Stellvertreter, entgegen. »Wo haben Sie denn nur gesteckt?« fragte Rory. »Der große Boß hat aus London angerufen und wollte Sie sprechen. Sie sollen sich sofort bei ihm melden. Haben wir nun eigentlich geöffnet oder nicht?«

»Wieviel ist denn kaputt?«

»Was Sie hinten gesehen haben. Die Küche ist in Ordnung, und meines Wissens haben wir auch sonst keine baulichen Schäden. Natürlich sind die Zimmer über dem Restaurant – überhaupt ist dieser ganze Flur gesperrt.«

»Wer hat den Zettel da draußen hingehängt, den mit den Sandwiches?«

»Collis. Wir wollen uns doch das Geschäft an der Bar nicht entgehen lassen. Schließlich ist heute ein großer Tag.«

»Na ja, gut«, sagte er. »Machen wir weiter. Geschäft wie üblich. Ich kläre das natürlich noch mit London ab.«

»Wie haben die nur die Bombe hier hereingekriegt?« fragte Rory. »Weiß das schon einer?«

»Keine Ahnung.«

»Einer von der Polizei hat zu Maggie gemeint, daß es vermutlich eine Semtex-Bombe war, eine sogenannte Handtaschenbombe. Die könnte jeder hier eingeschleppt haben.«

»Wahrscheinlich«, sagte er. »Hören Sie, ich gehe jetzt in mein Büro und rufe London an. Könnten Sie Maggie ihren Autoschlüssel zurückgeben? Sagen Sie ihr, sie kann den Wagen ruhig da stehen lassen, wo ich ihn geparkt habe.«

Er ging, gefolgt von Rory, nach drinnen, aber dort mied er den Rezeptionsbereich und ging über die Personaltreppe ins Mezzanin, wo sich sein Büro befand. Er trat in sein Büro und schloß die Tür hinter sich ab. Er wählte ihre Nummer.

»Features«, meldete sich eine Frauenstimme.

»Ist Andrea da?«

»Sie ist im Moment nicht an ihrem Schreibtisch. Darf ich fragen, wer anruft?«

»Michael Dillon.«

»Augenblick.«

Er wartete. Dann ihre Stimme. »Bist du noch am Leben? Es ist doch niemand verletzt worden, oder?«

»Nein, alles in Ordnung.«

»Mein Gott, muß das ein Tag für dich sein! Du warst gar nicht da, als es passierte?«

»Doch. Das will ich dir gerade erzählen.«

»Ich habe vor einer halben Stunde angerufen«, sagte sie. »Als sie dich nicht fanden, habe ich gedacht: Er ist noch gar nicht da. Er ist noch zu Hause und klärt gerade Moira über uns auf.«

Plötzlich begriff er, daß sie natürlich nichts wissen konnte.

»Du, hör mal«, sagte er, »können wir uns heute noch sehen? Vielleicht heute nachmittag?«

Es war eine Sekunde still. »Du *hast* es ihr doch gesagt?«

»Noch nicht.«

»Ich habe heute früh mit Somerville gesprochen«, sagte sie. »Und er hat in London angerufen, und alle sind begeistert und so weiter. Du hast es dir doch wohl nicht anders überlegt, Michael?«

»Natürlich nicht. Aber letzte Nacht ist etwas passiert. Ich kann am Telefon nicht darüber sprechen. Hör mal, kannst du heute nachmittag zu mir kommen, gegen drei? Und damit du dir keine Gedanken machst, ich liebe dich.«

Plötzlich sprach die Vermittlung dazwischen: »Mr. Dillon? Ich habe London in der Leitung. Mr. Keoghs Büro. Es sei dringend.«

Hatte sie mitgehört, wie er *ich liebe dich* sagte?

»Also um drei«, sagte Andrea. Sie legte auf.

Eine sehr englische Frauenstimme meldete sich: »Ist

dort Mr. Dillon? Bleiben Sie bitte am Apparat, Mr. Keogh möchte Sie sprechen.«

»Ja, danke.«

Für die Amerikaner herrschte beim Telefonieren eine strenge Etikette: Der Untergebene hatte zu warten. Beim Warten sah er im Geiste Keoghs Büro am Berkeley Square, die großen Besprechungszimmer, die allgegenwärtigen Computer, die wartenden Boten, die Faxgeräte sowie in Keoghs Privatbüro die beiden Sekretärinnen, die dauernd irgend jemanden am Telefon warten ließen. Es war eine Welt der Fernbereichszonen, der Vertragsabschlüsse und Fusionen, Pressekonferenzen, Eröffnungsfeiern und Empfänge und in zweiter Reihe geparkter Limousinen, und mitten darin saß Keogh, die Krawatte gelockert, den Telefonhörer zwischen Kinn und Schulter geklemmt, und telefonierte mit seinen Chefs in Los Angeles und New York, um ihnen über ihre Hotels in London, Athen, Rom und Cannes zu berichten, die weniger großen Hotels in Städten wie Birmingham, Heraklion und Marseille, oder wie heute eben Belfast, eine kleine Neuerwerbung der letzten Zeit, von der man noch nicht genau wußte, ob sie ihr Geld wert war.

»Michael«, rief eine wohlvertraute amerikanische Stimme. »Dan Keogh. Ich höre, es ist heute früh ein bißchen rundgegangen bei Ihnen?«

»Ja. Wir haben erhebliche Schäden am Restaurant und einem Nebenraum. Aber wir bleiben geöffnet. Sind Sie damit einverstanden? Wir haben hier eine große Woche – Promotion an der Universität –, und ich will uns das Geschäft nicht entgehen lassen.«

»Recht so«, sagte Keogh. Es war sein Lieblingsspruch, den Dillon schon kannte. »Das erinnert mich an diese alten

Kriegsfilme«, fuhr Keogh fort. »Durchhalten, selbst im Bombenhagel. Nun hören Sie, der Grund für meinen Anruf ist, daß ich Dwayne Harrison zu Ihnen rüberschicken will, wegen der Schadensregulierung. Er müßte irgendwann am Nachmittag bei Ihnen eintreffen. Und was die Presse angeht, spielen Sie die Schäden ein bißchen runter, okay? Sonst noch Probleme?«

»Ja, hm, wenn Sie einen Moment Zeit hätten, ich habe ein privates Problem. Es hat mit dem heutigen Vorfall zu tun.«

»Können Sie das mit Dwayne besprechen? Kann er das auch regeln?«

»Ich denke, ja.«

»Abgemacht. Reden Sie mit Dwayne. Ich bin hier im Moment ein bißchen im Druck. Okay? Schönen Tag noch, Mike.«

Dillon, entlassen aus Keoghs betriebsamer, Geld atmender Welt, blickte über die Stadt hinüber zu dem Berg, der wie eine Bühnenkulisse hinter ihr aufragte. Vor langer Zeit hatte er in der Schule immer tagträumend aus dem Fenster gesehen und sich vorgestellt, in einem Flugzeug zu sitzen und fortgetragen zu werden über diesen Berg, diesen grauen Schweinerücken, hinaus in die Ferne, nach London, New York, Paris, in große Städte, die er von Filmen und Fotos kannte, die Welten entfernt waren von der dumpfen Beschränktheit seiner Heimat. Er hörte jetzt draußen in der Bar des Mezzanin das laute Scherzen und Lachen vertrauter Belfaster Stimmen, und es war ihm, als säße er noch immer in diesem alten Klassenzimmer, noch immer tagträumend, noch immer gefangen.

Wieder klingelte sein Telefon. Vielleicht Andrea. Er nahm ab.

»Mr. Dillon, Ihr Vater ist auf Leitung zwei.«

»Sagen Sie ihm, ich habe viel zu tun. Ich rufe ihn später an.«

Sein Vater wäre der letzte gewesen, mit dem er jetzt hätte sprechen wollen. Und er *hatte* zu tun. Wenn heute nachmittag Dwayne Harrison käme, würde er Schadensberichte und Ausweichpläne und dergleichen erwarten. Wieder klingelte das Telefon, aber er beachtete es diesmal gar nicht und verließ sein Büro. Aus dem Foyer kamen Leute herauf, meist von den Promotionspartys, aber auch eine Gruppe von Heiztechnikvertretern, die im Dalriada-Zimmer soeben eine Geschäftskonferenz beendet hatten. Er ging zur Rezeption hinunter. Man rief ihm zu: War es die IRA, wußte jemand Bescheid? Hat die Armee die Bombe gezündet? Wann wird das Restaurant wieder geöffnet? Er wußte, daß die Fragen so etwas wie eine Sympathiekundgebung für ihn waren, eine Art Zuspruch. Es war niemand zu Schaden gekommen: Es waren weder Menschen noch Tiere eines gräßlichen Todes gestorben. Nur mal wieder eine Bombe. Eigentlich ein Tag wie jeder andere.

An der Rezeption standen Rory Burke und Maggie, umringt von ängstlich gespannten Gesichtern, Promotionspartys, deren Essen abgesagt werden mußten, Gästen, deren Zimmer im beschädigten Bereich des Hotels lagen. Reporter waren auch da, sowie ein Fotograf und ein Fernsehteam. Er ging zu Rory und half ihm, Fragen zu beantworten, Leute zu trösten und ein kaltes Buffet im Craigavon-Zimmer zu organisieren. Ein Kellner brachte ihm heißen Kaffee und Toast, den er aß, während er zugleich mit einem Bauunternehmer namens McAnally telefonierte, der schon nach dem vorjährigen Bombenanschlag die Schäden repariert hatte. Das Gedränge im Foyer und den beiden Bars wurde immer größer, und er kam vor lauter Lärm und Fragen, abzuzeichnenden Bons, Diskussionen mit Lieferanten, den tausend kleinen Alltagsdingen nicht dazu, an irgend etwas anderes zu denken. Hin und wieder sah er auf die Uhr und rechnete nach, wie lange es noch dauerte, bis Andrea kam, doch über diesen Moment hinaus dachte er nicht. Er wagte es nicht.

Um zwei waren die Bars noch immer gerammelt voll, und im Craigavon-Zimmer ging am Buffet das Essen aus. Während er die lange Reihe der auf Fütterung Wartenden abschritt und sich entschuldigte, kam ein Page und meldete, er werde von Mr. Harrison aus London an der Rezeption erwartet.

Dillon sah auf die Uhr. So früh hatte er nicht mit Harrison gerechnet. »Führen Sie ihn in mein Büro. Ich komme gleich.«

Langsam ging er wieder in sein Büro hinauf. Er hatte Harrison schon einmal gesehen, vor zwei Jahren in London, bei einer Besprechung der Alliance-Direktoren. Harrison war Texaner und hatte eine eigene Unternehmensberatung gehabt, bevor er von der Alliance-Kette geholt wurde, um die Rentabilität ihrer diversen Etablissements zu prüfen. Sein Gesicht war es auch, das man immer dann sah, wenn ein Hotel geschlossen oder ein Direktor gefeuert werden sollte.

Als Dillon sein Büro betrat, stand Harrison am Fenster, eine abweisende, hochgewachsene Gestalt im hellbraunen Anzug, und sah einem Militärhubschrauber zu, der im Schwebeflug über dem nahen Katholikengetto stand. Er hatte Dillon anscheinend nicht hereinkommen hören. Er stand mit den Händen auf dem Rücken da und wippte auf den Fersen, während er unverwandt in den Himmel hinaufsah.

»Hallo, Dwayne«, sagte Dillon laut, um den Hubschrauber zu übertönen.

Zögernd, als wäre er nicht sicher, seinen Namen gehört zu haben, wandte Harrison den Kopf und sah über die Schulter zu Dillon, dann erst drehte er sich um und riß wie in höchster Überraschung die Hände hoch, um ihn zu begrüßen. Sein blasses, pausbäckiges Gesicht, dessen Lippen stets zu einem halben Lächeln geöffnet waren, erinnerte Dillon an eine viktorianische Porzellanpuppe. »Hallo! Na, wie läuft's denn so?« fragte Dwayne.

»Wie Sie sehen. Wir hatten schon bessere Tage.«

»Stimmt allerdings! Aber das ist wohl standortbedingt. Und warum gerade wir, haben Sie da schon eine Ahnung?«

»Ja. Darüber möchte ich mit Ihnen sprechen.«

»Gut, aber wir wollen uns zuerst die Schäden ansehen. Ich muß um fünf den Flieger nach London erreichen. Da ist für heute abend eine große Sitzung mit so ein paar Italienern angesetzt, die konnten wir nicht mehr verschieben.«

»Also, gehen wir«, sagte Dillon. Sie fuhren mit dem Lift ins Untergeschoß, wo Harrison sogleich an die Arbeit ging, die Schäden notierte, Collis zu seinen Bewirtungsproblemen anhörte, listige Fragen stellte und sich den Bauunternehmer notierte, den Dillon mit den Reparaturarbeiten beauftragen wollte.

Unterdessen rückten Dillons Uhrzeiger auf drei zu, dann über drei hinaus, und es war schon fast halb vier, als Sally von der Rezeption zu ihm kam. »Verzeihung, Mr. Dillon, aber im Salon wartet eine Miss Baxter auf Sie.«

»Ist das wichtig, Mike?« fragte Harrison hinter ihm.

»Ziemlich. Können Sie mich fünf Minuten entbehren?«

»Okay.« Harrison setzte sein Puttenlächeln auf. »Ich muß sowieso ein paar Leute anrufen. Wir treffen uns hier wieder.«

Hinter dem Empfangssalon befand sich, fast versteckt, ein kleiner Raum, der früher einmal als Schreibzimmer gedient hatte, in dem die Gäste ihre Korrespondenz erledigen konnten. Jetzt standen darin ein Fernseher, ein paar häßliche schwarze Kunstledersofas und ein Getränkeautomat. Da auch in den Bars und im eigentlichen Empfangssalon Fernsehgeräte standen, wurde dieser Raum kaum benutzt und war der schäbigste im ganzen Hotel. Der Fernseher lief, aber ohne Ton. Beim Eintreten sah er aus dem Augenwinkel vier Mitspieler in irgendeiner Show an imitierten Schreibtischen sitzen und Nummern über ihre Köpfe halten. Andrea, die er hinter der halboffenen Tür zuerst nicht gesehen hatte, kam sogleich auf ihn zu und umarmte ihn. Sie trug ein T-Shirt, Bluejeans, Turnschuhe und eine Kampfjacke aus Armeebeständen und sah darin aus wie neunzehn.

»Entschuldige«, sagte sie.

»Wofür entschuldigst du dich?«

»War ich nicht am Telefon ziemlich garstig zu dir?«

»Ach was. Aber ich muß dir das alles noch erklären.«

Sie wartete.

»Mist, wir können nicht in mein Büro«, sagte er. »Wir müssen hier reden.« Er führte sie zu einem der häßlichen Sofas und setzte sich neben sie. »Hör zu. Gestern nacht hatten Moira und ich Besuch von der IRA. Die Polizei sagt, ich soll mit keinem Menschen darüber reden. Warum, wirst du gleich verstehen, wenn ich es dir erkläre. Die

Bombe heute morgen, die habe nämlich ich hierhergebracht.«

Auf dem stummen Bildschirm neben Andrea hielt soeben einer der Spielteilnehmer eine lebende Stockente hoch. Ein zweiter Teilnehmer hob daraufhin eine Lockente über seinen Kopf. Dillon blickte aus reiner Macht der Gewohnheit hin und wieder auf den Bildschirm, während er zu erzählen begann, ihr hastig, angstvoll und immer schneller redend die Ereignisse der Nacht und des heutigen Morgens wie im Zeitraffer schilderte. Sie hörte zu, nickte und machte nichtssagende Zwischenbemerkungen, die nur ihren Schrecken und ihr Mitgefühl ausdrückten. Als er aber an die Stelle kam, wo er in den Raum hinter dem kleinen Laden ging, in dem das Telefon stand, wandte sie plötzlich den Kopf und packte ihn am Arm, als wollte sie ihn am Weitererzählen hindern. »Du hast doch nicht angerufen!« rief sie schockiert.

»Ich mußte. Wenn ich nicht angerufen hätte, wäre ich zum Komplizen dieser Schweine geworden. Ich wäre jetzt am Tod dieser vielen Menschen schuld.«

»Aber was ist mit Moira?«

»Schon gut, ihr ist nichts passiert«, sagte er. »Die IRA hatte unser Haus verlassen, bevor ich anrief. Sie ist wohlauf.«

»Gott sei Dank«, sagte Andrea. »Hast du schon mit ihr gesprochen?«

»Ja, ich bin sofort nach Hause gefahren. Aber die Polizei war da, und wir konnten nicht richtig miteinander reden. Die Polizei meint, wir sollten das Land verlassen, beide.«

»Wieso das?«

Er antwortete nicht, weil in diesem Moment Rory Burke ins Zimmer kam. »Entschuldigen Sie, Michael, aber

Seine Merkwürden verlangt nach Ihnen. Ich glaube, er wird langsam ein bißchen nervös.«

Dillon stand sofort auf und sagte zu Andrea: »Du, ich muß jetzt gehen. Einer aus unserer Londoner Zentrale ist hier, der muß die Fünf-Uhr-Maschine kriegen. Kannst du um fünf wieder herkommen?«

»Weiß ich noch nicht. Mal sehen.«

Rory fragte: »Sie kommen doch gleich, Michael?«

»Ja, ich komme.«

Als Rory fort war, umarmte und küßte er sie.

»Was wirst du nun tun?« fragte sie.

»Es wird schon alles gutgehen«, antwortete er verzweifelt. »Es wird schon werden. Fünf Uhr, ja?«

»Fünf Uhr kann ich nicht versprechen. Wir gehen um sechs auf Sendung. Ich werd's aber versuchen.«

»Wir sprechen uns jedenfalls noch.«

»Nun geh schon, geh«, sagte sie. Und als er halb zur Tür hinaus war, rief sie: »Michael? Paß auf dich auf.«

Dwayne Harrison saß, die langen Beine übereinandergeschlagen und die Hände um das rechte Knie gelegt, vollkommen reglos in einem von Dillons Bürosesseln und hörte zu. Als Dillon mit seiner Erzählung fertig war, stand Harrison auf und ging ans Fenster. *»Well«*, meinte er in seinem breiten Texanisch. »Das ist eine Premiere.«

»Wie bitte?«

»Ich meine, das ist doch ein tolles Ding, oder? Es ist das erste Mal, daß wir jemanden versetzen müssen, weil ihm Killer im Nacken sitzen. Die Bullen hätten Sie also gern aus der Stadt?«

»Ja. Sie können keine Leute zu unserm Schutz abstellen. Sie finden anscheinend, daß wir in England sehr viel sicherer aufgehoben wären. Eigentlich hatte ich mir aber auch schon selbst überlegt, demnächst um eine Versetzung zu bitten. Aus persönlichen Gründen.«

Harrison warf den Kopf in den Nacken und schlug sich lachend auf die Schenkel. »Na, wenn *das* nicht schon ein persönlicher Grund ist! Aber England liegt doch gleich nebenan. Wären Sie dort wirklich sicher?«

»Ich weiß nicht, ob ich überhaupt noch irgendwo sicher sein kann. Aber sicherer als hier auf jeden Fall.«

»Sie haben hier gut gearbeitet, Mike. Sie kennen das Land besser als jeder andere. Wen sollen wir denn, zum Teufel, an Ihre Stelle setzen?«

»Rory Burke ist sehr tüchtig.«

»Er hat nicht Ihren Lebenslauf«, sagte Harrison.

Ein kurzes Schweigen folgte, dann meinte Dillon: »Und wenn ich selbst mit Dan Keogh spreche, was meinen Sie? Ich hatte das sowieso vor.«

Harrison stand auf. »*Ich* rede mit Dan«, sagte er. »Hören Sie, uns ist völlig klar, daß Sie hier was durchgemacht haben. Die Entscheidung hat natürlich Dan, aber verdammt noch mal, wenn Sie nicht ans Telefon gegangen wären, hätten wir jetzt ein Massaker erster Güte am Hals. Aus meiner Sicht sind wir Ihnen was schuldig. Ich werde also mit Dan reden, und morgen melden wir uns wieder bei Ihnen. Bis dahin – das brauche ich Ihnen wohl nicht zu sagen – passen Sie gut auf sich auf. So. Können Sie mir jetzt ein Taxi besorgen lassen? Wenn ich Glück habe, kriege ich noch den Flieger um halb fünf.«

Als sie hinunterkamen, erwartete Jack, der Portier, sie an der Rezeption. Jack salutierte. Man hatte ihm gesagt, wer Harrison war. »Ihr Taxi ist da, Sir.« Er hob einen großen Schirm in die Höhe. »Es ist leider ein bißchen feucht da draußen.« Er ging zur Drehtür voran und setzte sie in Bewegung, dann ließ er Harrison den Vortritt. Als Harrison in die Drehtür trat, kam gerade von draußen ein Mann herein. Dillon trat hinter Harrison in die Drehtür, und in dem Moment drehte der Mann, der sie in entgegengesetzter Richtung passierte, sich um und starrte Dillon an, als hätte er ihn erkannt.

Jack spannte auf der Treppe den Schirm auf und geleitete Harrison zu dem wartenden Taxi. »Ich rufe Sie morgen an«, sagte Harrison, während er seine langen Glieder in den Wagen verfrachtete. Dillon winkte, und das Taxi rollte zum Kontrolltor, das schon geöffnet worden war, um es hinausfahren zu lassen.

In diesem Moment tippte jemand Dillon auf die Schulter. »Sind Sie Mr. Dillon?« fragte eine Männerstimme mit breitem Belfaster Akzent.

»Ja. Womit kann ich dienen?«

Vor ihm stand der Mann, der ihn vorhin in der Drehtür erkannt zu haben schien. Er war um die Vierzig und hatte ein breites, weißes Gesicht, das durch die gewölbte, kahle Stirn vergrößert wurde. Im Revers seines schäbigen dunklen Anzugs steckte die kleine emaillierte Nachbildung einer Flagge. Die Flagge zeigte in der Mitte die Rote Hand von Ulster vor dem Hintergrund rot-weißer Streifen im kreuzweisen Muster des Union Jack. In der linken Hand trug er ein in schwarzes Leder gebundenes Buch mit Eselsohren.

»Kann ich Sie kurz unter vier Augen sprechen?« fragte der Mann.

»Worum geht es?«

»Ich möchte Sie nur kurz sprechen. Ich halte Sie nicht lange auf. Können wir uns irgendwohin setzen?«

Sie gingen wieder durch die Drehtür hinein, und Dillon führte den Mann in das unbenutzte kleine Fernsehzimmer, in dem er heute schon mit Andrea gewesen war. Als sie dort eintraten, warf der Mann einen Blick nach hinten, als wollte er sich vergewissern, daß ihnen niemand folgte. Dann ging er hin und schaltete das stumme Fernsehbild ab. »Wenn Sie nichts dagegen haben«, meinte er, dann sah er wieder Dillon an. »Ich bin in Dr. Pottingers Auftrag hier.«

»So?«

»Die Polizei hat Dr. Pottinger – im Vertrauen natürlich – berichtet, was Sie heute vormittag getan haben. Und Dr. Pottinger hat mich gebeten, Ihnen in seinem Namen für Ihre mutige Tat zu danken. Sie wissen natürlich, daß es ein Mordanschlag auf den Doktor war?«

»Ach, wirklich?«

»Daran gibt es gar keinen Zweifel. Es war ein gezielter Versuch, ihn zu ermorden. Aus dem, was Ihre Frau der Polizei berichtet hat, schließe ich also, daß der Zweck der Bombe Ihnen beiden nicht bekannt war?«

»Richtig.«

»Diese IRA-Leute haben Ihnen beiden die ganze Nacht kein Wort davon gesagt?«

»So ist es.«

»Komisch, nicht?« Der Mann verzog sein weißes Mondgesicht ganz kurz zu einem schuldbewußten Grinsen.

»Was ist daran komisch? Wieso hätten sie uns denn ins Vertrauen ziehen sollen?«

Der Mann hob die Schultern, als wäre es ihm peinlich.

»Weil wir Katholiken sind, meinen Sie das?« fragte Dillon.

»Nicht doch, nicht doch«, beeilte sich der Mann zu versichern. »Wir hätten nur eines gern noch geklärt. Wie Inspektor Randall sagt, wollen Sie und Ihre Frau nicht, daß Ihr Anteil an dem Geschehen auch nur mit einem Wort erwähnt wird. Er sagt, daß Sie sich auf seinen Rat da heraushalten wollen, um sich keinen Repressalien auszusetzen.«

»Ja, das ist richtig.«

»Sie wollen seinen Rat also befolgen?«

»Ja.«

»Gut. Das wollten wir nur wissen. Dr. Pottinger wird nämlich heute noch eine Pressekonferenz geben und möchte in diesem Punkt Klarheit haben.«

»Verstehe.«

Der Mann blätterte abwesend in dem schwarzen Buch, als müsse er überlegen, was es noch zu sagen gab. Das Buch, Dillon sah es jetzt, war eine Bibel.

»Also, wie gesagt, Dr. Pottinger wird in diesem Falle natürlich Ihre Entscheidung respektieren.« Wieder verzog der Mann das Gesicht zu einem Grinsen. »Ich darf dem entnehmen, daß Sie von der IRA nicht viel halten, Mr. Dillon?«

»Nein. Und von Dr. Pottinger auch nicht.«

Der Mann hob die Hand mit der Bibel wie zur Wortmeldung. »Wir haben viele Feinde, Mr. Dillon. Damit büßen wir dafür, daß wir das Werk des Herrn verrichten und für die Menschen von Ulster die Stimme erheben. Vielen Dank für Ihre Hilfe. Ich wünsche Ihnen einen schönen Tag.«

Er nickte steif zum Abschied, packte seine Bibel, drehte sich um und verließ das Zimmer. Dillon blieb in ohnmächtiger Wut zurück. Wenn Moira nun ermordet worden wäre, hätten diese Leute dann auch die Frechheit besessen, herzukommen und mir für das, was ich getan habe, zu danken?

Er hörte sich von einem Pagen ausgerufen: »Mr. Dillon, bitte.«

Er ging an die Rezeption. Einer der Pagen kam auf ihn zu und sagte ihm, es sei ein Anruf für ihn da. »Sie sagen, es sei dringend«, fügte der Page hinzu. »Es ist die BBC.«

Er rannte die Treppe hinauf zu seinem Büro. An seinem Telefon blinkte das rote Lämpchen. Als er den Hörer abnahm und »Dillon« sagte, sprudelte sofort eine Stimme los, besorgt und leise, als ob ihr dort, wo sie war, jemand zuhören konnte.

»Michael, ich kann um fünf nicht kommen. Die Aufnahme ist verschoben, aber ich muß bei einer Pressekonferenz aushelfen. Sie dreht sich komischerweise um den Bombenanschlag.«

»Wird sie von Pottinger gegeben?«

»Ja. Woher weißt du das?«

»Egal. Wann bist du fertig?«

»Weiß ich noch nicht. Ich weiß, daß wir miteinander reden müssen, aber –«

»Hör zu«, sagte er. »Ich muß nach Lurgan und mit Moira sprechen. Sie ist dort bei ihrer Mutter. Da bleibt sie heute nacht. Ich sage ihr, daß ich noch mal hierher muß. Unter irgendeinem Vorwand. Können wir uns noch treffen – sagen wir um zehn?«

»Im Hotel?«

»Ja. Und hör zu. Ich habe vorhin mit Harrison gesprochen. Ich glaube, meine Versetzung geht in Ordnung.«

»Aber was ist mit Moira? Die mußt du doch mitnehmen, oder?«

Er schwieg. »Du, darüber reden wir später. Wir treffen uns um zehn.«

»So ein Schlamassel«, sagte sie. »Ist das nicht ein richtiger Schlamassel?«

»Es wird alles gut ausgehen«, sagte er verzweifelt. »Hörst du? Es wird alles gut ausgehen.«

»Wie denn?«

»Bitte – reg dich jetzt nicht auf. Andrea!«

Es war still in der Leitung.

»Andrea?«

»Ja?«

»Hör zu, wir werden darüber reden. Ich lasse mir was einfallen. Es wird schon alles gutgehen.«

»Dann um zehn«, sagte sie.

5

Der Wagen, den die Autovermietung McAuley geschickt hatte, war ein blitzender kleiner Fiat mit kaum achthundert Kilometern auf dem Zähler. Die Autobahn von Belfast nach Lurgan war gut ausgebaut und ausgeschildert, eine Schnellstraße, die immer wieder einen Blick auf neue Fabriken und schmucke Bauernhäuser zwischen wohlbestellten Feldern gestattete. Es erinnerte alles daran, daß dieser Teil Irlands zu Großbritannien gehörte, denn Straßen und öffentliche Einrichtungen waren hier um Klassen besser als in der Republik Irland, keine hundertfünfzig Kilometer weiter südlich. Auf dieser Straße konnte Dillon das Gefühl haben, er fahre durch eine englische Grafschaft. Heute abend wurde er jedoch auch an Dinge erinnert, die er an einem normalen Tag ignoriert hätte. Was jetzt zu seiner Rechten in Sicht kam und aussah wie eine Fabrik im sommerlichen Abendlicht, war das berüchtigte Gefängnis, in dem unter britischer Leitung Folterungen stattgefunden hatten, in dem katholische wie protestantische Freischärler sich mit der Forderung, als politische Gefangene behandelt zu werden, geweigert hatten, Häftlingskleidung anzulegen, und statt dessen, in Decken gehüllt, ihre von Exkrementen verdreckten Zellen abgeschritten hatten wie bärtige Heilande. In diesem Gefängnis, das die Briten »The Maze« und die Iren »Long Kesh« nannten, hatte das falsche Märtyrertum hungerstreikender IRA-Leute weltweites Aufsehen erregt.

Er betrachtete es jetzt im Vorbeifahren. Männer, die Jahre hinter diesen Mauern zugebracht hatten, waren die Drahtzieher, die hinter diesen nervösen jungen Burschen von letzter Nacht standen. Vielleicht hatte sogar einer, der jetzt noch dort einsaß, die Semtex-Bombe und den weißen Ford organisiert und dafür gesorgt, daß ein zwölfjähriger Botenjunge sich auf dem Hotelparkplatz herumtrieb und ein Mädchen mit gelbem Schal ihm in den Laden folgte. Dieses Gefängnis, das an einem normalen Abend einfach ein Teil der Landschaft gewesen wäre, vertraut und leicht zu übersehen, spielte jetzt eine entscheidende Rolle in seinem Leben. Er sah im Rückspiegel nach den Autos, die hinter ihm herfuhren. Ob eines von ihnen an der Ausfahrt Craigavon mit ihm abbiegen würde? Und welches?

Als er an die Ausfahrt kam und zu dem Kreisverkehr hinauffuhr, der nach Lurgan führte, lenkte er an den Straßenrand und wartete. Das einzige Fahrzeug, das ihm in die Ausfahrt folgte, war jedoch ein Bäckereiwagen, der in den Kreisverkehr einfuhr und in die der Stadt entgegengesetzte Richtung abbog. Aber was bewies das? Sie konnten durchaus in diesem Lieferwagen sitzen. Sie hatten ihn anhalten sehen und waren weitergefahren, um ihn zu täuschen.

Er legte den Gang ein, und während er stadteinwärts fuhr, sagte er sich, daß er aufhören müsse, in diesen Bahnen zu denken, sonst würde künftig jeder verdächtig aussehende Fremde, jeder harmlose Bäckereiwagen ein Quell der Bedrohung für ihn sein, ein Grund zur Angst. Aber noch während er sich das vorhielt, wußte er, daß er nicht dagegen ankam. Er *hatte* Angst. Er war gar nicht so mutig und tapfer, wie er gern gewesen wäre. Er hatte Angst.

Moiras Mutter stammte aus Lurgan. Als Moiras Vater seine Metzgerei in Belfast aufgab, hatte ihre Mutter ihn überredet, wieder hierher zu ziehen und ein Haus in der Unterstadt zu kaufen. Dillon kam jetzt in eine Straße, die aus Reihenhäusern, ein paar Läden und einem Bahnhof am Ende bestand. Die vor siebzig Jahren gebauten Häuser hatten kleine Zimmer und kleine Hinterhöfe, und aus den Fenstern an der Rückseite blickte man auf eine häßliche Müllhalde. Er fuhr hinters Haus und stellte seinen Wagen auf einem schmalen Weg neben der Müllkippe ab.

Moiras Mutter, die am Küchenfenster stand, sah ihn auf den Hinterhof treten und kam an die Tür, um ihn einzulassen. »Michael, wie geht's dir denn?« fragte sie, und dabei nahm sie ihn in die Arme und drückte ihn an ihren großen Busen.

»Guten Abend, Maeve. Ist Moira hier?«

»Aber ja doch. Komm rein.«

Dillon dachte sich manchmal, daß Maeve wohl die unbewußte Hauptursache für Moiras Bulimie war. Sie war groß, genau wie Moira, und hatte schöne Hände und lange, wohlgeformte Beine. Aber sie war dick geworden, ungeheuer dick, und ein unerbittlicher Raucherhusten betonte diese Korpulenz, indem er ihre Körpermasse wabbeln ließ wie einen Pudding. Im Gegensatz zu Moira schien sie auch keinen Blick für ihre Umgebung zu haben, denn das Wohnzimmer, in das sie Dillon jetzt führte, war so deprimierend wie der Besuchsraum eines Altersheims: Kunststoffbezüge auf Sofa und Sesseln, ein unablässig laufender Fernseher, grelle Kitschbilder, billige Nippesfigürchen von Nymphen und Disney-Tieren, folkloristische Teppiche und Bommelkissen, lauter Souvenirs von Pauschalreisen an die Costa Brava, nach Florida und in die Algarve.

Es war niemand im Zimmer. »Wo ist sie?« fragte Dillon.

»Oben, sie hat sich etwas hingelegt«, sagte Maeve. »Ist doch klar, daß sie völlig erledigt ist. Du ja sicher auch. Kann ich dir etwas anbieten, einen Drink?«

In diesem Moment hörte er Schritte draußen auf der Treppe, dann Moiras Stimme. »Mama, ist das Michael?« Und schon kam sie ins Zimmer. Sie begrüßte ihn nicht. »Ich konnte nicht schlafen«, sagte sie zu ihrer Mutter. »Und es ist gleich sechs. Ob es da in den Nachrichten kommt?«

Es kam. Es kam nicht als erste Meldung, denn die galt einem Flugzeugabsturz in Westdeutschland, auch nicht als zweite, denn da ging es um den Rücktritt eines hohen britischen Regierungsberaters nach einem Zerwürfnis mit der Premierministerin. Es kam als dritte Meldung. Gleichmütig begann der bekannte Nachrichtensprecher der BBC: »In Nordirland ...«, und sogleich liefen über den Fernsehschirm Bilder vom Parkplatz, den demolierten Autos und eingestürzten Mauern, der zerstörten Inneneinrichtung des Restaurants und des Grünen Saals. Dillon, der mit seiner Schwiegermutter auf dem Sofa saß, beugte sich in seltsamer Erregung vor. Er war plötzlich herausgerissen aus der Unsichtbarkeit des Alltags. Dort auf dem Bildschirm, beobachtet von Menschen überall auf den Britischen Inseln, liefen Szenen und Ereignisse ab, an denen er mitgewirkt hatte. Als die Kamera über die eingestürzte Hotelmauer in den verwüsteten Grünen Saal schwenkte, hörte er die Stimme des Sprechers sagen: »Die Bombe wurde genau vor diesem Zimmer plaziert, wo Pastor Alun Pottinger zu einer Gruppe von Anhängern sprach. Bisher hat sich noch keine Gruppierung zu dem Anschlag bekannt, aber es wird angenommen, daß er Dr. Pottingers Leben galt.« Das Bild schwenkte zu einem halben Dutzend Reporter und Fotografen hinüber, die um Pottinger herumstanden, und Dillon stellte fest, daß dessen Gesicht im Fernsehen echter wirkte als bei der kurzen Begegnung von heute morgen.

»Glauben Sie, Dr. Pottinger, daß dies ein Attentat auf Sie war?«

»Fragen Sie die IRA. Natürlich war es das. Die Feinde Ulsters hätten es erheblich leichter, wenn sie mich aus dem Weg hätten.«

»Haben wir es demnach mit einer neuen Taktik zu tun? Bisher hat man Sie noch nie zu ermorden versucht.«

Pottinger grinste in die Kamera. »Woher wissen *Sie* das denn? Aber ich bin jedenfalls in guten Händen. In Gottes Händen. Danke.«

Jetzt wechselte das Bild wieder ins Studio. »Im Osten Londons wurde heute...«, begann der Nachrichtensprecher, und Moira stand auf und schaltete den Fernseher aus.

Als Dillon sich umdrehte, sah er Joe, Moiras Vater, in der Tür stehen, das Gesicht gerötet, seine alte grüne Barbour-Jacke um die Schultern und hinter sich seinen schwanzwedelnden Labrador. »Na, du bist ja heute groß in den Nachrichten«, meinte Joe lächelnd. »Tag, Michael.«

»Tag, Joe.«

»Ich will gerade den Hund ausführen. Bin gleich wieder da.«

Damit ging Joe wieder hinaus. »Du, sag mal«, fragte Maeve, »hast du überhaupt schon was zu Abend gegessen?«

»Nein, noch nicht.«

»Dann wollen wir jetzt ein Häppchen zu uns nehmen. Du bleibst doch, oder?«

»Ja«, sagte er, »danke.« Maeve ging in die Küche. Allein

mit Moira, wurde ihm auf einmal ganz unbehaglich. Er sah sie an. Sie saß in einem von Maeves kunststoffbezogenen Sesseln, die Hände im Schoß zusammengelegt, und schaute zu dem kleinen Fenster hinaus auf die Reihe von Blumentöpfen, die den Blick auf den häßlichen Hinterhof verdeckten. Regenschwere Wolken zogen sich über dem Haus zusammen.

»Wie geht's dir?« fragte er. »Wie fühlst du dich?«

Sie antwortete nicht. Sie blickte auf ihre Füße, dann streifte sie mit der Zehe ihre linke Sandale ab, bis sie frei am Fuß baumelte. Sie streckte das lange Bein mit der baumelnden Sandale am Fuß in die Höhe und betrachtete sie, als wartete sie, wann sie wohl auf den Boden fiel.

»Ich bin hier, weil du gesagt hast, daß du mit mir reden möchtest, erinnerst du dich?«

Sie streifte sich die Sandale wieder auf den Fuß. »Hast du Angst vor ihnen?«

»Vor der IRA? Ja, schon.«

»Willst du davonlaufen?«

»Ich habe heute um meine Versetzung gebeten.«

»Ohne mich zu fragen?«

»Es hat sich so ergeben«, sagte er. »Ich hatte gar keine Zeit dazu. Sie haben Harrison aus London geschickt, um die Schäden zu begutachten. Es erschien mir nur logisch, denen zu sagen, was die Polizei zu uns gesagt hat.«

»Ich gehe nicht weg.«

Wenn sie nicht mitkäme, wenn sie gar nicht mitkommen *wollte*, würde er sie ja nicht verlassen, dann würde sie ihm in London nicht wie ein Mühlstein am Hals hängen. »Wie meinst du das?«

»Ich gehe nicht weg von hier. Das ist mein letztes Wort.«

»Warum nicht?«

»Hier ist meine Heimat. Ich lasse mich von diesen Lumpen nicht einfach daraus vertreiben.«

»Aber hast du keine Angst, sie könnten dich umbringen?«

»Doch, natürlich«, sagte sie. Er merkte, daß sie gar nicht wütend war. Die Moira, die immer so rasch außer sich geriet, wenn ihr einer in die Quere kam, war nicht diese Frau, die ihn jetzt ansah wie einen Fremden, den sie auf einer Party kennengelernt hatte und für dessen Meinung sie sich wohl interessierte, auch wenn sie gewillt war, ihr zu widersprechen.

»Du wärst in London sicherer«, sagte er. »Das meint zumindest die Polizei.«

»Aber wenn wir fortgehen«, sagte sie, »wenn Leute wie wir uns von der IRA so herumstoßen lassen, wie soll sich dann jemals etwas ändern, wie stellst du dir das vor?«

»Ich bin nicht dazu da, etwas zu ändern.«

»Stimmt«, sagte sie. »Ein sehr praktischer Vorwand für dich, schleunigst wieder nach London abzuhauen.«

Er hätte am liebsten gesagt: Wie du willst, zugleich aber schämte er sich, daß er es sagen wollte. »Hör doch mal«, sagte er, »ich kann nicht nach London gehen und dich hierlassen. Wenn dir nun etwas zustößt?«

»Wenn schon? Was stört dich daran?«

»Was redest du da?«

Sie ging durch das kleine Zimmer zum Fenster und sah in die immer dichter werdenden Regenwolken hinauf. »Ich glaube, du weißt, was ich meine.«

»Ist es, weil ich die Polizei angerufen habe? Ja? Das ist natürlich schwer zu erklären. Das weiß ich.«

»Das weißt du? Das *weißt* du?« Ihre Stimme war bis

jetzt beherrscht gewesen, aber jetzt schwang ein leises Beben darin. Sie sah noch immer aus dem Fenster. »Ich habe zu Hause gesessen und auf dich gewartet.«

Er starrte ihren Rücken an. Weinte sie?

»Ich wußte nicht, was sie mit dir machten«, sagte sie. »Ich wußte nichts von der Bombe. Ich wußte nur, daß sie dich mitgenommen hatten. Sie haben mir befohlen, im Zimmer zu bleiben und mich nicht zu rühren, sonst würden sie dich umbringen. Also habe ich mich nicht gerührt, auch nicht, als ich hörte, daß sie das Haus verließen. Ich hatte Angst um dich. In der Nacht, als wir noch zusammen im Haus waren, da hatte ich keine Angst vor denen. Aber heute morgen, als ich wußte, daß sie dich in der Gewalt hatten, aber nicht wußte, was sie mit dir machen würden, da ist es mir kein bißchen anders ergangen als all diesen armen Schweinen, die eine solche Angst vor denen haben, daß sie den Mund halten, wenn die Polizei kommt. Ich hatte Angst um dich. Aber du hattest keine Angst um mich, nein?«

Sie drehte sich um und sah ihn an. Sie weinte.

»Doch«, sagte er.

»Nein, du hattest keine. Und die Wahrheit ist einfach, daß du für mich nie dasselbe empfunden hast wie ich für dich. Wirst du auch nie. Also geh nur, geh nach London. Ich bleibe hier. Die letzte Nacht war mir eine Lehre. Man kann seine Verantwortung nicht abschütteln, indem man die Augen verschließt.«

»Was meinst du damit?«

»Ach, komm«, sagte sie. »Du weißt genau, was ich meine. Ich meine dich und mich.«

»Nun hör doch mal –«, sagte er.

»Nein, hör du. Heute früh hast du ihnen die Stirn

geboten. Du warst bereit, dafür mich zu verlieren. So, und nun bleibe ich hier und biete ihnen die Stirn, auch wenn es bedeutet, daß ich dich verliere.« Sie wandte sich ab. »Wovon rede ich da? Ich kann dich nicht verlieren. Ich hatte dich ja nie.« Wieder begann sie zu weinen. Soeben hörte er vorn die Haustür aufgehen. »Gib mir mal ein Taschentuch«, sagte sie. Er gab es ihr, und sie wischte sich rasch damit über die Augen, als ihr Vater in die Diele trat.

»Komm her, Rex, komm«, sagte ihr Vater, indem er den alten Hund an seiner Leine in die Diele zog. »Es fing an zu regnen«, sagte ihr Vater. »Da mußten wir umkehren. Aber er will noch nicht ins Haus zurück, der arme Kerl. Ihm fehlt sein Spaziergang.«

»Ist das Daddy?« rief Maeve aus der Küche.

»Ja«, antwortete Joe.

»Gut, daß du kommst. Das Abendessen ist fertig.«

In der Küche war in einer kleinen Ecke der Tisch gedeckt: Schinken und Tomatensalat, ein Laib Sodabrot und eine Teekanne nebst Tassen. Rex trommelte mit dem Schwanz gegen die Tischbeine, als er unter das weiße Tischtuch kroch und es sich zu Füßen seines Herrn bequem machte. Dillon sah, daß Maeve, wie immer wenn er und Moira hier aßen, ihr bestes Porzellan und Silber gedeckt und an jeden Platz eine frisch gebügelte Stoffserviette gelegt hatte, während sie normalerweise nur Papierservietten benutzten. Er wußte, daß dies auf Moiras Einfluß zurückging, denn sie war nicht nur die liebevolle Tochter ihrer Eltern, sondern auch ihr Richter. Sie hatte auf der Schule bei den Herz-Jesu-Schwestern ihren breiten Belfaster Akzent abgelegt und sprach nicht einmal mehr so, als ob sie ihr Kind wäre. Ihr Universitätsabschluß, der erste in beiden Zweigen der Familie, und vor allem dann auch ihre Ehe mit Dillon, dessen Eltern die ihren einschüchterten, hatten Joe und Maeve in eine Rolle gebracht, in der sie nun eher Moiras Kinder waren, von ihr gemahnt, sich gerade hinzusetzen, auf ihre Tischmanieren zu achten und sich von der besten Seite zu zeigen, wenn Moira sie der Öffentlichkeit präsentierte. Und sogar heute abend, obwohl sie wußten, was sich in den letzten vierundzwanzig Stunden abgespielt hatte, drückte diese Gehemmtheit sich noch darin aus, wie sie den Tee einschenkten, das Sodabrot reichten und schon neuen Schinken anboten, bevor Dillon seinen Teller richtig leer hatte.

Eben jetzt fiel ihm auf, daß Moira bisher nur eine Tomatenscheibe und ein Salatblatt gegessen hatte. Das war ein schlechtes Zeichen. Hatte sie irgendwo im Haus eine Schachtel Pralinen entdeckt? Oder wollte sie sich unter dem Vorwand, einen Spaziergang zu machen, später welche besorgen?

Er warf einen Blick zum Fenster. Regen lief über die Scheiben. Joe redete, zuerst noch ruhig, und stellte Fragen nach der vergangenen Nacht. Dann aber legte er seine Serviette auf den Tisch und sagte in einem Ton, den Dillon noch nie an ihm gehört hatte: »Meine Tochter! *Meine Tochter!* Sitzt in ihrem Haus mit der IRA, mit einem Revolver am Kopf. Wenn mir das einer vor dem Krieg erzählt hätte, als ich noch ein kleiner Knirps war, ich hätte ihn für verrückt erklärt. Ich meine, die IRA war doch damals erledigt, ein Idiotenverein, auf den keiner mehr hörte. Klar hatten wir damals denselben Ärger, da kriegte nie ein Katholik eine Arbeitsstelle, wenn ein Protestant da war, der sie auch haben wollte. Aber dann kam der Krieg, da gab es mehr Arbeit, und ich dachte, damit stirbt dieser ganze Fanatismus aus, und nach dem Krieg wird dann alles besser. Aber da wurde nichts draus. Und als dann in den Sechzigern die Bürgerrechtsdemonstrationen anfingen und im Fernsehen gezeigt wurden und die ganze Welt zugucken konnte, wie die Protestanten uns verdroschen und die Polizei ihnen dabei half, da dachte ich: jetzt, wo die ganze Welt sieht, was hier los ist, wird bestimmt alles besser. Aber es wurde immer schlechter. Und den Rest kennt ihr ja. Nach all den Kämpfen gibt es hier so viele arbeitslose Katholiken wie noch nie. Und die IRA ›beschützt‹ uns, eine Lumpenbande, deren einziges Programm heißt, Menschen umzubringen. Die sind genauso gegen die irische Regierung wie gegen die britische. Und wofür sind sie? Für sich! Und wer ist für sie? Keiner, höchstens ein paar dumme Amis, die gar nicht wissen, was hier los ist, und noch ein paar Leute aus unseren Kreisen, die von der Falls Road und dergleichen stammen. Und das schlimmste ist, daß Leute wie unsereiner, gewöhnliche katholische Leute, die einzigen sind, die sie aufhalten könnten. Aber wir helfen ihnen statt dessen noch, dieses Land immer mehr zu zerstören, weil wir zu dumm sind, um die Wahrheit zu sehen. Und weil wir zuviel Angst haben, daß sie sich an uns rächen könnten.«

Er brach abrupt ab und hustete, als wäre er dem Weinen nah und wollte es sich nicht anmerken lassen. Dann lachte er verlegen. »Entschuldigt«, sagte er. »Ich wollte keine Volksreden halten.«

Moira schob ihre Hand über den Tisch und legte sie ihrem Vater auf den Arm. »Aber du hast doch recht, Daddy, vollkommen recht. Ich habe das eben erst zu Michael gesagt. Ich flüchte mich nicht nach England. Ich will mir von denen nicht mein Leben vorschreiben lassen.«

»Halt, Moment!« rief Maeve. »Was soll das heißen?

Noch eine Märtyrerin? Du willst hierbleiben und dich umbringen lassen, nur um die IRA politisch bloßzustellen? Hab ich das richtig verstanden, ja? Wenn ja, dann ist das nämlich ein gewaltiger Quatsch. Du würdest für nichts und wieder nichts sterben. Ich bin so irisch wie alle anderen, aber ich sehe hier absolut nichts, wofür es sich zu sterben lohnt. Die IRA zum Teufel jagen? Gleiche Arbeitsplätze und gleiches Stimmrecht für Katholiken? Vereinigtes Irland? Hab doch ein bißchen Verstand. Südirland will uns nicht haben und könnte auch gar nichts mit uns anfangen, wenn man uns denen morgen auf dem Silbertablett servierte. Es ist doch alles Wahnsinn, heller Wahnsinn, und untersteh dich, dich da reinziehen zu lassen.«

»Hast du nicht gehört, was Daddy gesagt hat?« fuhr Moira ihr zornig über den Mund. »Leute wie wir sind die einzigen, die sie aufhalten könnten. Aber wir halten sie nicht auf, wenn wir sie in unser Leben hineinregieren lassen. Weißt du, was ich tun müßte? Ich müßte der ganzen Welt berichten, wie es uns letzte Nacht ergangen ist. Ich müßte erzählen, wie sie uns behandelt haben. Ich müßte vor die Öffentlichkeit hintreten und sagen, das und das ist passiert. Mein Mann mußte entscheiden, ob er das Leben seiner Frau oder das Leben Pottingers und seinesgleichen retten wollte. Wir sollten Rückgrat zeigen. Und wenn wir dann erschossen werden, weiß die ganze Welt, warum wir erschossen wurden. Und ich kann mir nicht denken, daß selbst die dümmsten IRA-Anhänger das für gerecht halten würden.«

»Du würdest dich wundern«, sagte ihr Vater müde. »Wer redet hier von gerecht? Die Leute, die hinter denen stehen, sind es gewohnt, die Augen vor allem zu verschließen, was sie nicht sehen wollen. Wenn ihr beide umgebracht würdet, wäre das nur eine Warnung für alle andern, die Angst vor ihnen haben.«

»Würdest du dir mal selbst zuhören?« versetzte Moira. »Warst du es nicht, der vor ein paar Minuten noch gesagt hat, daß wir die einzigen sind, die sie aufhalten können? Gut, und wann fangen wir damit an?«

Ihr Vater sah mit traurigem, beschämtem Blick über den Tisch zu ihr hinüber. »Ich habe manchmal gut reden«, sagte er. »Aber du bist meine Tochter. Hier geht es um dich.«

»Richtig«, sprach Maeve dazwischen. »Jetzt redest du wieder vernünftig.« Sie wandte sich an Michael. »Michael, du hast noch gar nichts dazu gesagt. Was ist denn deine Meinung?«

»Seine Meinung? Ihn braucht ihr gar nicht erst zu fragen«, brach es wütend aus Moira heraus. »Heute morgen hat er gleich als erstes um eine Versetzung nach London gebeten. Er hatte es nicht einmal nötig, mich vorher zu fragen. *Seine* Meinung? Er wollte doch gar nicht mehr hierher zurück, er hat nur auf den Tag gewartet, an dem er für immer aus Nordirland raus kann. Für ihn ist das ein Himmelsgeschenk. Stimmt's etwa nicht?«

Sie wandte sich ihm zu und sah ihn böse an.

»Doch«, sagte er. »Ich bin schon vor langer Zeit hier weggegangen. Es war nicht mein freier Entschluß, hierher zurückzukommen. Und jetzt möchte ich dieses Land nie mehr wiedersehen.«

Es war still geworden im Zimmer, nur der Hund erhob sich jetzt von den Füßen seines Herrn und reckte zwischen Moira und Dillon die Schnauze unter dem Tischtuch vor, wandte den Kopf dahin und dorthin und bettelte stumm um ein Bröckchen Futter. Dillon legte dem Tier die Hand auf den Kopf und streichelte es.

Endlich sagte Maeve: »Ich kann es dir ja irgendwie nicht verdenken, Michael. Aber hört mal, wir wollen hier doch heute abend keinen Streit. Ihr seid beide todmüde. Du bleibst doch über Nacht, Michael?«

»Bedaure«, sagte er. »Ich habe im Hotel noch einiges zu tun. Ich schlafe dort.«

Während er sprach, schaute Moira demonstrativ aus dem Fenster. »Meinst du, es hat zu regnen aufgehört?« fragte sie ihren Vater.

»Das war nur ein Schauer.«

»Gut. Dann gehe ich jetzt mit Rex spazieren.«

»Das kann doch ich machen. Bleib du hier«, sagte ihr Vater.

»Ich *möchte*.« Sie stand auf. »Komm her, Rex«, rief sie und ging aus dem Eßzimmer, der Hund triumphierend hinterher. Ihre Eltern saßen mit gespitzten Ohren da, als warteten sie nur darauf, daß sie ging.

Als sie die Haustür zugehen hörten, fragte Maeve: »Wie ist es ihr denn ergangen, Michael? Was hat sie erlebt?«

Er zuckte die Achseln, was heißen sollte, er wisse es nicht genau.

»Es ist schon alles in Ordnung«, meinte Joe. »Sie ist ein prächtiges Mädchen. Sie hat mehr Courage als wir andern alle miteinander.«

»Bestärke du sie nicht auch noch darin, hast du mich verstanden?« sagte Maeve böse. Dann wandte sie sich wieder an Dillon. »Du wirst doch nicht ohne sie weggehen, oder?« Und als schämte sie sich dieser Frage, legte sie kurz ihre Hand auf die seine und drückte sie. »Entschuldige. Natürlich nicht. Mach dir keine Gedanken. Ihr Vater und ich werden mit ihr reden.«

»Sie ist nur mit den Nerven fertig«, sagte Joe.

6

Er wartete noch fast eine Stunde, aber Moira kam nicht wieder nach Hause. Saß sie irgendwo auf einer Wiese und stopfte Pralinen in sich hinein? Oder lief sie, was eher anzunehmen war, mit dem müden Hund auf den Fersen durch den Park von Lurgan, legte einen Kilometer um den anderen zurück, im Laufschritt fast, als wollte sie ihren Zug nicht verpassen? Ihre Zornesanfälle waren wie Fieber. Sie mußte allein damit fertig werden, indem sie aus dem Haus rannte, manchmal den Wagen nahm, ein andermal zu Fuß ging, immer aber rast- und ziellos umherirrte, bis ihre Wut sich legte, sank wie die Quecksilbersäule eines Thermometers. Dann kam sie leise, fast heimlich wieder nach Hause, vermied es, ihm zu begegnen, und legte sich zum Schlafen allein ins Gästezimmer.

Als sie um neun noch nicht wieder da war, verabschiedete Dillon sich von Maeve und Joe. Kurz vor dem Kreisverkehr, der zur Autobahn führte, bemerkte er zwei Wagen, die ihm folgten. Er lenkte an die Seite, um zu sehen, ob sie langsamer wurden. Aber sie rasten an ihm vorbei, und als er an die Autobahn kam und die Richtung nach Belfast einschlug, war weit und breit kein anderer Wagen in Sicht.

Zwanzig Minuten später war er vor dem Hotel. Als er sein Auto am Seiteneingang abstellte, sah er auf dem abgesperrten Parkplatz lauter feiernde Studenten umherwimmeln, viele mit ihren Gläsern in den Händen. Die im letzten Jahr als Sicherheitsmaßnahme installierten Flutlichter beleuchteten wie eine makabre Licht-und-Ton-Schau die Bombenschäden, den Schutt, die klaffenden Löcher in der Mauer, die durchhängenden Decken. Beide Bars im Hotel waren überfüllt. Gruppen junger Leute standen trinkend im Foyer herum wie auf einer riesigen Cocktailparty. Als er an der Rezeption vorbeikam, sah er, daß Collis den Ballsaal als provisorischen Speisesaal zweckentfremdet und ein Schild aufgestellt hatte, das ein *Buffet à prix fixe* anbot, »nur für Hotelgäste«. Aber es holten sich dort mindestens dreimal so viele Leute ihr Essen, wie das Hotel Übernachtungsgäste hatte.

In seinem Büro lagen ein paar Dutzend Telefonnotizen auf dem Schreibtisch verstreut. Er sah sie flüchtig durch, ob vielleicht Andrea angerufen hatte. Sein Vater hatte gleich zweimal angerufen, ansonsten Freunde und ihm bekannte Direktoren anderer Hotels. Es war auch eine Nachricht von Keoghs Sekretärin dabei: *Mr. Keogh ruft Sie morgen um neun an.*

Das wird mein Bescheid sein; Harrison hat ihn ins Bild gesetzt. Und er hat entschieden, so oder so.

Er rief in der Rezeption an. »Michael Dillon. Hören Sie, ich müßte hier übernachten. Haben wir überhaupt noch ein Zimmer frei?«

»Wir sind voll belegt, Michael. Die Zimmer über dem Restaurant sind beschädigt, da mußten wir ein paar Umbelegungen vornehmen. Dabei waren wir sowieso schon gut ausgebucht. Halt, Moment –« Sie lachte. »Wir hätten noch das Jacuzzi.«

»Jacuzzi« war der inoffizielle Name, den das Hotelpersonal der teuersten Suite im Hotel gegeben hatte. Es war von dem amerikanischen Innenarchitekten, der das Clarence umgestaltet hatte, als Penthaus-Suite entworfen worden, aber es war schwer zu vermieten, selbst wenn Dillon es zum Sonderpreis anbot. Nach Ausstattung und Preis überstieg es auch dann noch hiesige Vorstellungen.

»Gut, dann nehme ich das Jacuzzi«, sagte er. »Ich werde es gern mal gründlich einweihen.«

»Ich spreche mit dem Zimmerservice und lasse es für Sie herrichten.«

»Danke, Sheila«, sagte er und legte auf. Plötzlich hatte er das Gefühl, er werde beobachtet, und drehte sich auf seinem Stuhl herum. In der Tür zu seinem Büro stand ein hoch aufgeschossener junger Bursche, dem das dunkle, fettige Haar bis auf den Hemdkragen hing; das Gesicht war totenbleich und schweißnaß, und er starrte ihn aus glasigen Augen an wie im Drogenrausch. Er trug ein schwarzes T-Shirt, Jeans und schmutzige Turnschuhe und hatte die Hände tief in die Taschen einer zu großen ledernen Windjacke gegraben. Dillon warf einen zweiten Blick auf die Jeans und die Schuhe. War es der Lange von letzter Nacht?

»Ja, bitte?« sagte Dillon.

Plötzlich zuckte die Hand des Jungen in der tiefen Tasche seiner Windjacke. Die Tasche war groß genug, um eine Schußwaffe darin zu verbergen. Wie ein Stück Wild im Fadenkreuz des Jägers saß Dillon da und regte sich nicht. Stumm und schwitzend starrte der Junge ihn an. Jetzt weiteten sich seine Augen. Er öffnete den Mund, wie um einen Schrei auszustoßen, aber kein Ton kam heraus. Dann machte er kehrt, wie von Panik erfaßt, und rannte auf den Korridor hinaus. Dillon stand zitternd auf und ging zur Tür. Er sah den Jungen auf halbem Korridor stehenbleiben. Wollte er zurückkommen? Dillon packte schnell die Tür, um sie zu schließen, doch in dem Moment lehnte der Junge den Kopf an die Wand, bückte sich und würgte. Ein gelber Strahl platschte auf den Teppichboden. Dillon stand da und starrte den Jungen an, der sich den Mund abwischte und unsicheren Schrittes auf die Treppe zuging. Ein Attentäter, der es mit der Angst bekommen hatte? Ach was, ach was, nur ein betrunkener Jüngling, der hier oben nach der Herrentoilette gesucht hatte. Der Korridor war jetzt leer, das Erbrochene bildete eine stinkende kleine Pfütze auf dem Boden. Dillon ging in sein Büro zurück und setzte sich wieder. Ihm war körperlich übel vor Angst und vom Anblick des kotzenden Jungen. Die Übelkeit verging wieder. Aus der Mezzanin-Bar dröhnte lautes, dumpfes Stimmengewirr herüber, interpunktiert von gelegentlichen Lachausbrüchen. Ihm war es, als hörte er Stimmen aus einer anderen Welt. Einer Welt, in der er selbst noch gestern abend, bei dem Spaziergang am Lagan, voller Pläne und frei gewesen war, sich zu entscheiden, über sein eigenes Leben zu bestimmen. Wieder hörte er aus der Mezzanin-Bar die röhrenden Stimmen, das brüllende Lachen der Studenten. Nun saß er hier krank vor Angst in diesem Zimmer und kam sich vor, als hätte er diese Welt für immer verlassen.

Das Telefon klingelte. Ein Blick aufs Schaltpult sagte ihm, daß es eine Hausleitung war. Als er den Hörer abnahm, sagte ihre Stimme, mit keiner anderen Stimme zu verwechseln: »Ich bin's, soll ich raufkommen?«

»Ja. Ich hole dich an der Treppe ab.«

Er ging auf den Korridor hinaus und an der Speipfütze vorbei, er sah sie die Wendeltreppe heraufkommen und ging ihr entgegen, er umarmte sie und küßte sie.

»Wohin gehen wir?«

»Warte«, sagte er, »ich muß noch den Schlüssel besorgen.«

Minuten später schloß er in der höchsten Etage des Hotels die Tür zur Penthaus-Suite auf. Andrea ging durch den Wohnraum mit seiner breiten Couch, den Drehsesseln und dem übergroßen Fernseher. Sie ging ins Bad, sah das Jacuzzi und ging weiter ins Schlafzimmer mit dem großen Rundbett. Als sie das Bett sah, drehte sie sich um und sah ihn an. »Ist das die Möglichkeit!« rief sie lachend.

»Die Amis wollten es so. Denen war nicht klar, daß sie es hier mit einem Entwicklungsland zu tun haben.«

Tief unten auf dem Hotelgelände wurde ein Lied angestimmt. Er ging mit Andrea ans Fenster des Wohnraums, und sie sahen hinunter. Feiernde Studenten waren aus dem Hotel geströmt, und jetzt hakten sie sich im Licht der Sicherheitsscheinwerfer ein und sangen und alberten herum wie Schauspieler auf einer Bühne. Sie waren glücklich, jung und betrunken. Andrea sah ihnen ein Weilchen zu, dann wandte sie sich ab und sah ihn an. »Mein Gott, was sollen wir nur tun?«

»Es wird schon alles gut werden«, sagte er.

»Wie denn?« fragte sie. »Gestern abend, als du sagtest, daß du mit mir nach London gehen willst, war ich so glücklich wie in meinem ganzen Leben nicht. Dann bist du nach Hause gefahren, und nun ist das passiert.«

»Warte mal«, sagte er. »Laß uns einen trinken.« Er ging zur Minibar und nahm zwei kleine Whiskyfläschchen heraus. »Kannst du über Nacht bleiben?«

»Ja.«

Sie setzten sich auf die Couch. Er schenkte ihr den Whisky ein, aber sie trank ihn wie Medizin. »Was willst du denn nun machen?« fragte sie.

»Morgen früh will Keogh, mein Chef, hier anrufen. Ich denke, daß er mich versetzen wird. Willst du noch immer mit mir nach London?«

»Was redest du denn da? Was ist mit Moira? Du kannst sie doch jetzt nicht verlassen, oder?«

»Sie sagt, sie will nicht fort. Sie will einen Kreuzzug starten.«

»Warum?«

»Das läßt sich nicht mit ein paar Worten erklären, aber ihr ist es ernst damit. Sie weiß, daß ich fortgehe. Ich habe ihr von dir noch nichts gesagt, aber das tue ich noch. Das heißt, falls du immer noch mit mir zusammenleben willst.«

»Warum sollte ich nicht wollen?«

»Wegen der IRA – und allem übrigen. Mit mir zusammenzuleben, das könnte gefährlich sein.«

Sie lachte unsicher. »Aber das wußte ich doch schon immer«, meinte sie. Dann, wieder ernst, fragte sie: »Glaubt die Polizei, daß sie dir nach drüben folgen werden?«

»Gesagt haben sie es nicht. Sie haben nur durchblicken lassen, daß es gefährlicher für mich wäre, hierzubleiben.«

»Dann ist es vielleicht auch jetzt gefährlich. In diesem Augenblick.«

»Vielleicht solltest du doch nicht über Nacht bleiben.«

Sie lachte. »So leicht wirst du mich nicht los.« Damit stand sie auf und ging wieder ins Schlafzimmer. Er kam nach. »Haut dich dieses Bett nicht um?«

»Sind wir ihm gewachsen?« fragte er zurück.

Sie lächelte und zog seinen Hosenverschluß auf, und es war sofort, als hätten alle seine Ängste sich in unzähmbare Lust verwandelt. Sie knöpfte jetzt sein Hemd auf, während er ihr den Rock aufhakte und den Slip hinunterstreifte. Sie rannte nackt um das Rundbett herum, schlug dann die bunte Tagesdecke zurück und sprang auf die Matratze wie ein Kind, das Trampolin spielt. Er stand nackt dabei und sah sie mit ihrem schlanken, fast knabenhaften Körper auf und nieder hüpfen wie ein Kunstspringer auf dem Federbett und sich im Springen langsam zu ihm umdrehen, während das lose Haar ihr um die Schultern flog. Er sah den kleinen dunklen Kreis ihres Schamhaars unter dem flachen, sportlichen Bauch. Das ganze Zimmer schien zu beben von ihrem Gehüpfe, und das Bett quietschte unter der Mißhandlung. Es war, als tanzte sie auf einer Bühne einen rituellen Freudentanz, während er als Zuschauer dabeistand und hinaufstarrte in diese Welt spontaner Ausgelassenheit, aus der er ausgeschlossen war.

Als ahnte sie seinen Stimmungsumschwung, ließ sie sich genau in diesem Moment auf das große Rundbett fallen, blieb lang ausgestreckt auf dem Bauch liegen und sah ihn an. »Stimmt was nicht?«

Er konnte nicht sprechen. Er setzte sich aufs Bett und streichelte ihren Rücken, strich über die Rundungen ihres Gesäßes, bis sie sich herumwarf und ihn zu sich hinunterzog und ihren nackten Körper an den seinen drängte, als wollte sie beide zu einem verschmelzen. So wiedervereint, gingen sie ein in die zeitlosen Gefilde der Liebe.

Später, als sie schlief, lag er neben ihr und betrachtete sie im gelben Widerschein der auf das Hotelgelände gerichteten Flutlichter. Sie war keine Schönheit wie Moira, die auf Anhieb männliche Aufmerksamkeit erregte. Wenn er an sie dachte, hatte er nicht sofort ihr Gesicht vor Augen. Er fragte sich jetzt, ob das vielleicht eine andere Art von Liebe war. Bei Moira war es Liebe zu ihrer Schönheit gewesen, Stolz auf den zeitweiligen Besitz einer Frau, die von anderen Männern bewundert wurde, ein Wahn, der von der Gefahr zehrte, daß ein anderer, attraktiverer Mann kommen und ihn verdrängen könnte. Er wußte jetzt, daß seine Liebe zu Moira gar nicht Liebe gewesen war, sondern eine Form des Selbstbetrugs. Er hatte nie versucht, diese erregbare, sentimentale und unzufriedene Frau, die sich mit dem Schwert ihrer Schönheit die Nachsicht der Männer erkämpfte, mit denen sie zu tun hatte, zu durchschauen und ihr zu helfen, ihre Ängste zu überwinden.

Und was wußte er von Andrea? Er dachte nie an ihr Äußeres, nur daran, daß er die Stunden, die er mit ihr verbrachte, als die wichtigsten seines Lebens empfand. Es war ein Glücksgefühl, das er durch keinen Versuch, es zu definieren, aufs Spiel setzen wollte, ein Glücksgefühl, das ihn jedesmal einsam machte, wenn sie von ihm wegging. Sie war offenherziger, ehrlicher als jede Frau, die er bisher gekannt hatte. Anscheinend hatte sie auch keine verborgenen Ängste. Aber kannte er sie darum wirklich besser, als er Moira gekannt hatte? Wer ist Andrea, was ist sie? Wovon mag sie jetzt träumen?

Sie regte sich im Schlaf. Ihre unscheinbare kleine Hand mit den kurzgeschnittenen Fingernägeln zupfte mit kurzen, zuckenden Bewegungen am Bettlaken. Wenn nun sie und nicht Moira letzte Nacht bei ihm gewesen wäre? Ob sie ebenso verwegen aus dem Badezimmerfenster gesprungen wäre, ihnen die Stirn geboten und ihre Wut riskiert hätte? Oder hätte sie, anders als Moira, gefährliche Fremde in ihnen gesehen, etwa wie Flugzeugentführer, denen man zu Willen sein und gehorchen mußte, die dafür aber, sofern man die Entführung überlebte, von der Bildfläche verschwanden wie Figuren eines bösen Traums? Natürlich. Diese Leute hatten keinen Platz in Andreas Leben. War es selbstsüchtig von ihm, sie da hineinzuziehen? Wenn er sie wirklich liebte, würde er sich jetzt von ihr fernhalten. Aber das brachte er nicht fertig. Er hatte nicht den Mut, es darauf ankommen zu lassen, daß er sie verlor.

Kurz nach Morgengrauen wachten sie auf und liebten sich. Die gelben Suchscheinwerfer draußen waren abgeschaltet, und der fahle Morgenhimmel war wie Milch. Möwen zogen ihre Kreise und kreischten durch die morgendliche Stille, während sie sich umschlungen hielten und hörten, wie die Stadt erwachte, Schwerlastwagen zur Autobahn rumpelten und in der Ferne ein Flugzeug donnerte. Um sieben lag sie lachend im Jacuzzi, während er an den vielen Hähnen drehte. Sie lag mit dem Rücken auf seiner Brust, er hatte die Hände auf ihren Brüsten, aus den Hähnen sprudelte es um ihre Körper, und seine Stimmung schwang sich in die Höhe. Plötzlich war es ganz so, als wäre er schon weit fort von Belfast, fort von Moira, und lebte in einem neuen, immerwährenden Zustand der Glückseligkeit. Doch als sie um acht, frisch gebadet und angezogen, aus dem Zimmer gehen wollten, holte die Wirklichkeit sie ein.

»Wir sollten vielleicht lieber nicht hier frühstücken«, sagte sie. »Was meinst du?«

»Wir könnten ein paar Häuser weiter gehen. Da ist das Bewley, da gibt's Frühstück. Aber halt mal, was soll das denn? Ich muß es ihr doch sowieso heute sagen.«

Als er das sagte, schlang sie ihm die Arme um den Hals und küßte ihn. »Trotzdem«, sagte sie. »Es wäre wahrscheinlich doch einfacher, woandershin zu gehen. Hier sieht uns das Personal beim Frühstück. Die wissen, daß du hier übernachtet hast. Das gäbe nur Tratsch.«

»Stimmt. Gehen wir.«

»Ich fahre schon mal runter und warte im Foyer auf dich«, sagte sie. »Es ist doch sicher nicht weit zu diesem Restaurant? Können wir zu Fuß gehen?«

»Fünf Minuten.«

Er hielt ihr die Tür auf. Kaum war sie draußen und auf dem Weg zu den Aufzügen, läutete im Zimmer das Telefon. Das könnte mein Vater sein, er versucht mich seit gestern zu erreichen. Er ließ das Telefon einfach klingeln, und als es aufgehört hatte, ging auch er hinaus und schloß die Tür ab. Der Korridor war leer. Sie war schon nach unten gefahren.

Der Lift kam, und darin war Ernie, einer der Hausdiener, mit einem vollbeladenen Gepäckwagen. Das war nun allerdings verboten. Die Hausdiener hatten den Personalaufzug zu benutzen, sofern nicht ein Gast bei dem Gepäck war. »Guten Morgen, Sir«, sagte Ernie schuldbewußt und mied seinen Blick, wohl in der Hoffnung, auf sein Vergehen nicht angesprochen zu werden. Im zweiten Stock stiegen zwei Gäste zu, und als der Lift im Erdgeschoß ankam, hielt Ernie ihm die Tür auf, um ihn nach den Gästen aussteigen zu lassen.

Er ging durchs Foyer, wo Duffy, der Nachtportier, ihm von der Rezeption aus zuwinkte. »Sie sind aber heute schon früh da«, meinte Duffy.

»Ich habe hier übernachtet. Jetzt gehe ich für ein paar Minuten weg. Bin aber bald wieder da.«

Er sah sie am Zeitungskiosk stehen. Sie hatte zwei Zeitungen gekauft und las in der einen. Auf dem Weg zu ihr sah er, daß es auf der Uhr über dem Zeitungskiosk schon Viertel nach acht war. Dabei fiel ihm ein, daß Keogh ihn um neun anrufen wollte, vielleicht aber auch schon früher anrufen würde.

»Können wir?« fragte sie.

»Nein. Entschuldige, aber wir werden doch hier essen müssen. Ich hatte ganz vergessen, daß ich einen Anruf aus London erwarte.«

Sie zauderte. Dann lachte sie so plötzlich, wie es ihre Art war, und meinte: »Ach, was soll's«, während sie schon vor ihm her in den Speisesaal trat.

Der normale Frühstücksbereich des Speisesaals war wegen der Bombenschäden heute um die Hälfte verkleinert. Hinter einer Absperrung aus Wandschirmen waren nur zehn Tische gedeckt. Zum Glück waren diese Tische noch nicht alle besetzt. Als Alice, die Frühstückshosteß, auf ihn zukam, zuckte sie lächelnd die Achseln und meinte: »Ein bißchen eng hier, was?«

»Können wir diesen Tisch dort haben?«

»Gewiß, Mr. Dillon.« Sie führte sie an den Tisch und wedelte mit den Speisekarten. »Die brauche ich Ihnen gar nicht erst zu geben. Wir können noch kein komplettes Frühstück servieren. Fruchtsaft, Kaffee und Toast, das ist alles. Ein gekochtes Ei ließe sich vielleicht noch machen. Möchten Sie ein Ei, Miss?«

»Nein, danke. Nur Orangensaft und Toast«, sagte Andrea.

Gerade fiel ihm der Anruf wieder ein. »Entschuldige mich mal eben«, sagte er und ging. Im Foyer nahm er den Hörer von einem Haustelefon und sagte der Vermittlung, wo er zu erreichen war.

Andrea las in ihrer Zeitung, als er zurückkam. »Hör mal

zu, Michael. Hier steht was über den Bombenanschlag. Die schreiben, wenn es ein Mordanschlag auf Pottinger gewesen wäre, müsse es sich um eine völlig neue Politik seitens der IRA handeln, denn die habe ihn bisher noch nie ins Visier genommen. Sie schreiben, daß es außer Pottinger noch ein paar hundert andere erwischt hätte, wenn die Bombe ohne Warnung losgegangen wäre. Laut Polizei hat die IRA keine Bombenwarnung gegeben, aber sie will auch nicht sagen, wie sie davon erfahren hat.« Sie sah ihn an. »Das heißt doch, daß sie dich schützen wollen, oder?«

»Ja.«

»Aber wozu soll das gut sein? Die IRA weiß doch auch so, daß nur du die Polizei benachrichtigt haben kannst.«

»Oder Moira«, sagte er. »Sie sind aus dem Haus gegangen, bevor die Bombe hochgehen sollte. Der Anruf bei der Polizei, das könnte auch sie gewesen sein.«

»O Gott, ja. Darauf bin ich nicht gekommen.«

Die Kellnerin kam mit dem Kaffee und ihrem Frühstück. »Haben Sie sonst noch Wünsche?« fragte sie.

Er schüttelte den Kopf. Andrea starrte in ihren Kaffee und sah ihn nicht an. »Dann seid ihr also beide in der gleichen Gefahr«, sagte sie.

»Ja, wahrscheinlich.«

»Wenn du jetzt mit mir nach London gehst und sie hierbleibt und ihr dann etwas zustößt – du weißt, was ich denke –, wie würden wir uns dann vorkommen?«

»Ich glaube nicht, daß wirklich etwas passiert«, sagte er unwirsch, denn er fürchtete, wenn Andrea darüber erst nachdächte, könnte sie es sich doch noch anders überlegen.

»Aber wissen kann man das nicht, oder? Sie sollte auf jeden Fall auch weggehen. Und wenn du ihr nun sagst, was mit uns ist, hat sie nur einen Grund mehr, hierzubleiben.«

»Hör mal, das ist ihre Sache. Ich habe nichts mehr damit zu tun.« Aber schon bei diesen Worten wußte er, daß es gemein von ihm war, so zu sprechen, und daß Andrea es sich merken und ihm eines Tages vorhalten könnte. Um es wieder auszubügeln, sagte er jetzt: »Und wenn ich ihre Verrücktheit nun mitmache und hierbleibe, aber du gehst weg, und ich verliere dich? Es war doch zwischen Moira und mir schon aus, bevor diese Geschichte passierte. Sie will nicht weg von hier, egal, was ich tue, egal, was ich sage. Ich kenne sie doch.«

Andrea sagte nichts. Sie sah ihn nur an, als müsse sie sich zu irgend etwas entschließen. An den Nachbartischen unterhielt man sich in diesem weihevollen Flüsterton, den Leute in öffentlichen Räumen oft pflegen. Jenseits der Wandschirme war eine Plastikfolie über das klaffende Loch in der Wand des Speisesaals gespannt, und er hörte draußen auf dem Parkplatz die Baufahrzeuge anrollen, um mit dem Wiederaufbau zu beginnen. Das Raunen ringsum und das Brummen der Lastwagen im Hintergrund machten Andreas Schweigen noch bedrohlicher. Endlich schob sie ihre Hand über den Tisch und sagte: »Also gut. Und du bist dir ganz sicher?«

Er legte seine Hand auf die ihre. »Ja.« Dabei warf er einen Blick zu den Nebentischen. Niemand sah her. Aber auf einmal kam Alice, die Frühstückshosteß, von der Eingangstür auf ihren Tisch zu. Und hinter ihr nahte mit schnellen Schritten Moira.

»Hier, Mrs. Dillon«, sagte Alice und zeigte zu seinem Tisch, machte mit einem verbindlichen Lächeln kehrt und ging an ihren Platz zurück. Moira kam zu ihnen. Sie trug dasselbe rote Hemdblusenkleid, das sie letzte Nacht angehabt hatte, ihre Füße steckten in Sandalen, und sie bewegte sich mit dem raschen, geschmeidigen Hüftschwung eines Mannequins auf dem Laufsteg.

Er erhob sich. Ob sie uns gesehen hat? »Nanu«, begrüßte er sie so gelassen und ruhig wie möglich. Er drehte sich zu Andrea um. »Das ist Moira, meine Frau. Moira, das ist Miss Baxter von der BBC.« Er zog einen Stuhl für sie heraus. »Hast du schon gefrühstückt?«

»Ja«, sagte Moira, ohne sich zu setzen. »Ich war gerade auf dem Weg nach Hause.« Sie sah Andrea an. »Könnten Sie uns einen Augenblick entschuldigen?«

»Selbstverständlich«, sagte Andrea. Sie sah unverwandt zu Moira auf.

»Bin gleich wieder da«, sagte er. Moira forderte ihn mit einem Kopfnicken auf, mit ihr ins Foyer zu gehen. Hatte sie etwas gesehen? Würde sie eine Szene machen, mußte er es ihr jetzt sagen?

Als sie im Foyer waren, sah Moira in den Speisesaal zurück. »Wer ist das?«

»Sagte ich doch eben. Sie ist von der BBC. Weswegen wolltest du mich sprechen?«

Sie sah ihn an, und als sich plötzlich die Haut über ihren Wangenknochen straffte, als wollte sie gleich losschreien, wußte er, daß sie das Händchenhalten beobachtet hatte. »Ich bin auf dem Weg in die Stadt nur kurz hier vorgefahren, um dir Bescheid zu sagen«, antwortete sie. »Du weißt doch noch, worüber wir gestern abend gesprochen haben?«

»Beim Abendessen? Ja.«

»Also, ich habe die ganze Nacht darüber nachgedacht. Es ist mein Ernst. Geh du nach London, wenn du willst. Ich bleibe auf jeden Fall hier.«

Jetzt wäre der Moment gewesen, es ihr zu sagen, aber er wußte, daß er es nicht über sich brachte, solange Andrea so nah war. »Sprechen wir später darüber«, sagte er. »Bist du heute nachmittag zu Hause?«

»Nein. Ich habe heute früh Peg Wilton angerufen. Ich fange sofort in ihrem Laden an. Wie lange kennst du sie?«

»Wen?«

Sie wies mit dem Kopf in den Speisesaal. »*Die* da!«

»Ein paar Monate. Warum?«

Plötzlich lachte sie böse auf, beinahe hysterisch. »Warum?« rief sie. *»Warum?«* Soeben kam Jimmy, einer der Pagen, durchs Foyer geeilt. »Mr. Dillon, Sie werden am Telefon verlangt. Aus London, soll ich Ihnen sagen.«

»Das ist mein Chef«, sagte er zu Moira. »Es geht um die Versetzung.«

Sie sah ihn an. Einen Moment lang glaubte er, sie werde nach ihm schlagen, aber sie sagte nur: »Dann geh. Ich muß mich auch auf den Weg machen«, und sie eilte mit ihren raschen, zornigen Schritten durchs Foyer davon.

Er schaute ihr noch nach, wie sie schwungvoll die Drehtür in Bewegung setzte. Dann winkte er Jimmy zu sich und zeigte auf Andreas Tisch. »Sagen Sie der Dame dort, daß ich gleich zurück bin. Sagen Sie ihr, ich habe ein Gespräch aus London.« Damit eilte er die Treppe ins Mezzanin hinauf zu seinem Büro.

Wie immer stellte Keoghs Sekretärin sicher, daß er am Apparat war, bevor sie das Gespräch an ihren Chef weitergab. Er wartete nervös, bis er die bekannte Stimme hörte: »Hallo, Mike. Dan Keogh hier. Wie läuft's denn so?«

»Danke, gut.«

»Mike, ich habe mit Dwayne gesprochen. Wir holen Sie da raus. Sie haben doch mal im Ormonde gearbeitet, nicht?«

»Ja, vor Jahren.«

»Da will ich Sie jetzt wieder unterbringen. Als Vizedirektor. Na, wie schmeckt Ihnen das?«

»Wunderbar. Danke.«

»Gut. Kommen Sie gleich, sowie Sie Ihre Sachen gepackt haben. Moment –«

Er lauschte in die stumme Leitung, bis Keoghs Stimme sich wieder meldete. »Mike, ich muß Sie jetzt abhängen. Burke – ist das der Name Ihres Stellvertreters?«

»Ja.«

»Sagen Sie ihm, er soll die Leitung übernehmen, aber machen Sie ihm keine Hoffnungen. Okay? Dwayne sucht hier nach einem Ersatz für Sie. Wiederhören, Mike. Bis bald.«

»Danke«, wiederholte Dillon, aber Keogh hatte schon aufgelegt.

Das Hotel Ormonde, eines der stattlicheren in der Alliance-Kette, lag wie das Grosvenor und das Dorchester direkt am Hyde Park. Er hatte dort während seiner Ausbildung sechs Monate gearbeitet, und neulich war ihm zu Ohren gekommen, daß Ronny Pomfret, der Direktor, angeblich demnächst in den Ruhestand gehe. Während Dillon dastand und über die tristen Hausdächer von Belfast blickte, sah er im Geiste die langgestreckte Vorderfront des Ormonde, die in Reihe wartenden Londoner Taxis an der *porte cochère*, wo zylinderbehütete Portiers verschleierte arabische Damen mit ihrem Gefolge zu den wartenden Limousinen geleiteten. Er erinnerte sich an stille, blumengeschmückte Foyers, die Obstkörbe und

Sektkübel, die man bedeutenden Gästen zur Begrüßung in ihre Suiten hinaufbringen ließ. Er dachte an die schimmernde Patina auf Ronny Pomfrets Tagen, den Jaguar in der Tiefgarage des Hotels, der ihn abends zu seiner Villa im Monetenviertel brachte, seine Kinder in guten Schulen, sein Ferienhaus in der Provence. Wenn Keogh mich da jetzt als Vize hinschickt, könnte es vielleicht sein...

Aber da jaulte draußen eine Polizeisirene, wie der Pfiff eines Schiedsrichters beim Foul. Plötzlich sah er wieder klar und scharf das Dächerpanorama von Belfast, den grauen Berg, der sich dräuend über der Stadt erhob. Sein eigener kurzer Tagtraum erschien ihm jetzt abgeschmackt, bewies er doch, daß von seinem ganzen Ehrgeiz im Leben nichts übriggeblieben war als eine Vision seiner selbst als Oberlakai im Cut, ein besserer Domestike, dazu verurteilt, lächelnd die andere Backe darzubieten angesichts der Herablassung und schlechten Manieren und hochmütigen Anmaßungen von Leuten, die etliche hundert Pfund für ein Nachtlager hinblättern konnten. Und Andrea? Würde es ihr genügen, ein Leben an der Seite eines solchen Mannes zu führen? Und wie lange?

Bei dem Gedanken an Andrea lief er eilig wieder ins Foyer hinunter. Sie kam gerade aus dem Speisesaal. »Ist sie fort?« fragte sie.

»Moira? Ja.«

»Was ist passiert?«

»Eigentlich gar nichts. Ich wurde ans Telefon gerufen, und da ist sie gegangen. Du, die Versetzung geht in Ordnung. Das Gespräch kam aus London.«

Bei seinen Worten musterte Andrea ihn mit einem Blick, der ihn beunruhigte. »Ich muß mich beeilen«, sagte sie. »Wir sprechen uns später.«

»Warte.« Er packte sie erschrocken beim Handgelenk. »Es *stimmt* doch noch alles, oder?«

»Das hoffe ich«, sagte sie und befreite sich. »Bis bald, Michael.« Sie ging mit raschen Schritten durchs Foyer, setzte, wie vor ein paar Minuten Moira, schwungvoll die Drehtür in Bewegung und verschwand.

7

Die schwere Haustür hatte zwei verbleite Buntglaseinsätze, rote, gelbe, grüne Kreise und Dreiecke und Quadrate, durch die man nur verschwommen in die Eingangsdiele blicken konnte, wie ein Betrunkener. Als er den Schlüssel drehte und die Tür aufmachte, schlitterte drinnen die Post über das glänzende Linoleum. Die Morgenzeitung steckte im Briefschlitz. Es war ihm zuviel, sie herauszunehmen. Er machte die Tür wieder zu und blieb in den kaleidoskopischen Schatten stehen, die das bunte Glas warf. Es war still im Haus, wie in einer Kirche. Nichts verriet, daß hier die Polizei gewesen war. Er sah durch die offene Tür ins Wohnzimmer. Sofa, Fernseher, Sessel, sie waren ihm alle nicht mehr vertraut. Es war, als hätte er dieses Haus nicht gestern, sondern schon vor Jahren verlassen und sähe es nun, da er es wieder betrat, mit den Augen eines Fremden: ein schäbiges, gewöhnliches Wohnzimmer mit Bildern und Zierat, die er, wenn sie ihm gehörten, sofort hinausschaffen würde.

Auf der Küchenanrichte tickte der Wecker laut wie ein Metronom. Der Resopaltisch und die vier Küchenstühle kamen ihm seltsam und fremd vor. Hatten hier vier Männer mit wollenen Gesichtsmasken gesessen und auf den Morgen gewartet, an dem eine Bombe hochgehen sollte? Er machte kehrt und ging in die Diele zurück. Er ging die Treppe hinauf. Und in diesem Haus sollen Moira und ich drei Jahre lang als Mann und Frau gelebt haben? Wie fremd es mir vorkommt, wie ein Ferienhaus am Meer, gemietet für einen Sommermonat; ein Haus, an dem ich nächstes Jahr um diese Zeit vorbeifahren könnte und nicht mehr wissen würde, welche Tür die meine war.

Vom Treppenabsatz sah er ins Schlafzimmer und auf das ungemachte Bett mit Moiras blauem Nachthemd, dem man noch ansah, wo der lange IRA-Kerl darauf gesessen hatte. Er öffnete den Kleiderschrank. Selbst seine Sachen auf den Bügeln und Regalen schienen, wie alles hier, jemand anderem zu gehören. Er fand einen Koffer und begann Kleidungsstücke hineinzuwerfen. Etwas später nahm er in dem Zimmer, das sein Arbeitszimmer gewesen war, die neulich herausgesuchten Dokumente und Papiere aus der Schublade. Während er die Schublade schloß, warf er einen Blick auf die Wand voller Bücher, jener Bücher, die er als einziges hier als sein eigen betrachtet hatte. Waren welche dabei, die er jetzt gleich mitnehmen sollte? Er hatte nämlich das Gefühl, daß er sie nie mehr wiedersehen würde.

Er ging ans Fenster und sah auf die Allee hinaus. Auf dieser Allee fuhr zwischen zehn Uhr morgens und vier Uhr nachmittags höchstens einmal ein Kundendienst- oder Lieferwagen. Jetzt sah er einen weißen Ford näherkommen. Es schien derselbe Ford zu sein, aus dem er vorgestern abend beschattet worden war. Der Wagen fuhr langsam an seinem Haus vorbei, und dabei sah er von oben den Kopf des Fahrers und die locker auf dem Lenkrad liegenden Hände. Der Ford fuhr weiter die Allee hinauf, hielt an der Kreuzung, bog nach rechts ab und verschwand.

War es derselbe Ford? Sollte er die Polizei anrufen? Oder würde man ihn für hysterisch halten, für verrückt? Es gab so viele weiße Fords. Ein Zufall, nichts weiter.

Beruhige dich, sagte er sich. Er legte die Papiere, die er

mitnehmen wollte, in den Koffer und klappte ihn zu. Langsam ging er wieder in die Diele hinunter und blieb dort lauschend stehen, ob der weiße Ford vielleicht wiederkam. Er hörte nur das laute Ticken der Küchenuhr. Wahrscheinlich hatten sie ihn hier vorfahren sehen und warteten nun darauf, daß er wieder herauskam, in sein Auto stieg und wegfuhr. Dann würde der weiße Ford ihm folgen.

Laß das Auto stehen. Geh nicht in seine Nähe. Geh durch die Hintertür hinaus.

Er ging über den Flur zurück und öffnete die Hintertür, die in den Garten führte. Er spähte in die anderen Gärten rechts und links von der Zufahrt. Niemand zu sehen. Er schloß die Tür und lief den Gartenweg hinunter zum Törchen. Dort angekommen, sah er eine Ameisenkolonne den Weg überqueren, zu Teddys blutverkrusteter Leiche und zurück. Plötzlich kam es ihm noch gefährlicher vor, hier hinauszugehen. Wenn sie das Haus von vorn bewachten, dann sicher auch von hinten. Und so allein auf dieser Zufahrt, auf dem Weg zur Allee, wäre er ein ungeschütztes Ziel. Er machte von neuem kehrt und lief zum Haus zurück. Er ging wieder über den Flur und öffnete die Haustür. Auf der ganzen Allee kurvte nur ein kleiner Junge mit seinem Dreirad herum. Er ging hinaus, rannte zur Straße hinunter und warf seinen Koffer auf den Rücksitz des Autos. Er legte den Gang ein und fuhr die Allee hinunter, immer Ausschau haltend nach dem weißen Ford. Er erreichte die Hauptstraße, auf der reger Verkehr herrschte. Kein weißer Ford in Sicht.

Peg Wiltons Antiquitätenladen lag in einer Fußgängerzone im Stadtzentrum. Sicherheitsbeamte kontrollierten an den Zugängen zu dieser Enklave flüchtig die Taschen aller, die dort hineinwollten. Abgesehen von dieser Vorsichtsmaßnahme hätte es das florierende Einkaufszentrum irgendeiner britischen Stadt sein können. In Kaufhäusern, Boutiquen, Restaurants und Möbelgeschäften herrschte vormittägliches Gedränge. Bombenschäden sah man in diesen Straßen der Innenstadt nicht, keine Wandsprüche, keine bewaffnete Polizei, auch keine Streifen der britischen Armee. Peg hatte ihren Laden neben einem großen Spielzeuggeschäft, in dessen Schaufenster elektronische Spiele flimmerten und Aufziehautos herumfuhren und Spielzeuglastwagen auf Hindernisse prallten, sich überschlugen und wieder aufrichteten und ihre sinnlose Fahrt fortsetzten. Etliche Kinder standen davor, aufmerksam wie Militärbeobachter, und beäugten die Pracht, als Dillon vorbeiging und zum Bimmeln einer Ladenglocke durch Pegs Tür trat. Der Laden war offenbar auf alten Modeschmuck, silberne Fotorahmen, imitierte Tiffany-Lampen und antike Spiegel spezialisiert. Es war kein Kunde darin. Bei Dillons Eintreten kam Peg aus einem kleinen Hinterzimmer. Sie trug ein geblümtes gelbes Seidenkleid und hielt eine lange silberne Zigarettenspitze, in der eine halbgerauchte Zigarette glomm, affektiert zwischen den Fingern.

»Michael!« Sie umarmte ihn und drückte ihre Samtkissenwange an die seine, erst links, dann rechts, wie ein französischer General bei der Ordensverleihung. »Ich hab's gehört!« rief sie. »Ist das nicht schrecklich – und einfach unglaublich? Sich vorzustellen, daß ich am selben Abend vorher noch in eurem Haus war!«

»Wo ist Moira, ist sie hier?«

»Aber Junge, Moira war doch eben erst im Fernsehen. Wußten Sie das nicht?«

»Nein. Wieso?«

»Na ja, sie hat sich eben entschlossen, über alles, was Ihnen beiden an diesem Abend passiert ist, genau zu berichten. Ich finde das richtig mutig von ihr, Sie nicht?«

»Wie hat sie es geschafft, so schnell ins Fernsehen zu kommen?«

»Nun, wie sie heute früh mit dieser Geschichte zu mir gekommen ist, hat sie gefragt, ob ich jemanden von der Presse kenne, der ihr zuhören würde, und Sie wissen doch, daß ich mit Penny Davis dick befreundet bin, das ist die mit der ›Morgenstunde‹, ja, und da hab ich Penny eben angerufen. Für die war das natürlich ein gefundenes Fressen. Sie haben Moira auf der Stelle ins Studio geholt.«

»Wann ist das gesendet worden?«

»Vorhin in den Nachrichten. Hab sie gerade gesehen. Ich bin nach nebenan gegangen, da haben sie einen Fernseher.«

»Kommt sie von dort wieder hierher?«

Peg führte ihre lange Zigarettenspitze an den Mund und zog an der Zigarette. »Weiß ich nicht genau«, sagte sie. »Und um ehrlich zu sein, Michael, ich kriege langsam Bedenken.«

»Wie meinen Sie das?«

»Hm, na ja, sie ist ja jetzt die Heldin des Tages und so. Die Medien werden sich um sie reißen. Aber ob ich sie jetzt auch noch in meinem Laden haben will? Ich meine, sie mag ja gern die Jeanne d'Arc spielen, aber ich möchte nicht so gern hier herumsitzen und jeden Moment damit rechnen müssen, daß einer dieser Berserker hereinkommt und uns alle abknallt. Verstehen Sie mich?«

»Ja«, sagte er. »Haben Sie ihr das schon gesagt?«

»Noch nicht. Werde ich aber wohl bald.«

Im Foyer des Clarence kam ihm Rory Burke entgegen, als er durch die Tür trat. »Wo waren Sie denn nur? Hier warten zwei Reporter auf Sie, und seit einer Stunde steht das Telefon nicht mehr still, ITV aus London, BBC, sogar CBS Television aus Amerika, alle wollen was von Ihnen. Was ist denn nur los?«

Noch während Rory ihm das alles erklärte, kamen aus der Bar zwei Männer auf ihn zu. »Sind Sie Mr. Dillon?«

»Ja.«

»Ich bin vom *Independent*. Könnten wir Sie wohl kurz mal sprechen?«

Er sah, daß der andere eine Kamera bei sich hatte. »Augenblick, bitte«, sagte er zu den beiden, dann wandte er sich Rory zu und nahm ihn beiseite. »Rory, ich habe vorhin mit London gesprochen. Sie sollen hier die Leitung übernehmen. Vorübergehend, wohlgemerkt. Aber darüber reden wir später noch. Ich werde jedenfalls hier nicht mehr arbeiten. Alles klar? Sie sind jetzt *kommissarischer* Direktor. Ja?«

Rory riß hocherfreut die Augen auf, dann kniff er sie argwöhnisch wieder zu. »Sie gehen doch nicht von uns weg?«

»Das erkläre ich Ihnen später«, sagte er noch einmal und wandte sich den wartenden Reportern zu. »Also, meine Herren, wenn Sie mit in mein Büro kommen wollen?«

Der eine Reporter sprach mit englischem Akzent, woraus Dillon schloß, daß er vom Londoner *Independent* kam, nicht von der irischen Zeitung gleichen Namens. Der Fotograf war von hier. Er meldete schon auf dem Weg zur Treppe ins Mezzanin seine Wünsche an. »Könnte ich nicht gleich ein Foto von Ihnen machen, Sir? Vor dem Hotel vielleicht?«

»Ich weiß noch nicht, ob ich mich überhaupt fotografieren lassen will. Worum geht es denn?«

Der Fotograf sah den englischen Reporter an, und dieser warf ihm einen mahnenden Blick zu. »Pardon«, sagte der Fotograf. »Wann es Ihnen recht ist, Sir. Es eilt nicht.« Sie gingen schweigend nach oben, und als Dillon sie in sein Büro führte, trat der Fotograf ans Fenster und sah hinaus, als ginge ihn das Ganze nichts mehr an.

»Ihre Frau war ja vorhin im Fernsehen«, sagte der Reporter. »Darüber wissen Sie doch sicher Bescheid?«

»Ich habe gehört, daß sie im Fernsehen war. Was sie da gesagt hat, weiß ich nicht.«

»Nun, es ist jedenfalls eine ungeheuerliche Geschichte, oder? Ich meine, Sie müssen doch in einem fürchterlichen Dilemma gesteckt haben.«

»Inwiefern?«

»Nun ja, wie sie gesagt hat – daß Sie sich zwischen ihrem Leben und dem der vielen anderen entscheiden mußten. Sie – hat das im Fernsehen natürlich nur mal kurz erwähnt. Ist nicht näher darauf eingegangen. Es war in den Nachrichten, da war ja auch keine Zeit dafür. Aber vielleicht könnten Sie uns jetzt mehr dazu sagen?«

»Ich glaube nicht, daß ich darüber reden möchte«, antwortete Dillon. »Ich möchte gar nichts dazu sagen, bevor ich mit ihr selbst gesprochen habe.«

»Klar. Und wann werden Sie mit ihr sprechen, Mr. Dillon? Könnten wir uns vielleicht danach unterhalten?«

»Das weiß ich nicht. Ich weiß nicht einmal, wo sie im Moment ist.«

Der Fotograf wandte sich vom Fenster ab. »Die BBC hat sie in die Ormeau Avenue mitgenommen«, sagte er. »Das ist erst ein paar Minuten her.«

»Danke«, sagte Dillon. »Dann entschuldigen Sie mich jetzt bitte.«

»Wollen Sie hin?« fragte der Reporter. »Können wir Sie vielleicht hinfahren?«

»Danke, ich habe selbst ein Auto.« Er ging zur Tür und wartete, bis sie widerstrebend hinausgegangen waren.

Als sie fort waren, kam Maggie Donlon. »Habe ich richtig gehört, daß Sie uns verlassen wollen? Ist das wahr?«

»Haben Sie Ihren Wagen wiederbekommen?« fragte er.

»Ja, danke. Michael, ich habe gehört, daß Ihre Frau im Fernsehen war. Das ist ja unglaublich! Gehen Sie hier weg, weil die hinter Ihnen her sind, ja?«

»Wer hat gesagt, daß ich fortgehe?«

»Unser neuer Chef.« Sie lachte. »*Mister* Burke.«

»Der hat's ja eilig«, meinte Dillon. »Hören Sie, Maggie, ich bin in Eile. Was wollten Sie denn von mir?«

»Ich wollte das nur wissen, denn wenn er hier der Chef wird, gehe ich.«

»Es ist nur vorübergehend«, sagte er, »Sie brauchen sich keine Gedanken zu machen.« Er nickte ihr im Vorbeigehen zu und lief hinunter ins Foyer.

»Mr. Dillon, Telefon für Sie«, rief ihm jemand von der Rezeption zu, aber er schüttelte den Kopf und lief nach draußen zu seinem Mietwagen. Es waren nur ein paar Minuten zur BBC an der Ormeau Avenue. Dort unterzogen uniformierte Türwächter ihn einer Sicherheitskontrolle, bevor sie ihn in die Eingangshalle ließen.

Drinnen erst wurde ihm klar, daß er gar nicht wußte, nach wem er hier fragen sollte. Wenn er früher hierher gekommen war, hatte er immer Andrea besucht. Ob Andrea wußte, wo er Moira finden konnte? Ihm blieb nichts anderes übrig. Er fragte am Empfang nach Miss Baxter. Eine der Damen telefonierte und sagte ihm dann: »Miss Baxter ist in einer Besprechung, Sir. Wen soll ich melden?«

»Mein Name ist Dillon«, sagte er, »und eigentlich suche ich meine Frau. Sie soll hier für irgendeine Sendung sein.«

Die ältere der beiden Frauen sah mit frisch erwachtem Interesse zu ihm auf. »Ist das die Dame –? Ja, natürlich. Ich glaube, die sind mit ihr ins Studio sechs gegangen.«

»Sie wird wohl jetzt im Schminkraum sein«, meinte ihre Kollegin.

»Ich muß sofort zu ihr«, sagte er. »Es ist dringend.«

Die beiden Frauen sahen einander an, dann sagte die eine: »Können Sie sich ausweisen, Sir?«

Er zeigte seinen Ausweis. Beide sahen ihn sich eingehend an, dann winkte die ältere einem der Türwächter. »Harry, können Sie diesen Herrn zum Schminkraum begleiten? Für einen Studiogast, eine Mrs. Dillon.«

»Danke«, sagte Dillon. Er folgte dem Türwächter, einem schon älteren Mann, zum Aufzug, und sie fuhren hinauf. Der Türwächter sagte, es sei ein schöner Tag, aber der Wetterbericht habe Regen angesagt. Und da der Aufzug immer noch fuhr, fragte er: »Sie sind also der Mann dieser Dame?«

Dillon nickte.

»Ich hab sie in den Fernsehnachrichten gehört«, sagte der Türwächter. »Vollkommen recht hat sie. Da muß mal einer den Mund aufmachen. Gegen beide Seiten, meine ich – auch gegen die UDA. IRA und UDA, zwischen denen gibt's keinen Unterschied, wenn Sie mich fragen.« Der Aufzug hielt jetzt. »Bitte hier entlang, Sir.«

Er folgte dem Türwächter über einen Korridor, und sie kamen an einem tristen Raum mit Kaffeemaschine, Sofas und einem Tisch vorbei, auf dem Illustrierte lagen. Der Korridor endete am Schminkraum, einer Art Friseursalon mit Drehstühlen vor beleuchteten Spiegeln. In diesem Raum standen zwei junge Männer und eine Frau mit Schreibzeug um eine junge Frau im weißen Kittel herum. Als Dillon hinkam, traten sie auseinander und drehten sich nach ihm um. Da sah er, daß die Frau im weißen Kittel gerade einer anderen Frau, die auf einem der Drehstühle saß, Make-up auftrug. Diese Frau war Moira.

»So, da sind wir, Sir«, sagte der Türwächter. »Ich warte draußen auf Sie.«

Er ging hinein. Moira sah ihn im Spiegel, drehte sich aber nicht zu ihm um. Sie lehnte sich nur auf dem Stuhl zurück, während die Frau ihr Sonnenbräune auf die Stirn tupfte. Die Umstehenden beäugten ihn vorsichtig.

»Kann ich dich einen Augenblick sprechen?« wandte Dillon sich an sie.

Einer der jungen Männer trat sofort vor ihn hin und musterte ihn mißtrauisch. »Verzeihung, Sir. Worum geht es?«

»Ich bin ihr Mann.«

Augenblicklich kam die Frau mit dem Schreibzeug aufgeregt lächelnd auf ihn zugeschossen. »Mr. Dillon? Wir haben Sie schon überall zu erreichen versucht. Guten Tag. Ich bin Meg Harris, die Moderatorin. Wir machen gleich ein Interview mit Ihrer Frau, gleich mit einer Aufzeichnung für die amerikanische CBS; aber das interessiert Sie gewiß nicht so im einzelnen. Ich will Sie nur fragen, ob Sie vielleicht mit Mrs. Dillon zusammen in diesem Interview auftreten möchten. Das wäre super.«

Er sah zu Moira, die mit geschlossenen Augen dasaß, während die Maskenbildnerin ihr Puder auf die Lider tupfte. »Könnte ich eine Minute unter vier Augen mit ihr sprechen?« fragte er die Moderatorin.

Sofort sagte die Maskenbildnerin zu Moira: »Ich bin in einer Sekunde fertig. Nur noch ein kleiner Tupfer. So, das hätten wir.«

Moira richtete sich auf, und die Maskenbildnerin half ihr, den Umhang abzunehmen, der ihr Kleid geschützt hatte. Die Moderatorin flüsterte den beiden jungen Männern etwas zu und sagte dann: »Also gut, ein paar Minuten haben wir noch Zeit, wenn Sie miteinander reden möchten. Kommen Sie mit, wir haben da hinten ein Besucherzimmer.«

Er sah zu Moira, die ihn aber nicht ansehen mochte, sondern sich wieder zum Spiegel umdrehte, sich darin betrachtete und zur Maskenbildnerin sagte: »Kann ich bitte mal eine Bürste haben?«

»Gewiß doch.«

Voll konzentriert, als wäre sie allein im eigenen Schlafzimmer, zog Moira die Bürste durch ihr langes Haar, zupfte da und dort daran herum und bauschte es hinten ein wenig auf.

»Ja, so ist es schön«, sagte die Maskenbildnerin, als Moira ihr die Bürste zurückgab. Moira bedankte sich, dann gingen sie den Korridor entlang zu dem tristen Zimmer, an dem Dillon vorhin schon vorbeigekommen war.

»Wir warten draußen«, sagte die Moderatorin und machte die Tür zu, durch deren Glastür Dillon sie draußen auf dem Korridor stehen sah. Die beiden jungen Männer lachten über etwas, was die Moderatorin sagte, während der ältere Türwächter ein wenig abseits stand und wartete.

Moira ging zu einem der schäbigen Sofas und setzte sich. »Hast du mich in den Nachrichten gesehen?« fragte sie. Ihre Stimme klang ganz neutral.

»Nein, ich habe nur davon gehört. Und ich sehe, daß du es nicht nötig hattest, mich zu fragen, bevor du uns da hineinziehen mußtest.«

»*Dich* hineinziehen, in was?« Sie hatte einen Spiegel aus ihrer Handtasche genommen und begutachtete ihre Lippen.

»Was Peg Wilton als dein Jeanne-d'Arc-Stückchen umschreibt. Möchtest du so gern zur Märtyrerin werden?«

»Du warst doch derjenige, der mich dazu machen wollte«, antwortete sie.

»Was soll das heißen?«

»Du hast doch schließlich die Polizei wegen der Bombe angerufen.«

»Ja, ja«, sagte er. »Hör zu, das ist nun mal geschehen, und es ist vorbei. Aber überleg doch mal, was du jetzt machst. Willst du dich ermorden lassen?«

»Ich tue, was ich für richtig halte. Genau wie du, als du die Polizei anriefst. Machst du nun das Interview mit mir zusammen oder nicht?«

»Nein«, sagte er. »Hör mal, meine Versetzung ist durch. Ich fliege morgen nach London.«

»Ach, wirklich?« meinte sie bissig. »Na bitte, dann ist es zwischen uns beiden ja wohl aus.«

»Nun hör doch mal«, sagte er, »darüber will ich gerade mit dir reden.«

»Worüber?« fragte sie, und plötzlich sah er Angst in ihrem Gesicht stehen.

»Über uns.«

Sie sah auf ihre Handtasche. Sie tat den Spiegel wieder

hinein und ließ die Tasche mit einem Klicken zuschnappen. »Wie heißt sie nochmal? Diese Frau, mit der du heute morgen Händchen gehalten hast?«

»Andrea Baxter.«

»Wirst du ihr fehlen?«

Er antwortete nicht. Plötzlich begann sie zu schluchzen. »O Gott«, sagte sie. »Geh jetzt, bitte.«

Beschämt wandte er sich ab und starrte die verglaste Tür an. Die jungen Männer und die Moderatorin unterhielten sich, aber sie taten nur so. Sie beobachteten Moira, die schluchzend ein Papiertaschentuch aus ihrer Handtasche nahm. Die Moderatorin fing seinen Blick auf und zeigte vielsagend auf ihre Armbanduhr. Er ging zur Tür und öffnete sie.

»Alles klar?« fragte die Moderatorin.

Hinter ihm antwortete Moira: »Danke, bestens. Ist es demnach soweit?«

Die Moderatorin sah ihn an. »Machen Sie nun mit, Mr. Dillon? Wenn ja, müßte ich Sie nämlich noch kurz zum Schminken schicken.«

»Nein.« Er gab dem Türwächter ein Zeichen, der etwas abseits stand und wartete. »Können wir gehen?«

»Selbstverständlich, Sir«, sagte der Türwächter.

»Wollen Sie es sich nicht doch noch anders überlegen?« fragte einer der jungen Männer. »Mit Ihnen beiden zusammen wäre das Interview viel eindrucksvoller.«

Er schüttelte den Kopf und sah wieder zu Moira zurück. Sie stand hinter ihm und fragte gerade die Moderatorin: »Stimmt noch alles? Mit meinem Gesicht, meine ich.«

»Ja, ganz toll sehen Sie aus.«

Der junge Mann ging vor ihm vorbei, und er sah, daß sie alle auf dieselbe Reihe von Aufzügen zugingen. Während sie dort warteten, wandte er sich wieder an Moira. »Wo bist du heute abend? Zu Hause?«

Sie zögerte und meinte dann: »Vielleicht bleibe ich heute nacht bei Peg. Wenn sie mich läßt.«

Er dachte an Pegs Bemerkung vor einer Stunde. Peg war gewiß nicht scharf darauf, einen Gast im Haus zu haben, der womöglich Besuch von der IRA bekam. »Und wenn nicht?« fragte er. »Wo kann ich dich sonst erreichen?«

»Bei Mama. Gehst du denn nach Hause?«

»Nein«, sagte er. »Ich habe meine Sachen geholt.«

Er merkte, daß die beiden jungen Männer, die Moderatorin und der Türwächter jedem Wort lauschten. Wir sind jetzt wer, über den sie reden können. Wir machen Schlagzeilen.

Der Aufzug kam. Als die Tür aufglitt, trat Moira ein und stellte sich mit dem Rücken zu ihm. Die jungen Männer folgten. Die Moderatorin nickte bedauernd zu ihm zurück. »Wir fahren aufwärts«, sagte sie.

Die Tür glitt zu. Der alte Türwächter sah zu dem zifferblattartigen Positionszeiger hinauf. »Es ist der einzige, der funktioniert«, sagte er. »Aber er kommt gleich wieder runter.«

Sie warteten schweigend und sahen den Zeiger aufwärts gehen. »Die hatten es also auf Pottinger abgesehen?« fragte der Türwächter endlich.

»Scheint so.«

Der Zeiger blieb stehen, dann begann er sich nach unten zu bewegen. »Das ist es ja«, sagte der Türwächter. »Es trifft immer andere als den, der es verdient.«

Am Kontrolltor vor dem Hotel kam Jack McGowan, einer der Wächter, aus dem Häuschen und machte ihm auf. »Ihr

Vater erwartet Sie, Sir. Ich habe ihn vorn parken lassen. Recht so?«

Es war nicht »recht so«, aber wie ein Hund, der das Bein hebt, um sein Revier zu markieren, mußte sein Vater jedesmal, wenn er dieses Hotel betrat, irgendein Sonderprivileg in Anspruch nehmen. Sein Vater wollte unbedingt jemand sein. Lieber aß er in einem schlechten Lokal, wo man ihn an den besten Tisch führte, als in einem guten, wo man ihn nicht kannte. Als Dillon jetzt ins Foyer trat, kam der Portier und meldete ihm, daß sein Vater in der Bar warte. Er ging in die Bar, wo viele Leute vor dem Mittagessen einen zu sich nahmen, und sah seinen Vater, der am hinteren Ende des Tresens saß und Mickey, den Chefbarkellner, mit einer seiner Geschichten von der Arbeit abhielt.

»Ah, da kommt er«, sagte sein Vater und winkte ihm. Mickey winkte ebenfalls, froh, vom Zuhören erlöst zu werden, und fragte: »Möchten Sie etwas trinken, Mr. Dillon?«

»Lassen Sie mir ein Sandwich und ein Bier kommen«, bat er Mickey, dann fragte er seinen Vater: »Hast du schon zu Mittag gegessen, Daddy?«

»Hab keinen Hunger«, sagte sein Vater und wies auf einen Tisch in der anderen Ecke der Bar, als wäre er, nicht Dillon, hier der Chef. Sie setzten sich. Sein Vater hatte sich wie üblich als Landjunker kostümiert. Er trug einen alten Tweedanzug über einem karierten Hemd, eine Wollkrawatte und blitzblanke Golfschuhe. Er hielt ein kleines Glas Whisky in der Hand, von dem er aber noch nicht gekostet hatte.

»Hast du meine Nachrichten nicht bekommen?« fragte er. »Du hättest ruhig mal zurückrufen können.«

»Entschuldige, Daddy. Hier war die letzten vierundzwanzig Stunden der Teufel los.«

»Das kann ich mir vorstellen«, sagte sein Vater. »Aber als wir nichts von dir hörten, hab ich jedenfalls beschlossen, heute in die Stadt zu fahren und verschiedenes zu erledigen. Und auf dem Weg von Derry hierher hörte ich auf einmal im Radio, wie sie Moira interviewten. Mein Gott, ist das eine Geschichte!«

Sein Vater hatte schon immer etwas für Dramen übrig gehabt. Diese Geschichte würde er Jahre später noch weitererzählen. Aber jetzt spürte Dillon noch etwas anderes, ein Unbehagen in der Stimme seines Vaters. »So etwas Scheußliches«, sagte sein Vater. »Aber sag mal, Michael, hältst du es für klug, es so in die Welt hinauszuposaunen, wie sie es tut?«

»Ich habe sie nicht gehört. Keine Ahnung, was sie gesagt hat.«

»Hat sie es denn nicht mit dir besprochen?«

»Nein.«

»Warum nicht? Hängt es mit dem zusammen, was du getan hast?«

Dem roten, gutmütigen Gesicht seines Vaters war nicht anzusehen, was er wußte. Weiß er über uns Bescheid? Woher denn? »Was ich *getan* habe?«

»Ja, ich meine … die Polizei anzurufen. Um Pottingers Haut zu retten. Die hätten doch Moira umbringen können. Ich glaube, daß ich da an ihrer Stelle doch ein bißchen schlucken müßte.«

»Wovon redest du? Ich habe doch nicht nur Pottinger das Leben gerettet. Die Bombe befand sich genau hier unter unserm Speisesaal. Weiß der Himmel, wie viele Menschen umgekommen wären.«

»Trotzdem«, sagte sein Vater. »Ich will nicht darauf herumreiten, aber sie könnte dir deswegen schon böse sein.«

»Nein, sie war nicht böse. Sie sagt, ich hätte in ihren Augen das Richtige getan.« Aber als er seinem Vater das sagte, fiel ihm ein, daß Moira das Interview ja erst gegeben hatte, nachdem sie gesehen hatte, wie er mit Andrea Händchen hielt. »Was *hat* sie denn überhaupt gesagt? Ich meine im Radio, als du sie gehört hast.«

»Na ja, sie hat eben die ganze Geschichte erzählt, mehr oder weniger. Von euch beiden, und wie sie euch in der Nacht behandelt haben. Und sie hat gesagt, die IRA wäre ein einziges Lumpenpack und so weiter, und alle hätten Angst, den Mund aufzumachen. Und zum Schluß hat sie gemeint, wenn die Iren immer ›Briten raus!‹ brüllten, müßten sie auch ›IRA raus!‹ brüllen, weil wir erst Frieden haben könnten, wenn wir sie los wären.«

»Da hat sie jedenfalls recht«, sagte Dillon.

»Darum geht es jetzt nicht«, sagte sein Vater. »Es geht um dein Leben, das sie aufs Spiel setzt.«

»Und ihr eigenes. Sie ist genauso gefährdet wie ich.«

»Unsinn«, sagte sein Vater. »*Dir* wollen sie an den Kragen. Du hast sie reingelegt. Sie könnten sich an dir rächen wollen.«

Eine Kellnerin war in die Bar gekommen und näherte sich mit einem Tablett, auf dem ein Sandwich und ein Glas Bier waren, ihrem Tisch. »Das war doch für Sie, Sir?« fragte sie, indem sie es vor ihn hinstellte. Währenddessen sah er seinen Vater endlich an seinem Whisky nippen.

»Ich werde nach England versetzt«, sagte Dillon. »Zur Sicherheit.«

Sein Vater schien von dieser Neuigkeit regelrecht überwältigt. »Diese Amis ... Also, das ist ja ... es wird wohl das klügste sein. Wohin stecken sie dich?«

»Ins Ormonde. London. Als Vize.«

»Aber hier warst du Direktor. Ein ganz schöner Abstieg. Zum Teufel aber auch! Zum Teufel mit Pottinger.«

»Schon gut, Daddy«, sagte er. »Ich will ja dorthin. Es könnte außerdem sogar ein Aufstieg sein.«

»Wie steht Moira dazu?«

»Das weiß ich noch nicht«, log Dillon. Er begann sein Sandwich zu essen. Sein Vater zündete sich erregt eine Zigarette an und sah ihm zu. Zum Teufel mit Pottinger, hatte sein Vater gesagt. Wie immer hatte er jemanden gefunden, dem er die Schuld geben konnte. Sein Vater war, obwohl er aus Nordirland stammte, in die irische Republik gezogen, weil er dort nicht zu einer katholischen Minderheit gehörte, auf die seine Bekannten, soweit sie Ulster-Protestanten waren, verächtlich herabsahen. Wie die meisten nordirischen Katholiken seiner Generation hatte sein Vater für die jetzige IRA nichts übrig, aber seine wahre Feindschaft, sein fanatischer Haß galt doch Pottinger und den Extremisten der UDA. Mochte die IRA seinem Sohn ans Leben wollen, so war aus der irrationalen Sicht seines Vaters doch allerletzten Endes Pottinger schuld daran.

»Und wann holen sie dich nach Londen?« fragte sein Vater.

»In nächster Zeit. Vielleicht schon morgen.«

Bei seinen Worten sah er Rory Burke in die Bar kommen, sich umsehen und eilig auf ihn zusteuern. »Michael«, sagte Rory. »Gut, daß ich Sie finde. Der Bauunternehmer ist da, und ich weiß nicht, was Sie wegen der Reparaturen geplant haben.« Er wandte sich an Dillons Vater. »Guten Tag, Mr. Dillon. Entschuldigen Sie bitte die Störung.«

»Macht nichts«, antwortete sein Vater. »Kümmern Sie sich nicht um mich. Ich weiß, wie das ist.«

»Könnten Sie jetzt gleich mitkommen?« fragte Rory.

»Geh nur, Michael«, sagte sein Vater. »Und ruf uns mal an, bevor du nach London abfliegst. Deine Mutter wird noch mit dir reden wollen. Vergiß es nicht.«

Normalerweise pflegten er und sein Vater, wenn sie sich begegneten, einander nicht zu umarmen oder die Hand zu geben. Als er aber jetzt aufstand, um zu gehen, erhob sein Vater sich ebenfalls, packte ihn bei den Schultern und drückte ihn an sich. »Paß auf dich auf«, sagte er mit vor Rührung bebender Stimme. »Und wo kann ich Moira erreichen? Ich würde gern mit ihr sprechen.«

»Versuch's mal bei uns zu Hause. Auf Wiedersehen, Daddy. Und danke, daß du gekommen bist.«

»Halte uns auf dem laufenden«, sagte sein Vater. »Gott segne dich.« Er hatte Tränen in den Augen.

Als sie die Bar verließen, fragte Rory: »Machen Sie sich Sorgen? Müssen Sie wohl. Man erzählt sich übrigens, daß Ihre Frau heute früh im Fernsehen ganz toll gewesen sein soll. Alle reden davon.«

»Ist er selbst hier, der Bauunternehmer?« fragte er, um das Thema zu wechseln.

»McAnally? Ja. Hinten auf dem Parkplatz. Ich weiß ja nicht einmal, ob er für die Reparatur schon fest unter Vertrag ist. Ist er?«

»Nein. Ich hätte Ihnen Bescheid sagen sollen. Hören Sie, Rory, ich sehe jetzt, daß ich Ihnen den Laden nicht einfach so übergeben kann, ohne mich wenigstens einen Tag mit Ihnen zusammenzusetzen.«

»Gut. Das erleichtert mich sehr«, sagte Rory.

Sie gingen zum Parkplatz hinaus. Der englische Reporter, der vorhin schon ein Interview von ihm hatte haben wollen, kam auf ihn zu. »Mr. Dillon? Hätten Sie vielleicht jetzt ein paar Minuten Zeit für mich?«

»Bedaure. Ich bin sehr beschäftigt.«

»Haben Sie schon mit Ihrer Frau gesprochen? Sie wissen doch, Sie haben mir ein Interview versprochen, nachdem Sie mit ihr geredet hätten.«

»Ich erinnere mich nicht, Ihnen ein Interview versprochen zu haben.«

Der Reporter sah ihn an. »Um es genau zu sagen, ich bin auf dem schnellsten Weg zu Ihnen gekommen, weil ich eben mit Ihrer Frau gesprochen habe. Sie hat mir gesagt, daß Sie einen von den IRA-Leuten tatsächlich *gesehen* haben. Sein Gesicht gesehen, meine ich. Stimmt das?«

Dillon sah zu Rory. *O mein Gott*, dachte er. *Jetzt wissen es demnächst alle.*

»Hat sie das im Fernsehen gesagt?« fragte er.

»Soviel ich weiß, nein. Sie hat es nur mir gesagt. Und ich will es mir eben von Ihnen bestätigen lassen, bevor wir das drucken.«

»Ich weiß nicht, wovon sie gesprochen hat«, sagte Dillon.

»Was machen Sie da eigentlich?« mischte Rory sich empört ein. »Wollen Sie unbedingt, daß der Mann ermordet wird?«

»Ich habe ihn nur was gefragt«, sagte der Reporter.

»Hören Sie zu, ich kann jetzt nicht mit Ihnen reden. Wie gesagt, ich bin sehr beschäftigt.« Dillon ging weiter. Der Bauunternehmer McAnally stand an dem beschädigten Mauerteil und gab zwei Arbeitern Anweisungen. Der englische Reporter machte kehrt und ging zu seinem Wagen.

Rory, der neben Dillon hereilte, sah ihn von der Seite

an. »Es geht mich ja nichts an«, sagte er, »aber redet sie nicht ein bißchen viel drauflos? Ich meine Ihre Frau. Was sagte die Polizei denn dazu?«

»Ich weiß es nicht, Rory. Lassen wir das Thema, ja?«

»Entschuldigung«, sagte Rory. Sie waren bei McAnally angekommen. Ihr Gespräch drehte sich jetzt um die Arbeiten, die zu machen waren, aber Dillon konnte sich nicht darauf konzentrieren. Als sie mit McAnally fertig waren, gingen sie in Dillons Büro hinauf, wo er Rory in die Personalakten einweisen sollte. In seinem Büro klingelte das Telefon. Er nahm ab.

»Leitung zwei, für Sie«, sagte die Vermittlung.

»Wer ist es?«

»Haben sie nicht gesagt. Es sei privat.«

»Na gut«, sagte er. »Stellen Sie durch.«

»Mr. Dillon?« fragte eine Frauenstimme mit Belfaster Akzent.

»Ja.«

»Augenblick bitte.«

»Michael Dillon?« Diesmal eine Männerstimme.

»Am Apparat.«

»Sie reden ein bißchen viel«, sagte die Stimme. »Habt ihr es auf Schlagzeilen angelegt, ihr beide? Die können wir euch nämlich gern verschaffen. Wäre nur möglich, daß ihr sie nicht mehr lesen könnt.«

Es war still.

»Verstanden, Dillon?«

»Ja.«

»Also, dann.«

Die Leitung verstummte. Er legte den Hörer zurück. Rory sah vom Schreibtisch auf. »Alles in Ordnung?«

Er nickte. »Geht's Ihnen gut?« hakte Rory nach.

Er merkte erst jetzt, daß er am ganzen Körper zitterte. »Doch, alles in Ordnung«, sagte er. »Aber hören Sie, Rory, ich muß mich mit Moira in Verbindung setzen. Vielleicht können wir das hier doch später erledigen.«

»Selbstverständlich. Ich bin ja hier«, sagte Rory und ging.

Dillon holte sein Adreßbuch hervor und wählte. »Peg? Hier Michael Dillon. Ist Moira schon zurück?«

»Ja, sie ist in dieser Sekunde zur Tür hereingekommen«, sagte Peg. »Wollen Sie mit ihr sprechen? Moment, ich gebe weiter.«

»Wer ist es?« hörte er Moira fragen, bevor sie den Hörer nahm. Dann sagte sie: »Michael, ich bin im Augenblick beschäftigt. Ich könnte später zu dir ins Hotel kommen. Einverstanden?«

»Nein. Ich muß jetzt sofort mit dir sprechen. Es ist wichtig. Ich komme zu Peg.«

»Moment«, sagte Moira. Sie legte den Hörer hin, dann kam sie wieder. »Wir sind nebenan, Peg und ich. Im Bon-Bon. Wir trinken dort eine Tasse Tee.«

»Ich möchte dich allein sprechen.«

»Hör mal, ich habe noch nichts zu Mittag gegessen«, sagte sie verstimmt. »Willst du mich nun sprechen oder nicht?«

»Ich komme.«

Um in die Fußgängerzone im Stadtzentrum zu kommen, mußte er seinen Wagen drei Straßen weiter auf einem Parkplatz abstellen. Als er an die Sicherheitskontrollen kam, stand auf der anderen Seite ein Halbwüchsiger mit einem auffallenden »U 2« auf dem T-Shirt. Der Bursche musterte ihn, und als er sich in das Gewühl der Einkaufsstraße stürzte, sah Dillon, wie er folgte. Das Bon-Bon war eine Teestube gleich neben dem großen Spielzeugladen, an dem er heute morgen vorbeigekommen war. Wie vorhin, drückte sich auch jetzt eine Schar Kinder die Nase an dem Schaufenster mit den umherfahrenden Spielzeugautos platt. Dillon blieb vor dem Fenster stehen und sah sich nach dem jungen Burschen um, der ein Stückchen weiter gerade an einem Sportgeschäft vorbeischlenderte. Dillon sah ihn unverwandt an. Der Bursche machte eine kleine Drehung und blickte in seine Richtung, und als er merkte, daß Dillon ihn beobachtete, trat er in den Eingang des Sportgeschäfts, als wollte er dort etwas kaufen. Augenblicklich verschwand Dillon in der Teestube.

Es war ein großes Lokal, vollbesetzt mit Frauen beim Nachmittagstee und einer langen Schlange an der Kuchentheke. Wegen der vielen Kinder hier drinnen ging es ziemlich laut zu. Dillon ignorierte die Bemühungen einer Hosteß, einen Platz für ihn zu finden, und sah sich suchend nach Moira um, bis er sie an einem Tisch beim Fenster sitzen sah. Sie war allein. Als er an ihren Tisch kam, sah sie nicht auf. Eine halbleere Teetasse stand auf dem Platz ihr gegenüber. »Ist Peg hier?« fragte er mit einem Blick auf die Tasse.

»Sie ist gerade gegangen«, sagte Moira. Mitten auf dem Tisch stand ein Teller mit Sahnetörtchen, und Moira hatte noch ein halbes Stück Schokoladentorte vor sich. »Setz dich«, sagte sie. »Was willst du von mir?«

Er nahm ihr gegenüber Platz. »Ich hatte eben einen Anruf von unseren nächtlichen Besuchern. Sie meinen, wir redeten zuviel.«

»Ach ja?« sagte sie. »Das mißfällt ihnen also. Gut.«

»Hör mal, Moira, was denkst du dir eigentlich? Sollen wir beide ermordet werden? Hat der Inspektor uns nicht gewarnt, wir sollten niemandem sagen, daß ich Kevs Gesicht gesehen habe?«

»Ich lasse mir von der Polizei nichts vorschreiben«, sagte sie, indem sie mit ihrer Gabel noch einen Bissen von dem mächtigen Kuchen abteilte.

»Darum geht es nicht. Während die Polizei die Burschen zu schnappen versucht, warnst du sie. Jetzt werden sie Kev verstecken. Schicken ihn in den Süden oder ganz außer Landes.«

Sie hatte den Kuchen schon halb im Mund, jetzt stockte sie und legte die Gabel wieder hin. »Da hast du recht«, sagte sie. »Himmel, daran habe ich nicht gedacht.«

»Hast du das auch im Fernsehen erwähnt? Das mit Kev?«

»Nein. Ich hab's nur diesem einen Reporter gesagt. Das war ein Engländer. Ich werde es also keinem mehr sagen.«

»Es ist schon zu spät«, sagte er. »Oder was glaubst du, wieso die mich angerufen haben?«

»Haben sie ausdrücklich davon gesprochen?« fragte sie.

»Nein.«

»Dann war das nicht der Grund«, sagte sie. »Ich will dir sagen, weswegen sie dich angerufen haben. Einfach weil ich im Fernsehen war. Weil jetzt in ganz Europa und Amerika bekannt wird, was sie mit uns gemacht haben.«

»Prima. Noch mehr Publicity für sie. Genau was sie wollen.«

»Falsch«, sagte sie. »Ich trete ja *gegen* sie auf.«

»Wem machst du eigentlich etwas vor? Du tust das doch nur, weil du es herrlich findest, daß die Leute dich in der Glotze sehen können, dein Bild in allen Zeitungen.«

»Was *bist* du doch dämlich«, sagte sie. »Und ich hatte dich immer für gescheit gehalten. Ich tue das, weil ich zum erstenmal im Leben die Chance habe, etwas zu verändern. Vielleicht gehen manche ja deswegen in die Politik.«

»Oder in die IRA.«

»Hör mal, Michael, ich möchte dich jetzt gern was fragen. Was denkst du eigentlich, wie mein Leben bisher ausgesehen hat? Für dich kochen, Unterricht halten, zu dem ich keine Lust hatte, und mir den Kopf darüber zerbrechen, warum es mit meinem Aussehen bergab geht. Das war mein Leben, oder nicht? Und jetzt sehe ich, daß dir an mir nicht das mindeste liegt, daß du genauso bist wie alle anderen Männer, die ich je gekannt habe, daß es dir egal ist, ob ich Grips habe oder nicht, daß du mich gar nicht kennst und überhaupt nicht wissen willst, was mich so umtreibt – dich hat als einziges je interessiert, wie ich im Bett war, was andere Leute über mich dachten, ob sie dich darum beneideten, daß du mit mir schlafen durftest. Ist es etwa nicht so?«

»Doch«, sagte er. »Doch, es wird wohl so sein. Aber Moira, alles was du im Fernsehen oder in den Zeitungen von dir geben magst, wird die Dinge hier nicht ändern. Das einzige, was es ändert, ist dein Leben. Dein ganzes Geschwätz im Fernsehen hat dich inzwischen schon deine Stelle bei Peg gekostet.«

»Wer hat dir das gesagt?«

»Peg. Heute morgen. Und ich kann es ihr nicht mal verdenken. Warum soll sie sich dem aussetzen, daß jeden Moment die IRA in ihren Laden kommen und sie umbringen kann?«

Während er das sagte, fiel ihm der junge Bursche draußen wieder ein. Er warf einen Blick aus dem Fenster. Der Bursche war noch da. Er stand jetzt hinter den Kindern vor dem Schaufenster des Spielzeugladens nebenan und tat, als interessierten ihn die Spielzeugautos, die da herumfuhren.

»Guck mal nach draußen«, sagte er. »Siehst du den Burschen mit dem ›U 2‹ auf dem T-Shirt? Er läuft mir nach. *Das* ist die IRA, mit der wir es zu tun haben. Du weißt genau, daß es uns das Leben kosten kann. Legst du es darauf an?«

»Gute Frage«, sagte sie, »vor allem aus deinem Mund. Wie ist es denn mit *dir*? Hast du es neulich darauf angelegt, daß sie mich umbringen? Mal angenommen, die IRA hätte deine Freundin in der Gewalt gehabt. Hättest du dann auch den Hörer abgenommen und die Polizei angerufen, ja?«

Der Lärm in der Teestube erschien ihm plötzlich unerträglich. Frauenstimmen, Geschirrgeklapper, Kindergeschrei. »Ja«, sagte er.

»Lügner. Du wolltest meinen Tod.«

»Wollte ich nicht.«

»Sag mal – geht sie mit dir nach England?«

»Ja.«

»Es ist also ernst«, sagte sie. Sie wandte sich von ihm ab und sah zum Fenster hinaus. Ihr Gesicht war im Profil noch immer wie das Bildnis auf einer Münze. »Du willst dich demnach scheiden lassen?«

»Ja.«

Sie sah noch immer aus dem Fenster. »Hoffentlich erschießen sie dich.« Sie bückte sich und nahm ihre Handtasche vom Boden. Dann erhob sie sich, schnappte plötzlich erschrocken nach Luft und sah ihn endlich wieder an. »Nein«, sagte sie. »Hoffentlich erschießen sie mich.«

Sie ging zur Kasse und nahm eine Fünfpfundnote aus der Handtasche. Diese gab sie der Kassiererin und ging, ohne auf ihr Wechselgeld zu warten, auf die Straße hinaus. Er stand ebenfalls auf und wollte ihr nach, aber als er auf die Straße trat und nach rechts und links blickte, war sie fort. Während er noch dastand und in dem Menschengedränge nach ihr suchte, sah er den jungen Burschen immer noch vor dem Spielzeugladen stehen. Soeben kam ein junges Mädchen die Straße heraufgerannt und lief auf den Burschen zu, der sie anlächelte. Sie küßten sich. Er legte den Arm um sie, und sie gingen fort, ein harmloses Liebespärchen, das gleich darauf in der Menge verschwand.

8

Als Dillon die beiden Männer an der Rezeption stehen sah, hielt er sie zuerst für Hotelgäste. Sie unterhielten sich mit der Rezeptionistin, aber als der eine von ihnen Dillon erblickte, kam er lächelnd auf ihn zu. Der Mann war in mittleren Jahren und gut gekleidet: graue Flanellhose, marineblauer Blazer, weißes Tuch in der Brusttasche, schneeweißes Hemd mit Clubkrawatte. »Mr. Dillon«, sagte er in einem Ton, als müsse Dillon ihn kennen. Als Dillon ihn aber sichtlich nicht erkannte, ergänzte er rasch: »Kriminalinspektor Randall. Wir haben gestern in Ihrem Haus miteinander gesprochen.«

»Ach ja, natürlich«, sagte Dillon. Der zweite Mann, der hinter Randall stand, war groß und kahlköpfig. Er trug einen grauen Tweedanzug und eine Stahlrandbrille mit runden Gläsern, was die Nacktheit seines Schädels noch auffälliger machte. »Das ist Chefinspektor Norton von der Sondereinsatzgruppe«, sagte Randall.

»Entschuldigen Sie die Störung«, sagte der Chefinspektor. »Sie sind ja sicher sehr beschäftigt.«

»Nein, keine Ursache.« Dillon erinnerte sich, daß Rory sein Büro benutzte, und zeigte zur Bar. »Wie wär's mit einem Drink?«

»Die Bar sieht ein bißchen voll aus«, meinte der Chefinspektor.

»Wir hätten noch den Salon im Mezzanin«, sagte Dillon. »Wir können uns dort unterhalten.«

Dort angekommen, gingen die beiden Polizisten, wie von einem Instinkt geleitet, zur Eckbank und setzten sich mit dem Rücken zur Wand. Zu trinken bestellten sie Kaffee. Im Salon befanden sich außer ihnen nur noch eine laute Familie und ein älterer Mann, der unverwandt auf den Fernseher über der Bar starrte.

Der Chefinspektor warf einen Blick auf den Fernseher. »Wie ich höre, kommt Ihre Frau in den Sechsuhrnachrichten.« Er sah auf die Uhr. »Vielleicht sehen wir sie ja noch.«

»Sie war heute schon mal zu sehen«, sagte Randall. »Ich hab's verpaßt. Und in allen Zeitungen ist sie auch. Hat denn noch niemand Sie um ein Interview gebeten?«

»Ich wollte keins geben.« Er sah sie einen Blick wechseln. »Tut mir leid, daß sie gesagt hat, ich hätte das Gesicht des einen Jungen gesehen.«

»Zu wem hat sie das gesagt?« fragte der Chefinspektor.

»Zu einem Reporter des *Independent*. Des Londoner.«

»Wann war das?«

»Heute vormittag.«

»Ich habe in den Zeitungen noch nichts davon gelesen«, sagte Inspektor Randall.

»Der *Independent*«, sagte der Chefinspektor langsam, als notierte er sich das. »Hat sie es nur das eine Mal erwähnt?«

»Weiß ich nicht genau.«

»Es ist nämlich so«, sagte der Chefinspektor, »wir haben eine gewisse Vorstellung, wer dieser Kev sein könnte.«

»Oh.«

»Sind Sie demnächst noch hier? In Belfast?« fragte der Chefinspektor.

»Nein. Ich habe um Versetzung in eines unserer Londoner Hotels gebeten. Morgen reise ich ab, oder übermorgen.«

Der Chefinspektor lehnte seinen Kahlkopf nach hinten an das lederne Polster der Eckbank und sah zur Decke. Er fuhr sich mit den langen Fingern über die Glatze, als konzentrierte er sich auf die Lösung eines mathematischen Problems. »Nun, das macht nichts«, meinte er endlich. »Wir können Sie ja jederzeit wieder hierherkommen lassen. Ja. Und Ihre Frau, sie geht vermutlich mit?«

»Das ist noch nicht entschieden.«

»Oh, wie kommt das?« fragte der Chefinspektor.

»Das ist eine persönliche Angelegenheit. Außerdem wollte sie nie in England leben.«

Der Chefinspektor lächelte. Wieder lehnte er den Kopf zurück und strich sich über die Glatze. »Das kann ich ihr nachfühlen«, sagte er. »Die Lebensqualität ist da drüben nicht so gut wie hier. Die normalen Schulen sind weit unter unserm Niveau. Viel mehr Drogen- und Rassenprobleme. Und so übervölkert ist es dort. Ich kann sie gut verstehen.« Er setzte sich jetzt wieder aufrecht hin und sah Dillon an. »Man kann in solchen Dingen zwar nie sicher sein«, sagte er, »aber die IRA hatte in letzter Zeit so eine schlechte Presse, nachdem sie auf harmlose Passanten geschossen hat, Frauen und Kinder und so weiter, daß ich eine Gefährdung eigentlich nur für Sie sehe, nicht für Ihre Frau. Die ständen nicht gut da, wenn sie so eine junge Frau ermordeten, die den Leuten gerade erst im Fernsehen gezeigt wurde. Sie werden höchstens Ihnen an den Kragen wollen. Sie sind derjenige, der uns angerufen hat. Und Sie haben auch das Gesicht des Jungen gesehen.«

»Man hat mich heute schon angerufen, um mich zu warnen«, sagte er.

»Ach ja?« meinte Inspektor Randall.

»Wann war das?« fragte der Chefinspektor.

»Heute nachmittag.«

»Und was haben die gesagt?«

Er berichtete. Sie sahen einander an, dann meinte der Chefinspektor. »Das muß natürlich gar nicht die IRA gewesen sein.«

»Was wollen Sie damit sagen?«

»Wir haben schon oft feststellen müssen, daß solche Anrufe von irgendwelchen Leuten in einer Kneipe kamen, vielleicht von IRA-Sympathisanten, die da mal eben auf eigene Faust anriefen. Aus reiner Böswilligkeit.«

»Aha.«

»Aber eigentlich«, sagte der Chefinspektor, »sind wir nur hergekommen, um Sie etwas zu fragen. Sollten wir tatsächlich einen Verdächtigen schnappen, wären Sie dann bereit, ihn zu identifizieren und vor Gericht gegen ihn auszusagen?«

Sie sahen ihn beide abwartend an. »Hm«, machte er. »Doch, das würde ich wohl.«

»Gut. Danke.« Der Chefinspektor stand auf. Auch Inspektor Randall erhob sich, jetzt lächelnd. »Danke, Mr. Dillon«, sagte Randall. »Wir sind Ihnen für Ihre Hilfe sehr dankbar. Übrigens, haben Sie in London schon eine Adresse?«

»Sie erreichen mich im Hotel Ormonde.«

»Nicht übel«, meinte der Chefinspektor lachend.

»O nein, ich wohne nicht dort, ich arbeite nur da. Eine Wohnadresse habe ich noch nicht.«

»Also nochmals, vielen Dank«, sagte der Chefinspektor. Er warf einen Blick auf die Uhr, dann auf den Fernseher. »Die Nachrichten können wir leider nicht mehr abwarten, aber wie gesagt, Ihre Frau soll darin auftreten. Danke für den Kaffee.«

Er sah sie zur Treppe gehen. Randall hätte ein Bankmanager sein können, der Chefinspektor ein Schulmeister vom Lande. Und sie jagten Leute, die ebenfalls solche Alltagsmasken trugen. Der Mann dort an der Bar, der sie im Vorbeigehen musterte, konnte jemand sein, der jahrelang im Long Kesh gesessen hatte, jemand, der auf andere hatte schießen lassen, um sie zu töten oder zu verkrüppeln, jemand, der das mißglückte Attentat auf Pottinger geplant haben mochte und soeben Dillons Tod beschlossen hatte, als er ihn in Gesellschaft der beiden Polizisten sah. Es war eine Welt der Maskenmänner, deren wahre Identität man nicht ahnte. Und nun sollte er einem von ihnen ein Gesicht geben.

Die Barkellnerin kam, um die Kaffeetassen abzuräumen, und Dillon hörte den bekannten Fernsehsprecher die Sechsuhrnachrichten ansagen. Er stand auf, ging zur Bar, wo dieser ältere Mann noch immer allein saß, und nahm zwei Hocker weiter Platz. Soeben kam Tommy Spence, der heute an der Bar bediente, aus seinem Anrichteraum. »Haben Sie einen Wunsch, Mr. Dillon?«

»Danke, Tommy. Einen Gin mit Tonic.«

In Mexiko hatte es wieder ein Erdbeben gegeben, ein japanischer Ministerpräsident war wegen eines Skandals zurückgetreten, die Regierung hatte eine Kommission zur Untersuchung der jüngsten Krawalle bei einem Fußballspiel eingesetzt. Jetzt kamen zwei weitere Männer an die Bar, ein junger Geschäftsmann und ein älterer. Eine Sechsergruppe kam in den Salon und nahm Platz. Die Männer trugen geliehene Cuts und waren leicht angetrunken; die Frauen hatten zerdrückte Blumensträuße. Offenbar kamen sie von einer Hochzeit. Sie lachten und bestellten Getränke und achteten nicht auf die Nachrichten.

Und dann sagte die bekannte Stimme: »In Nordirland wurde heute ...« Es war schlagartig still im Raum. Es war, als ob es diese andere Welt im Fernsehen gar nicht gäbe. Jetzt sahen alle schweigend zu, wie auf dem Bildschirm das Hotel erschien, in dem sie gerade saßen, dann der zerbombte Parkplatz. Der Nachrichtensprecher sagte, es sei jetzt sicher, daß der Bombenanschlag ein Mordattentat auf Pastor Alun Pottinger gewesen sei. Die Frau des Hoteldirektors sei als Geisel in ihrem Haus festgehalten worden, während man ihren Mann gezwungen habe, mit der Bombe im Auto zum Hotel zu fahren. »Die Frau, Mrs. Dillon –«, sagte der Sprecher, und plötzlich erschien auf dem Bildschirm Moira, in einem Studio sitzend, schön und aufgewühlt und wütend zugleich. Eine Reporterin fragte sie, ob sie Angst gehabt habe, und Moira in Nahaufnahme, den Blick in die Kamera gerichtet, sagte: »Ja. Aber jetzt habe ich keine mehr. Ich will, daß diese Leute gefaßt und bestraft werden. Es scheint mir an der Zeit zu sein, daß normale Menschen gegen die IRA aufstehen und dafür sorgen, daß sie verschwindet.« Ohne Übergang wechselte das Bild jetzt zu den Parlamentsgebäuden in London, und der Sprecher sagte: »In der heutigen Unterhausdebatte über nukleare Kurzstreckenraketen ...« Augenblicklich schien es, als wären die Nachrichten schon zu Ende. Man redete erregt durcheinander. Einer von der Hochzeitsgesellschaft sagte: »Stellt euch mal vor, wir sitzen hier in diesem Hotel, und da erscheint das Ding im Fernsehen.« Eine andere Stimme rief: »Aber gut sieht sie aus, die Frau.«

Dillon bemerkte, daß Tommy, der Barkellner, ihn bei diesen Worten ansah. Tommy schüttelte lächelnd den Kopf. Der ältere Mann an der Bar lehnte sich zu Dillon herüber. »Entschuldigung, habe ich recht gehört, daß Sie Mr. Dillon sind?« Dillon nickte. Er sah in sein Glas, an dem er kaum genippt hatte, und beschloß, es stehenzulassen. »Das muß ja entsetzlich gewesen sein«, sagte der Mann. Die beiden Geschäftsleute am anderen Ende des Tresens hatten mitgehört und begafften Dillon jetzt wie eine Berühmtheit. Dillon winkte Tommy zu sich und sagte: »Danke, Tommy. Setzen Sie das auf meinen Bon.« Er glitt von seinem Hocker und ging zur Tür. Die Blicke, mit denen man ihn beobachtete, sagten ihm, daß auch die Hochzeitsgesellschaft mitbekommen hatte, wer er war. Es wurde still im Salon. Nur der unbeachtete Sprecher verlas weiter seine ungehörten Weltnachrichten.

Dillon verließ den Salon und ging in sein Büro. Sie war nur ein paar Sekunden auf dem Bildschirm gewesen. Sie hatte nichts davon erwähnt, daß er Kevs Gesicht gesehen hatte. Es war kein Knüller. Niemand war umgekommen. Morgen würde schon alles vergessen sein. Da erinnerte er sich an den englischen Reporter. Sie hat es nur ihm gesagt. Es ist seine Exklusivgeschichte, also wird er natürlich darüber schreiben. Ich muß mir die Abendzeitungen besorgen.

Als er in sein Büro trat, sah er ein englisches Boulevardblatt und zwei hiesige Lokalzeitungen auf dem Sofa liegen. Rory war am Telefon und winkte ihm nur kurz zu, als er sich setzte. Auf dem zuoberst liegenden Boulevardblatt schrie über Moiras Foto eine fette Schlagzeile: »GEISELHAUSFRAU SAGT: IRA RAUS!«

Der Artikel war kurz. Kein Wort von dem, was er

gefürchtet hatte. Er nahm die oberste Lokalzeitung und überflog sie, immer auf der Suche nach dem verräterischen Satz. Rory hatte sein Telefonat beendet und rief: »Sie sind ja jetzt ganz groß in allen Nachrichten, was?«

Er nickte. Er las den Artikel zu Ende. Nichts davon, daß er Kevs Gesicht gesehen hatte. Er nahm sich die andere Zeitung vor und fand auch darin nichts. Ob die Polizei die Meldung irgendwie unterdrückt haben konnte?

»Stimmt was nicht?« fragte Rory. »Sie sehen aus, als könnten Sie einen Drink vertragen.«

»Nein, nein, alles in Ordnung. Ich gehe nur schnell mal nach unten und besorge mir die englischen Zeitungen.«

Aber bevor er im Foyer an den Zeitungskiosk kam, war ihm klargeworden, daß die englischen Zeitungen die Meldung, falls überhaupt, erst in den morgigen Ausgaben bringen konnten. Bis dahin mußte er warten.

Als er vom Kiosk wegging, kam gerade Andrea ins Foyer und sah ihn. »Alles klar, Michael? Was hast du denn? Du siehst ja schlimm aus.« Sie küßte ihn. »Du, ich nehme dich mit nach Hause«, sagte sie. »Ich mache uns etwas zu essen. Kannst du gleich mitkommen?«

Er nickte. Er ging zum Haustelefon und rief Rory an. »Rory, wir sehen uns morgen früh. Ich kann sowieso erst in ein, zwei Tagen nach London abfliegen.«

»Nanu, wieso denn das?« Er spürte Rorys Unbehagen bei dieser Mitteilung.

»Nichts von Bedeutung«, sagte er. »Wir sprechen uns später.«

Er ging ins Foyer zurück und merkte wieder, wie die Leute ihm nachsahen. »Machen wir, daß wir hier rauskommen«, sagte er zu Andrea. Jack, der diensthabende Portier, setzte die Drehtür für sie in Bewegung. Er glaubte ein wissendes Lächeln in Jacks Gesicht zu sehen. Hatte es beim Personal schon die Runde gemacht, daß er die letzte Nacht mit einem Mädchen im Jacuzzi verbracht hatte? Bisher hatten er und Andrea sehr darauf geachtet, daß niemand sie sah, wenn sie mal ein Stündchen oder zwei in einem der Zimmer verbrachten. Bisher hatten andere von seinem Privatleben nichts mitbekommen.

Als er mit Andrea das Hotel verließ, kam Peggy Harris, eine der Rezeptionistinnen, die Zufahrt herauf. Sie nickte ihm zu. »Gute Nacht, Michael.« Dann betrachtete sie sehr neugierig Andrea.

Vielleicht wußte Peggy Bescheid. Aber war das wichtig? Doch, es war wichtig. Er hatte bisher nur nicht daran gedacht. Wenn die Leute einmal wüßten, daß er ein Verhältnis hatte, würden sie denken, er habe wohl ein Motiv gehabt, Moiras Leben aufs Spiel zu setzen.

»Gute Nacht, Mr. Dillon«, sagte Billy Craig, als er das Kontrolltor öffnete. »Gute Nacht, Miss.«

Weiß Billy Bescheid? Wenn die anderen es wissen, weiß er es auch. Alle wissen es.

Andrea hatte es so eingerichtet, daß sie den Abend allein in der Wohnung verbringen konnten. Sie hatte noch nie für ihn gekocht, und nun sah er überrascht zu, wie sie zum Steak eine Sauce béarnaise zubereitete, wobei sie sich so sicher in der engen Küche bewegte wie jemand, der genau weiß, was zu tun ist. Sie hatte Wein gekauft, einen Salat vorbereitet und den Tisch gedeckt, und als er ihr jetzt ein Kompliment dafür machte, drehte sie sich lächelnd um und sagte: »Bist du nicht froh, daß ich kochen kann? Wir werden das von jetzt an jeden Abend so machen.«

»Hoffentlich.«

»Was ist los? Stimmt was nicht?«

»Na ja, ich habe mal nachgedacht«, sagte er. »Daß Moira erzählt hat, ich könne einen der IRA-Leute identifizieren. Das könnte dich in Gefahr bringen, ich meine, wenn du mit mir zusammen bist.«

Sie wandte sich wieder dem Grill zu und machte sich daran zu schaffen, als hätte sie ihn gar nicht gehört. »Komm«, sagte sie. »Mach mal den Wein auf.«

Als sie ins Eßzimmer gingen, das nur eine provisorisch eingerichtete Nische in der Diele war, zündete sie zwei Kerzen auf dem Tisch an und sagte: »So, und jetzt hör bitte damit auf. Du hast selbst gesagt, daß es nicht im Fernsehen gekommen ist und auch in keiner Zeitung steht. Die Polizei hat das garantiert irgendwie unterdrückt.«

»Wissen können wir das erst morgen früh. Das ist es vermutlich, was mir so an die Nieren geht.«

»Vergiß nicht, daß Nordirland zu Großbritannien gehört«, sagte sie. »Und in Großbritannien verstehen die da oben es sehr gut, die Presse an der Kandare zu halten. Sieh es mal von der guten Seite. Moira weiß jetzt über uns Bescheid. Du hast es ihr gesagt. Es ist überstanden. Du gehst fort, du kommst hier raus, und wir sind zusammen. Eigentlich hätten wir Grund zum Feiern.«

»Das tun wir ja«, sagte er. Er stand auf, ging um den Tisch und küßte sie. »Entschuldige.«

»Du kannst heute nacht hierbleiben«, sagte sie. »Es ist allerdings nur ein Einzelbett. Laß dich warnen.«

Kurz nach ein Uhr tobte ein Sommergewitter am Nachthimmel. Zuckende Blitze jagten ihren Widerschein durch das niedrige Mansardenzimmer, in dem sie schliefen. Andrea lag in Dillons Armen, und er sah im grellen Schein der

Blitze ihr gespensterhaft bleiches Gesicht, ihre geschlossenen Augen, und sie atmete so ruhig und gleichmäßig wie eine Patientin in Narkose. Im Zimmer unter ihnen hörte er ihre Mitbewohnerinnen umhergehen und die Fenster gegen den aufkommenden Regen schließen. Er starrte im fahlen Schein des Gewitters die Wände an; sie waren wie in einem Kinderzimmer mit angeklebten Zeichnungen, Postern und Fotos geschmückt. An den Kleiderhaken hinter der Tür hingen alte Mäntel und ein Regenschirm. An einer Wand war ein eisernes Regal mit Tonbandkassetten, einem Teddybär und einem Kassettenspieler. Bücher und Zeitschriften lagen verstreut auf einem langen Tisch unter dem Oberlicht. In diesem Zimmer hatte er, mit Andrea so in seinen Armen, das Gefühl, er sei bereits in einem anderen Land. Doch wie um ihn zur Ordnung zu rufen, ließ ein Donnerschlag das Zimmer erzittern wie von einer Bombenexplosion. Er dachte an Moira, die jetzt in welchem Bett lag? Zu Hause, bei ihrer Mutter oder wo? Ob sie wach dalag und Rachegedanken hegte? Wieder wurde das Zimmer fahl erhellt von einem Blitz, der ein mit Reißzwecken über ihm an einem Dachbalken geheftetes Poster auflodern ließ. Es war ein Poster von der irischen Rockgruppe »U 2«. Silhouetten von jugendlichen Wilden, ein Geisterbild, schon wieder fort. Er lag im Dunkeln und wartete auf den zweiten Donnerschlag. Dabei mußte er an diesen Jungen mit dem »U 2« auf seinem T-Shirt denken, den er heute vor dem Spielzeugladen stehen und auf seine Freundin hatte warten sehen. Er hatte ihn in seiner Angst für einen Späher der IRA gehalten. Das war das eigentlich Schlimme daran. Daß man es nie wissen konnte. Versuch dir mal keine Sorgen zu machen, sagte Andrea. Aber wie soll ich mir denn keine Sorgen machen? Es nie zu wissen, das ist die wahre Angst.

Der Donner kam. Es regnete in dicken, schweren Tropfen auf das Mansardendach. Endlich regte Andrea sich im Schlaf. Er hielt sie in den Armen und wartete darauf, daß sie aufwachte, wollte, daß sie aufwachte, wollte sie bei sich haben. Aber sie schlief, sie war weit von ihm entfernt in einer friedvollen Welt, die ihn ausgeschlossen hatte.

Am nächsten Morgen erlebte er auf der Achterbahn seiner Gefühle einen unerwarteten Aufschwung. Als er Andrea zur Arbeit fuhr, hielten sie unterwegs an, um sich die englischen Tageszeitungen zu kaufen. *Times, Guardian* und *Daily Telegraph* schrieben in ihren Berichten, daß die Polizei den Bombenanschlag auf das Hotel für einen Attentatsversuch auf Pottinger halte, gingen aber nicht näher darauf ein, welche Rolle er und Moira in der Sache gespielt hatten. Der *Independent*, dessen Reporter ihn gestern so gern interviewt hätte, brachte einen längeren Artikel, in dem berichtet wurde, wie er und Moira über Nacht als Geiseln festgehalten worden waren und man ihn gezwungen hatte, mit einer Bombe in seinem Auto zum Hotel zu fahren, doch er habe sofort die Polizei verständigt. Die Boulevardpresse versuchte das menschliche Drama auszuschlachten: »QUALVOLLE ENTSCHEIDUNG FÜR EHEMANN«, mit einem Bild von der schönen Moira, wie sie in die Kamera lächelte.

Aber in keiner Zeitung wurde etwas davon erwähnt, daß Moira gesagt hatte, er könne einen der Terroristen identifizieren. »Ich hatte recht«, sagte Andrea, während sie in seinem Wagen saßen und die Zeitungen durchblätterten. »Amtsgeheimnisse, Sperrvermerke und was sie sonst noch für Mittel an der Hand haben, um der Presse einen Maulkorb umzuhängen, sie haben jedenfalls mal wieder Gebrauch davon gemacht.«

»Moment«, sagte er, »auf wessen Seite bist du eigentlich?«

Sie warf lachend die Zeitung hin. »Also hör jetzt auf, dir Sorgen zu machen«, sagte sie. »Es ist überstanden, die Nachricht ist schon Schnee von gestern. Vergessen. Jetzt sag mal, kannst du morgen schon hier weg, was meinst du?«

»Freitag? Ich glaube ja.«

»Gut«, sagte sie. »Ich habe nämlich eine hübsche Überraschung für dich. Freunde von meinen Eltern – er ist Professor – haben eine Wohnung in Hampstead. Sie sind zur Zeit in Kanada, und als ich neulich meine Eltern anrief, haben sie gesagt, ich kann die Wohnung in den nächsten sechs Wochen gern benutzen, wenn ich will. Da hab ich mir überlegt, warum sollten *wir* sie denn nicht benutzen? Mein Antrittsgespräch ist am Montag. Wir könnten morgen nachmittag abfliegen und noch ein geruhsames Wochenende in London verbringen, bevor wir beide zu arbeiten anfangen.«

»Klingt prima.«

»Also abgemacht. Richten wir uns darauf ein.«

Sie kamen in die Ormeau Avenue, und vor dem BBC-Gebäude umarmte sie ihn noch einmal kurz, bevor sie ausstieg. »Versuch dir keine Sorgen zu machen«, sagte sie. »Bis heute abend.«

Er fuhr die University Road hinauf und an der Queen's University vorbei, wo heute, am letzten Tag der Promotionsfeiern, Studenten und Eltern wieder für ein Verkehrschaos vor den Universitätstoren sorgten. Er saß in der dahinkriechenden Autoschlange und dachte an vorgestern, als er hier mit einer Bombe in seinem Wagen im Stau gestanden und der weiße Ford geduldig hinter ihm gewartet hatte. Und wieder sah er in den Rückspiegel. Folgte man ihm auch jetzt? Er dachte mit einem plötzlichen Schuldgefühl an Moira. Wie ging es ihr? Wo hatte sie die letzte Nacht verbracht?

Als er ins Hotel kam, ging er sofort in sein Büro und rief die vertraute Nummer an. Es konnte natürlich sein, daß sie gar nicht da war. Aber nach dem dritten Wählton hörte er ihre Stimme: »Ja?«

»Ich bin's«, sagte er.

»Was willst du?«

»Ich möchte wissen, wie es dir geht.«

Schweigen am anderen Ende. Dann sagte sie: »Ich habe heute früh mit einem Anwalt gesprochen. Eamonn McKenna. Er wird sich mit dir in Verbindung setzen.«

»Wegen einer Scheidung?«

»Du willst sie doch haben, oder?«

»Ja«, sagte er. »Hör mal, ich will nicht, daß du solange in der Luft hängst. Ich überweise dir heute etwas auf dein Konto. Sollst du immer noch für Peg arbeiten?«

»Nein, daraus wird nichts.«

»Was wirst du denn nun machen?«

»Kümmert dich das?«

»Natürlich kümmert es mich«, sagte er. »Du hast nicht vor, wieder zu unterrichten, nein?«

»Was ich von jetzt an tue, geht dich nichts an. Ich will etwas gegen die IRA unternehmen. Irgend etwas finde ich schon, eine Gruppe, die mich dabei unterstützt.«

»Um Gottes willen, Moira«, sagte er, »du kannst das doch nicht zu deinem Beruf machen. Außerdem bist du gar kein politischer Mensch und warst nie einer.«

»Hast du eine Ahnung, wie viele Anrufe die BBC bekommen hat, nachdem ich im Fernsehen war? Frag doch mal deine Freundin. Sie wird es dir sicher sagen können.«

»Hör mal zu«, sagte er. »Die IRA davonzujagen – selbst wenn du das könntest –, löst das Problem nicht. Die hiesigen Protestanten werden niemals mit den Katholiken Macht und Arbeitsplätze teilen, solange man sie nicht dazu zwingt. Und zwingen könnte sie einzig und allein die britische Regierung. Die hat aber nicht den Mumm.«

»Sie wird den Mumm auch nie haben, bevor wir nicht die IRA davonjagen.«

»Aha«, sagte er. »Und nun wird Moira Dillon also die IRA davonjagen?«

»Nein. Aber wir müssen irgend etwas in dieser Richtung anfangen. Ich will es wenigstens versuchen.«

»Dann viel Glück!«

»Danke«, sagte sie. »Dir auch viel Glück.«

Er saß an seinem Schreibtisch und kochte vor wütenden Gedanken. Ihren verflossenen Schwärmereien nach zu urteilen, wird es wenigstens nicht länger als einen Monat dauern. Sie hat nicht den leisesten Schimmer, wie man es anfängt, eine politische Aktionsgruppe zu organisieren. Es ist reine Bosheit, sie will sich nur an mir rächen, sie will sich zur Heldin aufschwingen und mich als den feigen Ehemann abstempeln, der sich mit seiner Freundin nach England davonschleicht. Was kümmert's mich? Es ist mir doch egal, wie man hier über mich denkt, ich will ja dieses Land nie mehr wiedersehen. Und warum soll ich ihretwegen ein schlechtes Gewissen haben? Sie ist es doch, die uns in Gefahr bringt.

Aber am Ende dieser stummen Tirade fühlte er sich ausgelaugt und elend. Wenn Andrea nicht wäre, hätte er

Moira dann vielleicht von diesem Unfug abbringen können? Sicher konnte er bei ihr ja nie sein. Aber wenn Moira jetzt etwas zustieße, würde er, würde Andrea – würden alle die Schuld bei ihm sehen.

Er sah auf. Rory Burke stand in der Tür. »Morgen«, sagte Rory. »Ich muß Sie etwas fragen, Michael. Sind Sie heute nachmittag hier?«

»Ja. Genauer gesagt, heute ist hier mein letzter Arbeitstag. Ich fliege morgen nachmittag nach London.«

»Gut. Das heißt, nicht gut. Sie werden uns hier sehr fehlen. Aber die Belegschaft will noch eine kleine Party für Sie geben, bevor Sie gehen.«

»Nein, nein, bitte nicht.«

»Da haben Sie nicht mitzureden, Michael. Ich glaube, Ihnen ist gar nicht klar, wie gut Sie hier angekommen sind. So beliebt wie Sie werde ich nie sein, das weiß ich.«

»Da wäre ich nicht so sicher«, sagte er. »Sie sind doch ein netter Mensch. Aber bitte, keine Party.«

Sein Widerstand stieß natürlich auf taube Ohren. Als er nachmittags um drei gerade mit dem Bauunternehmer McAnally dessen Kostenvoranschlag durchging, kam Maggie Donlon herein, heftete ihm eine Nelke ans Revers und entführte ihn ins Dalriada-Zimmer, wo sich fünfzehn bis zwanzig Mitarbeiter versammelt hatten. Man schenkte Getränke ein und prostete ihm zu. Collis hielt eine kleine Ansprache, in der er behauptete, Dillon habe das Clarence zu einem Erste-Klasse-Hotel gemacht. Mary O'Hara, die Wirtschafterin, erzählte unter Tränen, wie er ihr beim Start ihrer Karriere geholfen habe. Wer immer gerade Dienst hatte, schaute mal kurz herein und verschwand wieder, damit der Hotelbetrieb weiterlief, aber die Party verpassen wollte keiner. Niemand fragte ihn nach der Bombe oder dem Grund für seine Versetzung nach London. Es war, als scheide er wegen irgendeiner Krankheit aus, über die zu sprechen der Takt verbot. Er war einer von ihnen, war wie die meisten von ihnen hier geboren. Er verstand ihren Humor, ihre Arbeitsauffassung, verstand auch, was sie unausgesprochen ließen. Ob er sich jemals wieder Menschen, die für ihn arbeiteten, so nah fühlen, je wieder so geliebt werden könnte? Er hatte dieses Land verlassen und war wider Willen zurückgekommen, aber als er diese Leute jetzt um ihn herumstehen sah und die vertrauten nordirischen Töne hörte, wußte er auf einmal, daß er hier zu Hause war, daß er so weit reisen und so lange fortbleiben konnte, wie er wollte, aber nur hier war er kein Fremder, nur hier würde ihn nie einer fragen: Wo sind Sie her? Diese Stadt mit ihren häßlichen Straßen, ihrem ewigen Regen, der monotonen Gewalt, ihrer protestantischen Voreingenommenheit und ihrem katholischen Gejammer, vor allem aber mit ihrer nachgemachten englischen Lebensart, die zu ihr paßte wie ein Zylinder auf den Kopf eines Tongakönigs – alles das, wovor er zu fliehen versuchte, verlor jetzt plötzlich die Macht, seinen Zorn zu erregen. Statt dessen überkam ihn hier in diesem überfüllten Zimmer, inmitten dieser Männer und Frauen von Ulster, ein Gefühl, wie es die Menschen im Krieg gehabt haben mußten, das Zusammengehörigkeitsgefühl der Belagerten. Gerührt hob er die Hände, bat um Ruhe und dankte ihnen für die Party und die Nettigkeiten, die sie ihm gesagt hatten. Er dankte ihnen, daß sie das Clarence zu einem Erste-Klasse-Hotel gemacht hätten. Er scherzte, daß es schon einer Bombe bedurft habe, ihn von hier zu vertreiben, und entnahm ihrem Schweigen auf diese Bemerkung, daß sie es nicht als Scherz auffaßten. »Also«, endete er verlegen, »dann wünsche ich euch allen Gottes Segen, und nochmals danke, ich danke euch«, worauf sie alle in die Hände klatschten und er scheu zurücktrat. Collis stimmte *For he's a jolly good fellow* an, und sogleich erfüllte lauter Gesang das Zimmer, und verwunderte Hotelgäste schauten zur offenen Tür herein. Plötzlich glaubte er gleich weinen zu müssen. Er winkte den Bauunternehmer McAnally, der vor ein paar Minuten hinzugekommen war, zu sich, und sie gingen zusammen hinaus und den Korridor entlang, wo ihm noch immer welche auf die Schultern klopften, bis sie auf den zerbombten Parkplatz hinaustraten. Es hatte geregnet, und der Himmel war wolkig und düster. McAnallys Leute waren soeben dabei, den letzten Schutt wegzuräumen, und als er zu der Stelle sah, wo er an dem bewußten Morgen seinen Renault abgestellt hatte, waren die demolierten Autos nicht mehr da und dafür die Markierungen wieder zu erkennen, und wo auf dem rissigen Beton sein Wagen gestanden hatte, sah man in weißen Lettern, die irgendwie die Explosion überdauert hatten, noch immer seinen Namen stehen: DILLON.

Nächste Woche würden sie seinen Namen dort entfernen.

9

»Es ist für dich«, sagte Andrea, als sie in ihr Wohnzimmer zurückkam, wo er ihr gerade beim Packen half.

»Wer?«

»Weiß ich nicht. Eine Männerstimme.«

In drei Stunden würden sie im Flugzeug nach London sitzen. War es die Polizei? Die IRA? Sein Vater? »Entschuldige«, sagte er zu Andrea, »aber könntest du vielleicht fragen, wer es ist?«

Sie kam wieder zurück. »Ein Pfarrer Connolly. Er behauptet, dich zu kennen. Und es sei wichtig.«

»Ich kenne keinen Pfarrer Connolly«, sagte er, ging aber in nervöser Angst sofort ans Telefon. Konnte Moira etwas zugestoßen sein?

»Ja, bitte?« sagte er.

»Hier ist Matt Connolly. Wie geht es dir, Mike?«

»Entschuldigung, wer ist da?«

»Pfarrer Matt Connolly. Wir waren zusammen am St. Michan's. Erinnerst du dich jetzt?«

»Ah, guten Tag«, sagte er, aber in Wirklichkeit erinnerte er sich gar nicht. Er hatte die meisten seiner Mitschüler längst vergessen. Besonders die Sorte, die dann Priester geworden waren.

»Hör mal, Mike. Ich habe erfahren, daß du auf dem Sprung nach London bist. Stimmt das?«

»Ja, in einer Stunde bin ich weg. Worum geht es?«

»Mike, darüber möchte ich nicht gern am Telefon mit

dir sprechen. Wo bist du jetzt? Kann ich auf ein paar Minuten zu dir kommen? Ja?«

»Äh, ich bin sehr in Eile. Worum geht es denn? Ich habe wirklich keine Zeit.«

»Es ist wichtig«, sagte die Stimme. »Nichts, was warten könnte. Wo steckst du?«

Er sah auf die Uhr. »Mountjoy Avenue 31. Können – kannst du in einer halben Stunde hier sein?«

»Klar, das sind von hier nur fünf Minuten, Mike. Ich bin im Clarence. Da hat man mir auch diese Nummer gegeben. Kann ich kommen?«

»Ja, gut.«

Er ging ins Wohnzimmer zurück und sagte es Andrea.

»Gut, dann verziehe ich mich«, meinte sie. »Ich muß sowieso noch mal in die Redaktion. Können wir uns nicht um zwölf wieder hier treffen?«

Ein paar Minuten nachdem sie fort war, ging er ans Erkerfenster ihres Wohnzimmers und sah hinaus. Ein kleines Auto kam langsam die Allee herauf, sein Fahrer spähte nach den Hausnummern. Der Wagen fuhr vorbei, stoppte, setzte zurück und hielt vor seiner Tür. Ein Priester stieg aus. Er trug eine dunkle Priesterhose, schwarzen Anorak und schwarzes Hemd mit weißem Priesterkragen. Er war klein und gedrungen, ungefähr in Dillons Alter, und hatte schütteres Haar und ein rotes Gesicht. Er schloß den Wagen ab, dann drehte er sich um und sah zum Haus herauf. Dillon stand am Erkerfenster und sah zu ihm hinunter. Der Mann sah Dillon forschend an, aber ohne ein Zeichen des Wiedererkennens. Dann öffnete er das Törchen, kam an die Haustür und klingelte. Dillon ging öffnen.

Als er die Tür aufmachte, streckte der kleine Priester die

Hand aus, aber zögernd wie ein Spieler, der noch nicht weiß, worauf er setzen soll. »Mike! Wie geht es dir? Erkennst du mich jetzt? Wir waren zusammen in der Oberstufe.«

»Komm rein«, sagte Dillon und ergriff die Hand des Priesters. Sie fühlte sich feucht an. Er führte ihn in Andreas Wohnzimmer, wo Greenpeace-Aufrufe zur Rettung der Wale an den Wänden hingen.

Der Priester beäugte diese mißtrauisch, dann zeigte er auf Andreas Gepäck neben dem Couchtisch. »Du ziehst also fort, Mike? Nach London, ja?«

»Ja.«

Der Priester setzte sich mit der besitzergreifenden Selbstverständlichkeit seiner Zunft in den besten Sessel und kramte Zigaretten hervor. »Rauchst du? Nein, ich kann's dir nicht verdenken. Schlechte Angewohnheit.« Er sah grinsend zu Dillon auf und zündete sich eine Zigarette an. »Vielleicht warst du ja auch eine Klasse über mir«, meinte er. »Ich habe das Gefühl, daß du dich nicht an mich erinnerst, Mike.«

»Leider nein«, sagte Dillon. »Es ist so lange her.«

»Und nach der Schule bist du auf die Queen's University gegangen, nicht? Und danach ins Ausland. Auf den Kontinent, stimmt's? Oder London? Jedenfalls, auch wenn du dich nicht an mich erinnerst, ich erinnere mich sehr gut an dich. Der kleine Matt Connolly. Nein? Klingelt da nichts?«

Dillon schüttelte den Kopf und setzte sich an die Fensternische, möglichst weit weg. Er sah in das grobe, rote Gesicht des Priesters, die kaltblauen Augen, das selbstgewisse Lächeln. Er wußte, daß der »Kleine Pfarrer Matt« sich in der herrischen Manier der meisten irischen Priester für etwas Besonderes hielt, für eine Person von höherer Berufung als dieser Laie, den er vor sich hatte. Er wäre nicht auf die Idee gekommen, daß ein Priester für Dillon bestenfalls ein Dummkopf war, der an etwas völlig Verkehrtes glaubte, schlimmstenfalls ein gefährlicher Naseweis, der in anderer Leute Leben herumpfuschte.

»Nein«, sagte er. »Kleiner Matt Connolly? Stimmt. Da klingelt bei mir nichts.«

»Ist ja auch egal«, sagte der Priester und beugte sich ruckartig in seinem Sessel vor. »Es ist nämlich so: Ich bin hier, weil ich dich um einen Gefallen bitten möchte. Oder genaugenommen nicht um einen Gefallen. Ich möchte mit dir über etwas sprechen. Es geht um einen Jungen, den ich kenne. Genauer gesagt, um den Sohn einer Frau aus meiner Gemeinde, einer sehr lieben Frau, deren Namen ich nicht nennen will. Warum, wirst du gleich verstehen.« Jetzt sah der Priester sich im Zimmer um, als fürchtete er, sie könnten belauscht werden. Er beugte sich noch weiter nach vorn, bis er nur noch auf der Sesselkante saß, und sprach ganz leise wie im Beichtstuhl. »Es hat mit dieser Geschichte von neulich zu tun, mit dir und deiner Frau. Darf ich dich etwas fragen? Gehst du für immer nach England?«

»Warum möchtest du das wissen?«

Es war, als hätte Dillon ihm mit dieser Gegenfrage seine Feindschaft erklärt. Des Priesters Selbstgewißheit schien sogleich zu wanken. »Entschuldige. Es geht mich natürlich nichts an. Ich habe mir nur so meine Gedanken gemacht.«

»Worüber?«

»Ich habe überlegt, ob es damit zu tun hat – du weißt schon, mit Angst vor der Rah.«

»Der was?«

»Der Rah – du weißt doch, so nennen die Leute die IRA.«

»Du meinst, so nennen ihre Sympathisanten sie.«

Der Priester quälte sich ein Lächeln ab. »Mike, ich kann gewiß verstehen, wie dir zumute ist. Da brechen welche einfach nachts in dein Haus ein und bedrohen dich und deine Frau mit Revolvern. Wer kann es dir verdenken? Aber letztlich ist ja doch niemand zu Schaden gekommen. Was dein Verdienst ist, klar. Nun weiß ich ja, wie sehr deine Frau gegen die Rah ist. Unerbittlich. Und nun hat sie wohl irgendwelchen Zeitungsleuten erzählt, daß du einen der Burschen, die da in euer Haus gekommen sind, erkannt hättest.«

»Wo hast du das gelesen?« fragte Dillon. »Doch nicht in der Zeitung, oder?«

»Ich weiß nicht«, sagte der Priester. »Vielleicht nicht. Jedenfalls hab ich es irgendwo gehört. Vielleicht hat ja auch die Polizei so was gesagt, als sie die Frau besuchte. Die wollten ihren Sohn abholen.«

»Und, haben sie ihn abgeholt?«

»Nein. Er war nicht zu Hause.«

»Gehörte er zu denen, die in dieser Nacht bei uns im Haus waren?«

»Nicht doch, Mike«, sagte der Priester. »Immer langsam. Das habe ich nicht gesagt. Es ist nur so, daß dieser Junge einen sehr eigenen Kopf hat und seine Mutter glaubt, er *könnte* vielleicht was mit der Rah zu tun haben. Als die Polizei kam, war er, wie gesagt, nicht zu Hause. Und die Wahrheit ist, sie hat ihn seitdem nicht mehr gesehen. Arme Frau. Sie ist vor lauter Sorgen um ihn halb von Sinnen.«

»Heißt er zufällig Kev?«

Es war still. Dem Priester schoß das Blut ins rote Gesicht, und seine kaltblauen Augen zwinkerten, wie von einem grellen Licht geblendet. »Kev«, sagte er, den Namen weder bestätigend noch in Abrede stellend, einfach so, als hätte er soeben ein neues Wort in einer fremden Sprache gelernt. »Diese Frau ist so ein lieber Mensch«, sagte er. »Sie hat nur das eine Kind. Der Vater ist vor zehn Jahren gestorben. Du weißt doch, wie junge Burschen sind, eigentlich sind sie ja noch Kinder. Setzen sich solche romantischen Flausen in den Kopf. Sehen die Ungerechtigkeit um sie herum. Wollen für Irland sterben und so weiter. Das kennen wir doch alles von der Schule.«

»Ja, das kennen wir«, sagte Dillon. »Eines der Grundübel unserer Schule.«

»Kommt auf den Standpunkt an«, meinte der Priester. »Es *herrscht* hier Ungerechtigkeit. Die Diskriminierung der Katholiken ist etwas Schreckliches. Und diese Jungen sehen das.«

»Wir sehen es alle«, sagte Dillon. »Aber gibt es einem das Recht, nachts in das Haus irgendeines Menschen zu gehen und ihm zu drohen, seine Frau umzubringen, wenn er nicht hingeht und eine Bombe an einer Stelle deponiert, wo viele Unschuldige umkommen werden? Wie heißt das fünfte Gebot, Herr Pfarrer? ›Du sollst nicht töten.‹«

»Nun warte mal, Mike«, sagte der Priester mit einem leisen Unterton von Zorn. »Ich bin ganz deiner Meinung. Ich sage nicht, daß ich diesen Leuten recht gebe. Ich sage nur, daß sie die Vorgänge hier als etwas Politisches sehen. Hier *herrscht* Ungerechtigkeit. Das weißt du so gut wie ich. Der Junge, von dem ich rede, ist erst neunzehn. Er ist kein Mörder, kein Verbrecher. Er mag fehlgeleitet sein, da stimme ich dir zu. Aber hier geht es darum, daß er womöglich bis zu fünfzehn Jahren in den Long Kesh gesperrt wird. Ein junges Leben, so schrecklich vertan. Und ich denke auch an seine Mutter. Wie ihr Leben von jetzt an aussähe.«

»Und meine Frau?« fragte Dillon. »Wenn sie meine Frau nun ermordet hätten?«

»Aber sie haben es ja nicht getan«, antwortete der Priester. »Wahrscheinlich hatten sie es auch gar nicht vor. Ich meine, sie sind doch noch vor dem Zeitpunkt aus dem Haus gegangen, an dem die Bombe hochgehen sollte. Ich meine, daran sieht man es doch.«

»Aber sie hatten sehr wohl vor, Pottinger zu ermorden. Und wenn dabei all die anderen armen Seelen draufgehen sollten, die sich zufällig mit ihm im selben Haus aufhielten, war das auch recht. Ich will mal was sagen, *Herr Pfarrer*. Wenn die Polizei diesen Kev, diesen gemeinen Lumpen, erwischt, dann sorge ich dafür, daß er einige Jahre älter ist, bevor er noch einmal Gelegenheit bekommt, jemanden umzubringen.«

Als er nach diesen Worten dasaß und in das rote Gesicht des Priesters sah, wußte er endlich, was er getan hatte. Es war gesagt. So deutlich, als hätte er es zur IRA selbst gesagt.

»Das mußt du natürlich selbst wissen, Mike«, sagte der Priester. »Ich verstehe, daß dich das alles sehr wütend macht. Verstehe ich vollkommen. Aber laß mich nur noch das eine sagen, daß ich es mir an deiner Stelle noch mal überlegen würde. Du gehst jetzt nach England. Es mag ja nie soweit kommen. Jedenfalls hoffe ich das sehr. Aber wenn man das politische Klima hier bedenkt ... nun ja, manchmal ist es eben nicht gerade ratsam, sich zu sehr einzumischen. Du weißt, was ich meine. Mein Problem ist jetzt, was ich seiner Mutter sagen soll. Ich möchte ihr ungern erklären müssen, was du eben gesagt hast. Sie hat schon Sorgen genug.«

»Sag ihr, was du willst«, sagte Dillon und stand auf.

Der Priester stand ebenfalls auf. Beide schwiegen. »Trotzdem danke, daß ich herkommen durfte«, sagte endlich der Priester, und diesmal gab er ihm nicht die Hand.

Er ging vor dem Priester her in die Diele. Er öffnete ihm die Haustür. Er hatte es gesagt. Es war zu spät, um es zurückzunehmen. Er sah die kurze, gedrungene Gestalt den Gartenweg hinuntergehen. Der Priester öffnete das Törchen, dann drehte er sich noch einmal nach ihm um. »Überleg es dir, bitte«, sagte er. »Leb wohl jetzt. Und gute Reise.«

Der Priester ging zu seinem Wagen, schloß ihn auf und stieg ein. Das kleine Auto wendete auf der Straße und fuhr den Weg zurück, den es gekommen war.

»Macht dir das jetzt Sorgen?« fragte Andrea später. »Ja, nicht?«

»Ich hätte besser den Mund gehalten.«

»Jedenfalls hat die Polizei ihn ja nicht gefunden. Er ist wahrscheinlich längst im Süden.«

»Vielleicht. Aber wenn sie ihn nun in einem halben Jahr noch erwischen, oder in einem Jahr? Verdammt noch mal, das hängt mir jetzt dauernd über dem Kopf.«

Sie standen vor ihrem Haus und luden ihr Gepäck in seinen Mietwagen, um zum Flughafen zu fahren. »Warte mal«, sagte sie. »Ist das alles?« Sie ging zurück zur Haustür, drehte sich lächelnd zu ihm um und hielt den Schlüssel in die Höhe, damit er ihn sehen konnte, bevor sie ihn in den Briefkasten warf. Dann kam sie wieder, schloß das

Törchen und sagte: »Das wär's. Lebwohl, Belfast. Wir sind auf und davon.«

Sie fuhren den Peter's Hill hinauf und an der Shankill Road entlang, dem protestantischen Arbeitergetto. Minuten später waren sie aus der Stadt und fuhren über heckengesäumte Landstraßen, die sich seit seiner Kindheit nicht verändert hatten. Es war ein klarer irischer Sommertag mit weißen Wölkchen am blauen Himmel, einer kühlen Brise und Sonnenschein auf wogenden Hügeln über dem Lough. Als sie sich dem Flughafen näherten, sahen sie dort Polizei, die alle Personen- und Lastwagen anhielt, um sie nach Waffen und Bomben zu durchsuchen. Doch an der Kontrollstelle guckte der bewaffnete Polizist, der eine kugelsichere Weste anhatte, nur durch die Windschutzscheibe zu ihnen herein, richtete sich wieder auf und winkte sie durch, ohne sie zu durchsuchen. Dillon, der vorn schon das Flughafengebäude sah, mußte an alte Kriegsfilme denken, in denen das Flüchtlingsauto an die Grenzstation kam und der Posten es einfach in die Freiheit winkte. Jetzt band ihn nur noch eines an seine Vergangenheit, eines, was er noch nicht getan hatte. Als der Wagen vor dem Flughafeneingang hielt, sagte er zu Andrea: »Ich muß noch einen Anruf erledigen. Kannst du schon mal den Wagen abgeben?«

Er lud das Gepäck auf einen Karren und sah ihr nach, wie sie zum Avis-Parkplatz fuhr. Dann schob er den Karren ins Flughafengebäude und suchte ein Münztelefon. Als er eines fand, rief er in Donegal an.

»Sind Sie es, Mister Michael?« Es war Deirdres Stimme. »Sie ist im Gemüsegarten. Wollen Sie warten, bis ich sie geholt habe, oder soll sie zurückrufen?«

»Ich warte.«

Gegenüber befand sich ein Geschenkladen: Ständer mit Illustrierten, Taschenbüchern, Nippes und Kinderspielzeug. Während er dastand und dort hinüberstarrte, befand er sich in Gedanken weit weg, auf dem Gartenweg hinter Kinsallagh House, und sah sie aus dem eingefriedeten Gemüsegarten kommen, den alten blauen Gärtnerhut über das glatte graue Haar gezogen, eine altersgrüne Regenjacke um die Schultern, verschlissene Gummistiefel an den Füßen und einen schon lange unmodernen Tweedrock. Jetzt würde sie die Gartenhandschuhe ausziehen und in das Körbchen legen, das sie wie eine Handtasche immer bei sich trug. Sie war groß und schlank und hatte noch immer den Gang eines jungen Mädchens, eines nun grau und oft recht still gewordenen Mädchens, das dennoch die wahre Herrin dieses Hotels und des ganzen Anwesens war.

Es war immer dasselbe gewesen: Sein Vater begrüßte die Gäste und spreizte sich in den Publikumsräumen, während seine Mutter schüchtern hinter den Kulissen wirkte, Waren einkaufte, das Personal anleitete, die Mahlzeiten beaufsichtigte und in der knappen Zeit, die sie von diesen vielen Pflichten abzwacken konnte, einsam durch ihr Gärtchen ging, hingebungsvoll wie eine Priesterin im heiligen Hain, und säend und pflanzend und schneidend den Beeten Farbe und Leben gab. Sein Vater würde sich in Kinsallagh nie so zu Hause fühlen wie seine Mutter. Sie war in einem großen Landhaus in County Cork geboren. Ihr Vater, Minister in der ersten irischen Regierung, hatte sich, als de Valera an die Macht kam, dorthin zurückgezogen, um sich ganz der Landwirtschaft und seiner Anwaltspraxis zu widmen. Dillons Mutter, geboren und aufgewachsen in einem von britischer Herrschaft freien Irland, war in den elf Jahren, die sie in Belfast gelebt hatte, diesen ersten elf Jahren im Leben ihres Sohnes, dem Norden fremd geblieben. Ihre Einstellung zu Ulster fand er mitunter typisch südirisch. Es war für sie ein anderes Land, das einfach übriggeblieben war, als Irland sich zu einem kleinen Nationalstaat mauserte, einem Staat mit eigener Fahne, eigener Währung, eigener Regierung, Polizei und Armee, mit seinen Vertretern in internationalen Gremien, Friedenstruppen im Nahen Osten, Straßenschildern und amtlichen Dokumenten in einer Sprache, die kaum ein Mensch verstand. In fünfzig Jahren der Trennung waren sich der Norden und der Süden so fremd geworden wie in all den Jahrhunderten unter britischer Herrschaft nicht. Die Iren im Süden ließen sich wegen der Probleme in Ulster keine grauen Haare wachsen. Der Norden war einfach ein anderes Land unter britischer Regierung. Ein Land, das sie nicht recht verstanden.

Jetzt hörte er durch das Telefon ihre Schritte in der fernen Diele, hörte sie in ihrem weichen südirischen Tonfall sagen: »Mary, der Milchwagen ist da. Sagen Sie doch bitte Pat Bescheid.« Dann nahm sie so ruhig, als hätte sie sich niemals Sorgen gemacht, den Hörer und sagte: »Du bist's also? Ich höre, daß du nach England gehst, stimmt das?«

»Ich bin schon am Flughafen. Eigentlich wollte ich dich früher anrufen.«

»Macht ja nichts. Ich weiß doch, daß du viel zu tun hattest. Dein Vater hat mir alles erzählt. So eine gräßliche Geschichte!«

»Ja... aber jetzt ist sie ja ausgestanden.«

»Ist sie das?« fragte sie. »Gut. Was macht Moira?«

»Es geht ihr gut. Ich hoffe es zumindest. Ich muß dir aber etwas sagen. Sie kommt nicht mit.«

»Warum nicht?«

»Sie findet, wir sollten nicht wegziehen. Sie will hierbleiben.«

»Hm«, machte seine Mutter in diesem ruhigen Ton, hinter dem sie ihre Gedanken versteckte wie hinter einem Schild. »Soll das heißen, daß du dich von ihr trennst?«

»Ja. Im Grunde hat das schon vor all dem angefangen. Es – wäre sowieso passiert.«

»Also – es überrascht mich nicht gerade«, sagte seine Mutter.

Dafür überraschte es *ihn*, daß sie das sagte. »Wieso nicht?« fragte er.

»Ach, weißt du, ihr wart ja nun nicht gerade glücklich miteinander, oder? Jedenfalls war das mein Eindruck. Dein Vater ist anderer Meinung, aber ich habe die arme Moira nie für sehr beständig gehalten. Läßt du dich scheiden?«

Seine Mutter war religiös, im Gegensatz zu seinem Vater. Für sie war Scheidung sicher eine schwere Sünde.

»Ich muß«, sagte er. »Es gibt eine andere.«

»Eine Irin?«

»Nein, Kanadierin.«

»Aber ihr werdet in England leben?«

»Ja.«

Er hörte sie tief Luft holen, dann fragte sie: »Dein Vater weiß von alledem noch nichts, oder?«

»Nein. Ich wollte es zuerst dir sagen.«

»Ich bringe es ihm bei«, sagte sie. »Michael?«

»Ja?«

»Bist du dir diesmal sicher? Bei dieser Frau?«

»Ja Mama. Ganz sicher.«

»Hat sie Angst? Wegen der IRA, meine ich.«

»Weniger als ich«, sagte er. »Aber deswegen wollen wir in England leben.«

»Das ist doch nicht der wirkliche Grund«, sagte seine Mutter. »Du wolltest schon immer von hier fort, stimmt's? Aber wahrscheinlich ist es am besten so. Die Polizei hat doch auch dazu geraten, oder nicht?«

»Doch, Mama. Ich muß jetzt los.«

»Ja, gut. Ich bin froh, daß du angerufen hast, Michael. Ich bin froh, daß du es mir gesagt hast. Und viel Glück an der neuen Arbeitsstelle. Im Ormonde, nicht?«

»Ja.«

»Ich bleibe mit Moira in Verbindung«, sagte seine Mutter. »Findest du nicht auch, daß ich das sollte?«

»Doch. Ich mache mir Sorgen um sie.«

»Ich weiß. Also noch mal, viel Glück. Wie heißt denn deine Freundin?«

»Andrea.«

»Andrea«, wiederholte seine Mutter, wie um den Namen auszuprobieren. »Also, alles Gute euch beiden.«

»Wiedersehen, Mama. Ich rufe dich aus London an.«

Nachdem er aufgelegt hatte, sah er Andrea beim Gepäck warten. »Alles klar?« fragte sie.

»Ja. Das war meine Mutter.«

»Oh.« Sie wendete den Karren zur Rampe in die Abflughalle. »Wie ist sie?«

»Sie läßt dich grüßen«, sagte er. »So ist sie.«

Andrea lachte erfreut und zugleich verlegen. »Klingt vielversprechend. Du hast sie sehr gern, ja?«

Er nickte. »Ja. Aber ich kenne sie nicht.«

Er nahm den Karren und schob ihn die Rampe hinauf zu den Schaltern. Dort schien heute besonders viel Polizei zu sein. Vier Beamte standen bei der Gepäckkontrolle und schauten zu, wie das Handgepäck der Passagiere durchleuchtet wurde. Der Flug ging in zwanzig Minuten, und als sie sich eingecheckt hatten und durch die Sicherheitskontrolle gingen, sah er die Maschine der British Airways auf dem Vorfeld stehen. Sie waren jetzt im Warteraum, zu dem nur Passagiere Zutritt hatten.

Soeben kam ein Mann im blauen Nadelstreifenanzug in die Halle, eskortiert von vier Polizisten. Er hatte eine amtlich aussehende Aktentasche bei sich. Die Bediensteten am Ausgang öffneten die Tür, und der Mann verließ mit seiner Begleitung die Halle, ging übers Vorfeld, stieg allein die Treppe hinauf und verschwand in dem wartenden Flugzeug.

Die Polizisten kamen wieder in die Halle. »Irgendein hohes Tier«, meinte Andrea. »Wahrscheinlich Brite.«

Plötzlich wünschte er sich, er wäre auch schon sicher im Flugzeug, wie dieser Spezialpassagier. Lachend und plaudernd, wie nach getaner Arbeit, gingen die Polizisten an die kleine Bar und bestellten Tee. Er war froh über ihre Anwesenheit. Er betrachtete die anderen Reisenden in der Halle. War einer dabei, der ihn beobachtete, einer, der gleich ans Telefon eilen würde, kaum daß die Maschine in der Luft war? Aber dann dachte er an seinen Besuch von heute morgen, sah wieder das rote Gesicht und das betretene Lächeln des Priesters. Sie wußten schon, daß er auf dem Weg nach England war. Sie wußten, daß er versprochen hatte, Kev zu identifizieren. Früher oder später würden sie in Erfahrung bringen, daß er im Hotel Ormonde arbeitete. Dort würden sie ihn finden.

Doch als der Flug dann aufgerufen wurde und er und Andrea an Bord gingen und Platz nahmen, und als die Maschine zu steigen begann und er auf die grünen Hügel von Antrim und das Lough hinunterblickte, spürte er wieder die Freude über sein Entrinnen. Das Flugzeug wandte sich auf die Irische See zu, die Küste kippte seitlich fort, und er sah jetzt nur noch das grenzenlose anonyme Grau des Meeres und ganz tief unten ein einsames Schiffchen, winzig wie ein Spielzeug.

Getränke wurden serviert. Er hielt Andreas Hand und fieberte dem Auftauchen jener anderen Küste entgegen. Als sie in Sicht kam und sie endlich über England waren, blickte er auf wohlbestellte Felder hinunter, auf belebte Straßen und Ortschaften, die zu Vorstädten und schließlich zu Städten verschmolzen. Irland kam ihm schon vor wie eine unbewohnte kleine Insel, verloren im Schatten dieses Landes mit seinen Millionen Einwohnern und einer Geschichte, die es mit einer größeren Welt verband. Er hatte einen Lebensabschnitt hinter sich, seine Ehe mit Moira, seine Arbeit im Clarence, seinen Aufenthalt in Belfast. Zusammen mit Andrea begann er etwas Neues. Denk nicht an Kev, denk nicht an den Priester, denk an nichts dergleichen. Das ist alles vorbei.

Eine Stunde später sah er in Heathrow die Passagiere aus Ulster ihr Gepäck an sich nehmen und im Gedränge verschwinden, verschluckt von der kaleidoskopischen Vielfalt der Bilder und Geräusche. Sie nahmen sich ein Taxi und fuhren nach Hampstead, zu der Adresse von Andreas Freunden. Die Straße befand sich in der Nähe des Primrose Hill, die Wohnung lag im obersten Stock eines großen viktorianischen Hauses. Sie war sehr geräumig, und das Wohnzimmer war voller Bilder und Bücher, darunter viele Lyrik- und Prosabände, die er gut kannte, von Autoren, die er bewunderte. Es war eine stille Straße, an der das Haus stand, und davor wuchs aus einem viel zu kleinen

Vorgärtchen eine Rieseneiche in die Höhe. So hatte er sich eine Londoner Wohnung für sich immer vorgestellt, und daß er nun darin war, erfüllte ihn mit Freude und gab ihm ein Gefühl der Geborgenheit.

»Wie lange, sagst du, können wir in dieser Wohnung bleiben?« fragte er Andrea, wobei er sie hochhob und in der Diele herumschwenkte.

»Sechs Wochen. Soviel ich weiß, kommen sie Ende August zurück. Ist sie nicht schön?«

»Großartig. Das müssen reiche Leute sein.«

»Ach was, nur kanadische Akademiker. Er ist aus Montreal. Warum meinst du, sie müßten reich sein?«

»Weil ich keinen Professor kenne, der sich so eine Wohnung als *pied-à-terre* leisten könnte.«

»Tatsächlich nicht? Darüber habe ich mir nie Gedanken gemacht. Es sind Leute wie meine Eltern. Vielleicht ist das ja in Kanada anders.«

Wie anders? überlegte er später, als sie den Primrose Hill hinaufgingen. Leute wie ihre Eltern. Andreas Vater war Ingenieur und hatte ein eigenes Beratungsbüro. Wahrscheinlich war er so einer, der nicht sonderlich begeistert sein würde, wenn seine Tochter den kleinen Vizedirektor eines Londoner Hotels heiratete. Er hatte sich nie vorgestellt, daß Andrea reich sein könnte. In Belfast hatte sie wie eine Studentin gelebt: Mansardenzimmer, Bett vom Trödler, baufällige Möbel, drei Mitbewohnerinnen. Aber wenn sie nun das Kind reicher Eltern und an einen Komfort gewöhnt war, den er ihr nicht bieten konnte? Und da sie in London bei der BBC arbeitete, würde sie zu einem Intellektuellenklüngel gehören und in Kreisen verkehren, in die auch er einmal zu gelangen gehofft hatte. Würde sie sich seiner schämen?

»Übrigens«, sagte er, »ich fände es besser, wir würden über diese IRA-Geschichte nicht sprechen, oder über meine Tätigkeit hier. Ich meine vor Leuten, die wir in London kennenlernen.«

»Ja, wahrscheinlich«, sagte sie, aber sie hatte anscheinend nicht zugehört. Sie hatten den Aussichtspunkt auf dem Hügel erreicht. Sie zeigte auf die Londoner Skyline, fern und verschwommen im nachmittäglichen Dunst. »Ist das da drüben der Post Office Tower?«

»Ja. Das komische Ding, das da so in die Höhe ragt.«

»Findest du es nicht aufregend?« fragte sie. »Hier zu wohnen? Ach ja, das hatte ich vergessen. Du hast ja schon mal hier gewohnt. Und hier hast du doch auch Moira kennengelernt, oder?«

»Ja. Aber sie mochte London nicht.«

»Soll ich dir mal was sagen? Ich hasse sie jetzt regelrecht«, sagte Andrea. »Wenn dir etwas zustößt, ist sie schuld. Ich glaube, ich würde hingehen und sie umbringen.«

»Mir wird schon nichts zustoßen«, sagte er.

Unter ihnen an den Hängen führten Leute ihre Hunde aus, ganz auf die englische Art, indem sie die Tiere von der Leine ließen, so daß sie zu anderen Hunden rennen und sie beschnüffeln konnten, während die Herrchen und Frauchen weitergingen, weil sie wußten, daß sie nur zu rufen brauchten, und ihr Hund käme bei Fuß. Es war eine Szene wie auf einem Ölgemälde aus dem achtzehnten Jahrhundert: ein Park wie alle Londoner Parks, offen und friedlich, ein Ort, an dem man ohne Angst spazieren ging und die Stadt vergaß. Er sah Andrea an. »Du, wir kaufen uns morgen etwas zu essen und machen hier ein Picknick.«

»Moment«, sagte sie. »Ich hab dir das noch gar nicht

gesagt: Eine Freundin von mir, Elsa Taylor, hat für morgen abend eine kleine Party arrangiert, ein Willkommen in London sozusagen. Für uns.«

»Was für eine Party? Ich meine, wer kommt da noch?«

»Ich weiß nicht. Vermutlich meine künftigen Kollegen. BBC-Typen.«

»Und was machen *Sie*?« fragte er in affektiert englischem Tonfall. »Ich arbeite in einem Hotel. Ach nein, wirklich? Hmmm.«

»Ach, hör doch auf, Michael«, sagte sie. »Sorg dich nicht so um Dinge, die überhaupt nicht wichtig sind.«

»Sie sind aber wichtig. Seit ich mit dir zusammen bin, wünschte ich mir einen Beruf, an dem ich mehr Spaß hätte.«

Sie sah ihn ganz merkwürdig an, fand er – als hätte er etwas gesagt, was für sie ganz unerwartet kam.

»Wenn du den Beruf wechseln willst, ist es doch dafür noch nicht zu spät, oder?« meinte sie. »Denk nur mal daran, was du allein in der letzten Woche alles geändert hast. Du, wir beide sind jetzt zusammen. Das ist das einzig Wichtige. Ich bin glücklich. Du nicht?«

Da küßte er sie, hoch über London auf dem Primrose Hill, und ihr Glück floß wie ein Strom in ihn hinüber. Sie hatte recht. Sie waren hier. Alles war anders geworden. Alles.

Die Party am Samstagabend fand in einem häßlichen Wohnsilo am Rand von Camden Town statt. Andrea hatte gemeint, sie sollten etwas mitnehmen, und so stand er nun vor Elsa Taylors Wohnungstür, unter dem Arm zwei Flaschen Wein in einer braunen Papiertüte, die er um ein Haar fallen ließ, als Elsa, eine sehr hübsche Zwanzigerin, ihn umarmte und sagte: »Du bist also Michael. Willkommen in London. Die Party ist nämlich für euch.«

In der engen Eingangsdiele drängten sich schon andere, durchweg junge Leute, laut und sehr salopp; Leute, denen es wahrscheinlich völlig egal war, womit er sein Geld verdiente. Elsa führte sie herum und stellte sie vor, und allmählich fühlte er sich hier so wohl, als wäre er wie durch ein Wunder in seine Studentenzeit zurückversetzt worden. Andrea, die von den anderen Anwesenden auch niemanden kannte, blieb immer in seiner Nähe und legte den Arm um ihn, wenn sie in ein Gespräch über Filme, Umweltkatastrophen oder neue Bücher hineingezogen wurden, worüber meist mit scherzhafter Übertreibung diskutiert wurde. Auf einem Tisch war etwas zu essen angerichtet, und später saßen sie, schon ein bißchen betrunken, in Elsas Schlafzimmer und aßen Pizza von Papptellern. Danach gingen er und Andrea auf den kleinen Balkon hinaus, der nach hinten lag. Unten wurde auf einem freien Grundstück gerade eine große Grube für die Fundamente eines neuen Gebäudes ausgehoben.

»Prächtiger Anblick«, sagte er. »Wie ein Bombenkrater.«

Plötzlich drehte sie sich zu ihm um, legte die Arme um ihn und drückte sich fest an ihn. »Ist dir nicht gut?«

»Doch, natürlich«, sagte er. »Mir geht es großartig. Und dir?«

Sie sah hinter sich in die Wohnung, die sich allmählich leerte. »Mir auch. Elsa ist doch richtig nett, oder? Aber hör zu. Wir sollten jetzt nach Hause gehen.«

Als sie zwanzig Minuten später den Haverstock Hill hinaufgingen, kamen ihnen zwei Polizisten auf ihrer Runde entgegen. Sie wirkten in ihren weißen Sommerhemden und den altmodischen Helmen sehr jung, sehr unschuldig und harmlos, ganz anders als ihre Kollegen in Ulster. Da wurde ihm auf einmal klar, daß er in den letzten vierundzwanzig Stunden gar nicht mehr an den Chefinspektor, den Priester, die Stimme am Telefon gedacht hatte. War es ausgestanden? War es möglich, hier in London wieder in den sicheren, anonymen Strom eines normalen Lebens zurückzufinden?

Am Sonntag schliefen sie bis in den späten Morgen. Als sie aufwachten, war die Straße ganz still, und unter der Dachtraufe über ihrem Schlafzimmerfenster zwitscherten die Vögel. Sie machten Kaffee, zogen sich an, spazierten die Straße hinauf, kauften sich die Sonntagszeitungen und gingen damit in den Park. Dort setzten sie sich unter einen Baum, blätterten in den Zeitungen und lagen dann nebeneinander im Gras. Er hielt ihre Hand, und sie blickten in den leeren Sommerhimmel hinauf. Ein Eichhörnchen kam angehüpft, stellte sich auf die Hinterbeine, um sie zu beäugen, ließ sich wieder auf alle viere fallen und huschte davon. Irgendwo in weiter Ferne schlug es zwölf Uhr. Andrea erzählte ihm von den Sonntagen früher in Toronto, wenn ihre Eltern sie als kleines Mädchen zum Wandern mitnahmen in eine schluchtenreiche Landschaft, die, so unglaublich es klingen mochte, gar nicht weit vom Stadtzentrum lag; wie sie im Sommer auf einem See gesegelt und im Winter auf einem Teich Schlittschuh gelaufen waren. Das schien alles weit weg und lange her zu sein, doch wenn er sie so ansah, konnte er sich gut vorstellen, was sie für ein kleines Mädchen gewesen war. Um eins gingen sie zum Mittagessen in ein Gartenlokal in Hampstead, und später spazierten sie durch den ganzen Regent's

Park bis in die sonntäglich toten Straßen des West End. Andrea kannte London nicht so gut wie er, und so wurde er ihr Fremdenführer. Sie gingen immer weiter, bis sie nach Chelsea und an die Themse kamen. Als sie auf der Embankment dahinschlenderten, verdüsterte sich der Himmel. Plötzlich fiel ein Regenschauer und ertränkte die Straßen. Sie stellten sich in einem Ladeneingang unter, und als er ein Taxi mit beleuchtetem Schild sah, sprang er in den Wolkenbruch hinaus und winkte. Nach dem langen Spaziergang saßen sie regennaß im Taxi und fuhren nach Hause, und er hatte den Arm um sie liegen und fühlte nur noch eine matte Zufriedenheit.

Bevor sie am Morgen fortgegangen waren, hatten sie alle Fenster der Wohnung geschlossen. Als sie jetzt nach Hause kamen, fanden sie die Zimmer heiß und stickig. Er ging ins Wohnzimmer und öffnete die bis zum Boden reichenden Fenster zur Straße. Der Regen hatte aufgehört. Er hörte das Ticken der Großvateruhr im Durchgang zum Schlafzimmer. Sie ging ins Schlafzimmer und kam mit einem großen weißen Handtuch wieder heraus, mit dem sie sich die Haare trocknete. Sie hatte ihr nasses Kleid ausgezogen und war nur noch mit einem blauen Baumwollslip bekleidet. So kam sie ins Wohnzimmer und legte sich auf die lange Couch. Er sah sie an, dann ging er ins Schlafzimmer, zog seine nassen Sachen aus und kam nackt zurück. Kaltfeuchte Luft strömte durch die offenen Fenster herein. Sie lag auf dem Sofa und sah ihn und seine Erregung an. Er setzte sich aufs Sofa und streichelte über ihre Brüste und Schenkel, dann streifte er ihr den blauen Slip bis ganz hinunter und von den Füßen. Sie liebten sich.

Als sie später engumschlungen auf dem Teppich lagen und durch die offenen Fenster in den Himmel sahen, begann es wieder zu regnen. Tropfen, fast so groß wie Hagelkörner, platschten ins Zimmer. Er stand auf, machte die Fenster zu und kam zu ihr zurück. Sie liebten sich wieder. Der Regen hörte auf, und sie lagen still im Zimmer, während der Tag zu Ende ging und der Himmel sich verdunkelte und die Großvateruhr so gleichmäßig tickte wie ein Herzschlag. Da drehte er sich zu ihr herum. Er wollte ihr sagen, daß er noch nie so glücklich gewesen sei, daß heute der glücklichste Tag seines Lebens war. Aber waren dazu Worte nötig, konnten Worte nicht sogar den Zauber dieses Tages lösen? Statt etwas zu sagen, küßte er sie.

Um neun ging er allein aus dem Haus und suchte die Umgebung ab, bis er einen kleinen indischen Laden fand, und kaufte dort Brot, Wurst, Kartoffelsalat, Bier und einen lecker aussehenden Schokoladenkuchen. Damit ging er, immer wieder in Hauseingängen Schutz vor den Regenschauern suchend, zu ihrer Wohnung zurück. Sie kam auf sein Klingeln herunter und machte ihm auf. Sie hatte jetzt ein Baumwollkleid an, hellgrau mit rosa Streifen, ein völlig anderer Anblick als ihre ewigen Jeans und Blusen. Er stellte sich vor, wie es sein würde, jeden Abend zu ihr nach Hause zu kommen. Er stellte sich ihr neues Leben hier in London vor. Er dachte an die Party von gestern abend und die Freunde, die sie finden würden, die Konzerte und Ausstellungen, die sie besuchen wollten, die geplanten Reisen nach Paris und Venedig, in die Normandie und die Provence. Während sie in der Küche saßen und aßen, was er mitgebracht hatte, sprachen sie über das alles. Und auf einmal überkam sie die Müdigkeit von der langen Tageswanderung, der Liebe, der frischen Luft, und sie wurden schläfrig und wollten zu Bett. Sie gingen ins

Schlafzimmer, und dort schlief sie in seinen Armen ein. Er hielt sie umfaßt und versuchte gegen seine eigene Schläfrigkeit anzukämpfen. Es war wie in seiner Kindheit, die so lange zurücklag. Er wollte die Augen nicht schließen. Er wollte nicht, daß dieser Tag zu Ende ging.

10

»Natürlich erinnere ich mich an Sie«, sagte Ronny Pomfret. Aber Dillon wußte, daß es nicht stimmte. Als er vor neun Jahren unter Ronny im Ormonde gearbeitet hatte, war er nur ein kleiner Eleve frisch von der Hotelfachschule gewesen. Jetzt lagen die Dinge anders. Ronny empfing ihn morgens um zehn in seinem Privatbüro, ließ Kaffee bringen und plauderte mit ihm über die jüngsten Ereignisse in Belfast, als wären sie Gleichgestellte in der Alliance-Hierarchie. Wieder überlegte Dillon, ob Ronny, der kurz vor der Pensionierung stand, ihn wohl als seinen potentiellen Nachfolger betrachtete. Aber fast als hätte er diesen Gedanken ausgesprochen, lächelte Ronny ihn jetzt an und sagte: »Sie geben hier natürlich nur ein Gastspiel, nicht wahr?«

»So? Ich weiß nicht, was man mit mir vorhat.«

»Ich brauche Ihnen aber doch sicher nicht zu sagen, wie sehr man zu schätzen weiß, was Sie aus dem Clarence gemacht haben. Und unter uns gesagt, ich glaube, daß man Sie bitten wird, so etwas Ähnliches noch einmal zu tun. Kennen Sie ein Hotel Wellington? In South Kensington?«

Und ob er das Wellington kannte. Es war in der Tat einmal ein sehr bekanntes Hotel gewesen. »Aber das gehört uns doch gar nicht«, wandte er ein.

»Gerüchten zufolge will Dan Keogh es gerade kaufen«, sagte Ronny Pomfret. »Und es würde mich gar nicht wundern, wenn man damit so etwas Ähnliches vorhätte wie das, was Sie aus dem Clarence gemacht haben. Natürlich in größerem Stil. Aber wohlgemerkt, offiziell weiß ich davon nichts.«

»Versteht sich.«

»So ist das also«, sagte Ronny. »Und vergessen Sie nur ja nicht, gehörig überrascht zu sein, wenn Dan darauf zu sprechen kommt. Bis dahin freue ich mich, Sie wieder hier zu haben. Gehen wir jetzt mal nach unten, damit ich Sie Johnny Harper vorstelle. Sie übernehmen seine Arbeit für die nächsten Wochen.«

Als er eine Stunde später mit Harper, der demnächst in Urlaub fuhr, durch die barocken Publikumsräume des Ormonde ging, fühlte Dillon sowohl freudige Erregung als auch eine gewisse Bestürzung. Gestern hatte er noch den Beruf wechseln wollen. Wenn man ihn aber jetzt gefragt hätte, was er – vorausgesetzt, er blieb in diesem Gewerbe – in London am liebsten tun würde, hätte er geantwortet: Ein berühmtes altes Hotel umorganisieren und leiten. Hier im Ormonde wäre er, selbst wenn er eines Tages Ronnys Erbe antreten würde, nur in etwas Fertiges eingestiegen, an dem nichts geändert werden mußte, ein Hotel, das zu groß war, um von einem allein geleitet zu werden. Das Wellington dagegen war von mittlerer Größe und früher einmal ein sehr vornehmes Hotel gewesen, dessen Gästeliste ein Almanach der Weltgeschichte war. Wollte er sich wirklich nach einer Arbeit außerhalb des Hotelgewerbes umsehen? Was hatte er denn für eine Ahnung von anderen Berufen, nachdem er diesen erlernt und sein Leben lang ausgeübt hatte? Beim Gedanken an das herrliche Wochenende, das gerade erst zu Ende gegangen war, fühlte er sich wieder von Hoffnung durchströmt. War dies die Wende seines Lebens, von der er so oft geträumt hatte, das Ende seiner sinnlosen Tagträume, des Heimwehs nach seiner Studentenzeit, der fehlgeschlagenen Hoffnung, Gedichte zu schreiben, einer Hoffnung, die ihn in Belfast tagtäglich angesprungen hatte in diesen vertrauten ungeliebten Straßen?

Andrea war heute früh zum Portland Place gefahren, um dort die Leute kennenzulernen, mit denen sie bei der BBC zusammenarbeiten würde. Sie hatten verabredet, daß er sie nach dem Lunch anrufen solle. Um drei rief er an. »Wie ist es gelaufen?«

»Prima«, sagte sie. »Ich bin zufrieden. Das wird ein interessanter Job. Und wie war's bei dir?«

»Ich dürfte dir eigentlich nichts davon erzählen«, sagte er, aber dann erzählte er ihr eben doch vom Wellington.

»Du freust dich wohl sehr darauf?«

»Ja. Ich meine, wenn ich schon nicht gleich den Beruf wechsle, ist das wahrscheinlich eine Chance, wie ich sie mir nur wünschen kann. Du, hör mal, wann bist du heute fertig?«

»Das weiß ich nicht. Ich habe noch gar nicht richtig zu arbeiten angefangen. Wahrscheinlich kann ich jederzeit fort.«

»Dann treffen wir uns um fünf«, sagte er. »Hier im Ormonde. Wir nehmen einen Drink zu uns, und vielleicht fahren wir dann rasch mal hin und sehen uns das Wellington an. Einverstanden?«

»Gut, um fünf.«

»Frag an der Rezeption nach mir«, sagte er. »Und ich halte nach dir Ausschau.«

Um vier meldete er sich bei Harper ab und hätte nun nach Hause fahren können. Statt dessen ging er über die

Straße in den Hyde Park und machte einen Spaziergang, und um fünf kehrte er ins Ormonde zurück, um sich dort mit ihr zu treffen. Er suchte sie im Foyer und in den Salons, aber sie war nicht da. Dann ging er zur Rezeption, um nach ihr zu fragen, und als er an der Pförtnerloge vorbeikam, sah er sie nebenan aus einer Garderobe kommen. Wie immer begann sein Herz wie wild zu klopfen. Er ging ihr entgegen und küßte sie. »Das *ist* ja vielleicht großartig!« sagte sie. »Und so riesig.«

»Ja, aber langweilig«, sagte er. »Warte mal, bis du das Wellington gesehen hast. Komm, trinken wir was.«

Er führte sie in die große Art-deco-Bar gleich neben dem Hauptfoyer. In dem Moment kam ein Hausdiener auf ihn zu und reichte ihm eine Telefonnotiz. »Wir haben Sie ausgerufen, Sir, aber da Sie nicht kamen, dachten wir, Sie wären schon nach Hause gegangen.«

Er las die Notiz. »Ist was?« fragte Andrea. Er gab ihr den Zettel. *Bitte Kriminalinspektor Randall anrufen*, stand darauf. Dazu eine Telefonnummer mit Belfaster Vorwahl.

»Wer ist das?«

»Sondereinsatzgruppe. Sein Chef leitet die Anti-Terror-Einheit.«

Sie sah ihn an. »Was kann er denn wollen?«

»Ich weiß nicht. Laß mich erst mal einen Drink holen, dann sehen wir weiter.«

Die Bar füllte sich schon zur Cocktailstunde. Als er einem Kellner winkte und ihre Getränke bestellte, zitterte er innerlich genauso wie neulich auf der Fahrt zum Clarence, mit der Bombe im Auto. Er wollte nicht, daß sie etwas davon merkte, aber sie sah ihn nur an, und sofort legte sie ihm die Hand auf den Arm. »Ist etwas mit dir,

Michael? Komm, trink doch erst mal was. Anrufen kannst du immer noch.« Er schüttelte den Kopf und lächelte sie an, dann ging er ins Foyer zurück. Er wollte nicht aus dem Verwaltungsbüro anrufen. Dieses Gespräch war nichts für fremde Ohren. Im Foyer sah er drei Telefonzellen am Durchgang zu den Garderoben. Eine davon war frei. Er ging hinein und benutzte seine Telefonkarte.

»Kriminalinspektor Randall, bitte.«

»Wer ist am Apparat?«

»Mein Name ist Michael Dillon. Er hat um Rückruf gebeten.«

Fast im selben Moment sagte Randall, als hätte er auf einer anderen Leitung mitgehört: »Sind Sie's, Mr. Dillon? Randall hier. Wie ist das Wetter in London?«

»Die Sonne scheint.«

»Haben Sie ein Glück! Aber es ist ja eine bekannte Tatsache, daß in London immer besseres Wetter ist als hier. Hatten Sie demnach ein schönes Wochenende?«

»Ja, danke. Weswegen wollten Sie mich sprechen?«

»Ach ja, wegen eines jungen Mannes, Kevin McDowell heißt er. Wir haben ihn am Wochenende aufgegriffen, und mir ist, als könnte er einer von denen sein, die wir suchen.«

In der Garderobe neben seiner Telefonzelle reichte ein livrierter Hausdiener soeben einem Herrn seinen Schirm. Gleichzeitig kam der Chefportier aus der Garderobe, nickte dem Herrn zu und ging weiter ins Foyer. Der Chefportier, eine würdevolle Gestalt mit dicker Goldkordel um den Zylinder und goldenen Ärmelaufschlägen am Frack, war Dillon heute schon vorgestellt worden. Als er Dillon jetzt in der Telefonzelle stehen sah, lächelte er ihn an und tippte respektvoll, aber jovial mit dem Zeigefinger an seine Hutkrempe.

»Hallo?« rief Randalls Stimme aus Belfast.

»Entschuldigung. Was sagten Sie eben?«

»Also, wenn es der ist, den Sie in dieser Nacht gesehen haben, sind wir ein gutes Stück weiter. Deshalb wollte ich Sie fragen, ob Sie herkommen und ihn sich mal ansehen können. Ich meine, Sie könnten an einem Tag rüberkommen und wieder zurückfliegen.«

»Hm, ich habe hier gerade meine neue Stelle angetreten«, sagte Dillon. »Ich werde an den nächsten Tagen ziemlich viel zu tun haben.«

»Dann vielleicht Mitte der Woche? Hin- und Rückflug gehen natürlich auf unsere Rechnung. Und Sie brauchen sich keine Sorgen zu machen. Niemand erfährt, daß Sie hier waren.«

»Haben Sie meiner Frau schon Bescheid gesagt?«

»Noch nicht. Und sein Gesicht haben ja schließlich Sie gesehen.«

»Gut, sagen Sie ihr auch bitte nichts davon. Sie sollten sie jetzt vielleicht nicht beunruhigen. Sie ist mit den Nerven fertig.«

»Gut, in Ordnung. Also, wann meinen Sie – Mittwoch oder Donnerstag? Sehen Sie, wenn er nicht der Richtige ist, wollen wir ihn ja auch nicht länger als nötig festhalten.«

»Ja. Aber ich muß darüber erst mit meinen Vorgesetzten sprechen.«

»Selbstverständlich. Vielleicht können Sie mich ja danach noch einmal anrufen.«

»Gut.«

»Danke, Mr. Dillon. Ach so, ja, ich habe keine Telefonnummer von Ihnen. Haben Sie eine?«

»935-6841.«

»Gut. Und nochmals danke. Ich erwarte also morgen früh Ihren Anruf. Abgemacht?«

»Ja.«

Nachdem er aufgelegt hatte, blieb er noch in der Zelle stehen und sah ins Foyer hinaus, wo die Hausdiener herumliefen und Leute zu den Drehtüren hereinkamen. Er sah sie beim Heraustreten aus den Türen kurz stocken, um sich blicken, sich für eine Richtung entscheiden und dahin weitergehen. Ein älterer Herr mit einer Rose im Knopfloch umarmte eine ältere Dame, die zur Begrüßung auf ihn zugeeilt war. Eben kam ein Mann im hellbraunen Anzug herein, sah sich um und winkte einem beleibten Herrn zu, der im Foyer auf einem Sessel saß und einen weißen Panamahut auf dem Schoß liegen hatte. Es war wie in einem Film. Er gehörte nicht zu diesem Film. Der Film gehörte nicht zu seinem Leben.

Als er in die Hotelbar zurückging, blickte Andrea sich schon ängstlich nach ihm um. »Nun?« fragte sie.

Er setzte sich. Er hatte für sich einen Gin mit Tonic bestellt und trank jetzt davon. »Erzähl schon«, sagte sie. »Was war los? Ist es etwas wegen Moira?«

Er erzählte es ihr. Währenddessen hörte er das Gemurmel der anderen Unterhaltungen, das leise Klimpern, wenn Gläser auf die Tische gestellt wurden, gedämpftes Lachen aus dem Bereich um die Bar. Er hörte das alles wie aus einer gewissen Entfernung, als wäre er ein bißchen schwerhörig geworden. Seine eigene Stimme kam ihm beim Erzählen wie die Stimme eines anderen vor, der nicht er selbst war.

Als er endete, schob sie ihre Hand über den Tisch und faßte nach der seinen. »*Tu's nicht*«, sagte sie.

»Was meinst du damit?«

»Tu das nicht. Wieso solltest du denn? Du hast schon genug getan. Du hast die Polizei benachrichtigt, als es wirklich darauf ankam – als du die Bombe im Auto hattest. Aber jetzt ist das etwas völlig anderes. Wenn du diesen Kev identifizierst, setzt du gewissermaßen selbst ein Kopfgeld auf dich aus. Schließlich will ja Moira gegen die IRA kämpfen und eine Heldin werden. Bitte, soll sie. Aber warum du? Hast du nicht zu mir gesagt, es wären schon genug Menschen für Irland gestorben? Und du würdest nicht einmal für Irland sterben. Du wärst in diesem Schlamassel nur eine statistische Größe. Und was wird aus uns?«

Sie weinte. Er sah sie an und wußte, daß sie recht hatte. Daß sie nur gesagt hatte, was er von ihr hören wollte, von *irgend jemandem* hören wollte.

»Nicht doch«, sagte er, »du mußt nicht weinen. Du hast ja recht. Es war neulich dumm von mir, zu diesem Priester zu sagen, ich würde den Kerl identifizieren. Es geht jetzt um uns und nicht darum, die Polizei glücklich zu machen. Auch nicht darum, mich an der IRA zu rächen. Kaum waren wir aus Nordirland heraus, habe ich die Sache als das gesehen, was sie ist. Ein einziger Schwachsinn. Der Teufel soll's holen!«

»Und das meinst du jetzt ernst?«

»Natürlich meine ich es ernst.«

»Gott sei Dank«, sagte sie. »Wunderbar, Michael.«

»Also abgemacht«, sagte er. »Ich rufe ihn morgen früh an. Was sage ich ihm am besten?«

»Sag ihm, daß du nicht willst. Sag ihm, daß du nicht sicher bist, ob du sein Gesicht genau gesehen hast. Irgend so was. Die kapieren das schon. Gegen die IRA mag keiner gern aussagen. Das ist die Polizei gewohnt.«

»Aber wie steht's mit Moira? Wenn sie es daraufhin nun bei ihr probieren?«

»Sie hat den Kerl doch nicht gesehen, oder?« versetzte Andrea. »Die Polizei weiß das. Komm, bestell uns noch einen Drink. Ich zittere am ganzen Leib. Man sollte meinen, die hätten mich angerufen.«

Er gab dem Kellner ein Zeichen. An den umstehenden Tischen wurden die Stimmen lauter, als hätte sich seine Schwerhörigkeit gelegt. Wenn er die Aussage verweigerte, würde sich das schnell bis in die Küche eines Reihenhauses an der Falls Road herumsprechen, oder bis in eine Gefängniszelle im Long Kesh. Diejenigen, die dort den Befehl zum Mord an Informanten gaben, würden wissen, daß die Angst ihm die Zunge gelähmt hatte. Der Priester würde glauben, seine Warnung habe gefruchtet. Die Polizei müßte Kev wegen Beweismangels freilassen. Um Moira würde sich die IRA nicht kümmern. Sie wußte nichts, sie war nur eine x-beliebige Frau, die gegen sie wetterte, und auf Frauen gab die IRA nichts. Ihr Angriffsziel war er; von Anfang an nur er. Sie planten schon weitere Morde, weitere Bombenanschläge. Wenn er nur morgen noch der Polizei Bescheid sagte, war es ausgestanden.

Der Kellner brachte ihren zweiten Drink. Ihm war richtig schwindlig vor Erleichterung, als er Andrea nun zu erzählen begann, was er über das Hotel Wellington wußte: daß es einmal, zur Zeit der Weltausstellung 1851, die Lieblingsherberge östlicher Potentaten gewesen sei; daß Oscar Wilde dort einmal auf einem Bankett geredet habe und ausgebuht und angespuckt worden sei; daß der Speisesaal einmal berühmt gewesen sei wegen seiner prächtigen Wandmalereien von dem spanischen Künstler José Maria

Sert, der einmal in den zwanziger Jahren mit Diaghilew und Serge Lifar dort gewohnt habe.

Andrea hörte zu und lachte und nahm ihn wegen seiner Begeisterung für die künstlerischen Ambitionen des Hotels auf den Arm, und nachdem er für die Getränke unterschrieben hatte, fuhren sie mit der U-Bahn nach Hampstead und aßen zu Abend in einem kleinen griechischen Restaurant, nicht weit von ihrer Wohnung. Beide sprachen den ganzen Abend lang nicht mehr von der Polizei oder der Vergangenheit. Erst als sie dann im Dunkeln zusammen im Bett lagen und dem Ticken der Großvateruhr auf dem Flur lauschten, sagte sie: »Du könntest doch gleich dort anrufen, noch bevor du zur Arbeit gehst. Dann hätten wir es hinter uns.«

»Richtig.«

Sie umarmte und küßte ihn. »Und dann fahren wir nächstes Wochenende weg«, sagte sie. »Irgendwohin aufs Land.«

»Gut.«

Sie schlief. Er nicht. Morgen früh würde er anrufen. Es war das Richtige. Es war das einzig Richtige. Mit diesem Anruf schützte er sowohl Andrea als auch sich selbst. Und er schützte damit auch Moira, Moira mit ihrem Kreuzzug gegen die IRA. Der Anruf würde dem allem ein Ende machen. Es war nur ein unglücklicher Zufall, daß er gerade Direktor des Clarence war, als die IRA den Plan faßte, einen ihrer Feinde zu ermorden. Mit ihm hatte das alles nichts zu tun.

Er schlief nicht. Eine Stunde um die andere lag er wach in der Vorortstille der Nacht. Was würde es nutzen, wenn er bereit wäre, mit der Polizei zusammenzuarbeiten? Die IRA würde trotzdem in anderer Leute Häuser eindringen und die Bewohner terrorisieren, sie zur Verwirklichung ihrer Mordpläne mißbrauchen. Denn immer würden Menschen, normalen Menschen, Angst haben. Und diese normalen Menschen würden so vernünftig sein und einsehen, daß ihr Leben wichtiger war als die Frage, ob die nordirischen Katholiken ihren gerechten Anteil an Arbeitsstellen und Wählerstimmen bekamen. Es änderte kein Jota an der Weltgeschichte, ob Irland nun vereinigt wurde oder nicht. Nordirland war kein besetztes Land wie Frankreich unter den Nazis. Die Mehrheit seiner Bürger wollte, daß es ein Teil Großbritanniens blieb. Es gab für ihn keinen Grund, noch weiter sein Leben aufs Spiel zu setzen.

Aber wie er da im Dunkeln lag, rasten ihm diese Argumente so wütend, so deklamatorisch durch den Sinn, als hätte man ihn angeklagt. Wenn er morgen die Polizei anrief und sich weigerte, auszusagen, gab er damit zu, daß er Angst hatte, daß wieder einmal die IRA gesiegt hatte.

Draußen vor den Fenstern hörte er im ersten Morgenlicht die Vögel erwachen und laut ihre Revieransprüche verkünden. Und endlich schlief er erschöpft ein. Als er eine Stunde später erwachte, war das Klingeln des Telefons schuld daran.

Andrea war schon aus dem Bett gesprungen und in die Diele gegangen, um abzunehmen. »Ja«, hörte er sie sagen, »ja, er ist hier. Wer spricht da? Moment, bitte.«

Sie kam ins Schlafzimmer. »Es ist Moira.«

Er fühlte sofort sein Herz klopfen. »Was ist los?«

»Sie will dich sprechen.«

Er lief nackt in die Diele und nahm den Hörer. »Ja?«

»Entschuldige, wenn ich störe«, sagte sie. »Das Ormonde hat mir die Nummer gegeben.«

»Schon gut. Was gibt's denn? Ist bei dir alles in Ordnung?«

»Ja, schon. Ich rufe dich an, weil ich gestern abend Besuch hatte.«

»Von wem?« fragte er mit hörbar bebender Stimme.

»Einem Priester. Pfarrer Matt Connolly. Er behauptet, dich von der Schule zu kennen.«

Er lehnte sich vor Erleichterung an die Wand und holte tief Luft. »Was wollte er?«

»Er sagt, die Polizei hat seinen Neffen abgeholt.«

»Seinen *Neffen*?«

»Ja. Sein Name ist Kevin McDowell. Hört sich an, als wenn das dieser Kev wäre – dieser schreckliche, weißt du?«

»Ja.«

»Also, dieser Priester sagt, er hätte vor deiner Abreise mit dir gesprochen, und du hättest gesagt, wenn du einen von diesen IRA-Leuten identifizieren könntest, würdest du's todsicher tun. Stimmt das?«

»Ja. Stimmt.«

»Er war völlig aufgelöst. Ich soll es dir ausreden. Nachdem sie den kleinen Halunken geschnappt haben, weiß er, daß du ihn für ein paar Jährchen hinter Gitter bringen kannst.«

»Was hast du geantwortet?«

»Ich habe gesagt, wenn mein Mann das täte, würde ich ihn ganz gewiß nicht davon abzuhalten versuchen. Michael?«

Er wartete. Sie schwieg eine ganze Weile, dann merkte er, daß sie zu weinen angefangen hatte. »Was ist?« fragte er. »Was hast du denn?«

»Er behauptet, die IRA wisse, daß du Kevs Gesicht

gesehen hast. Sie wissen auch, daß du aussagen wolltest. Er sagt, er will nicht, daß du ermordet wirst. Ich kann dir sagen, er war völlig außer sich. Aber er hat mich rasend gemacht. Er kann einem ganz schön auf die Nerven gehen, nicht?«

»Ich weiß.«

»Ich habe ihn jedenfalls weggeschickt. Aber dann habe ich die ganze Nacht wach gelegen und gegrübelt. Und mitten in der Nacht ist mir auf einmal klargeworden, daß du an dem Morgen nicht deshalb die Polizei angerufen hast, weil du mich loswerden wolltest –«

»Natürlich nicht!«

»Schon gut, schon gut«, sagte sie gereizt. »Ich habe ja gerade gesagt, daß ich im Unrecht war. Du hast es getan, weil du überzeugt warst, das Richtige zu tun. Und das willst du jetzt auch wieder tun. Aber hör zu, Michael, was Mama gesagt hat, das stimmt. Es ist reiner Wahnsinn. Es ist die Sache nicht wert. Und mitten in der Nacht habe ich dann noch gedacht: Er tut das, weil er zeigen will, daß er doch keine Angst hat, wie ich behauptet habe. Du, hör nicht auf das, was ich gesagt habe. Es war verkehrt. Wenn dir jetzt etwas zustößt, muß ich bis ans Ende meiner Tage damit leben. Und das will ich nicht. Hörst du, Michael?«

»Das gilt auch umgekehrt«, sagte er. »Ich will auch nicht, daß dir etwas zustößt. Und jetzt paß mal auf. Ich rufe noch heute früh die Polizei an. Ich werde nicht aussagen. Es ist zwar eine Schande, diese Lumpen ungeschoren davonkommen zu lassen, aber ...«

»Gott sei Dank.« Er hörte sie aufatmen. »Tu das bitte sofort, ja? Und hör zu, dieser Pfarrer Connolly wollte wissen, wo er dich in London erreichen kann. Ich habe es ihm natürlich nicht gesagt. Du – der Kerl ist bei der IRA, davon bin ich überzeugt. Kannst du ihn vielleicht irgendwie erreichen? Er würde es denen ja weitersagen.«

»Keine Angst«, antwortete er. »Es wird schon alles gutgehen.«

»Hoffentlich«, sagte sie. »Michael?«

»Ja?«

»Du, ich würde dich gerne etwas fragen. Ich habe schon darüber nachgedacht. War es nun meine Schuld oder deine? Ich meine, hast du mich jemals geliebt? Es war doch nicht *nur* mein Äußeres, oder?«

»Nein«, sagte er. »Nein, das nicht.«

»Du hast mich doch wenigstens gern gehabt, ja?«

»Das tue ich noch.«

»Hm ...« Sie verstummte, dann meinte sie: »Ich sage jetzt mal alles Gute. Und vergiß es nicht. Ruf sofort an.«

»Tu ich. Und paß du auch gut auf dich auf, Moira.«

»Alles Gute«, wiederholte sie.

Andrea stand in ihrem rosa gestreiften grauen Kleid an der Schlafzimmertür und sah ihn an. »Um was ging's denn da so lange?«

Er sagte es ihr. »Dieser Priester macht mir Sorgen«, sagte sie. »Wenn er Angst hat, mußt du wohl auch welche haben.«

»Wie meinst du das?«

»Paß auf, ich mache uns jetzt Kaffee. Es ist erst sieben. Ist das zu früh, um den Inspektor anzurufen?«

»Wahrscheinlich.«

»Ruf trotzdem an. Versuch's.«

»Ich warte noch bis acht«, sagte er.

Sie gingen zusammen in die Küche. Er dachte an Moira. Er ging ans Fenster. Sonnenschein drang zwischen den belaubten Ästen der Eiche herein. »Guck mal«, sagte er. »Was für ein schöner Morgen.«

»Findest du?«

»Nun hör schon auf damit.« Er ging zu ihr und küßte sie.

»Kannst du dich irgendwie mit diesem Priester in Verbindung setzen?«

»Ich könnte eventuell herumtelefonieren. Aber hör mal, es ist alles in bester Ordnung. Wir sind in London. Die wissen gar nicht, wo ich bin.«

»Er hat ihnen gesagt, daß du aussagen wirst. Sie werden auf ihn hören.«

»Mach du mal Kaffee«, sagte er. »Und ich mache Toast.«

»Ruf bitte die Polizei an. Sofort.«

»Also gut.«

Er ging wieder ins Schlafzimmer und fand die Telefonnummer, die Randall ihm gegeben hatte. Er sah wieder das Bett an, in dem er fast die ganze Nacht wachgelegen und an diesen Augenblick gedacht hatte, diesen Anruf. Wie durch den auf- und zugehenden Verschluß einer Kamera sah er Kev im Wohnzimmerspiegel seine Maske hochschieben und an dem Geschwür unter seinem linken Auge kratzen; er sah wieder das jugendliche Gesicht, den mädchenhaften Mund, die schmale, spitze Nase.

Er ging in die Diele. Andrea stand mit dem Rücken zu ihm in der Küche und steckte Brot in den Toaster. Er wählte die Nummer.

»Zentrale Belfast.«

»Kann ich bitte Inspektor Randall sprechen? Hier Michael Dillon.«

»Mr. Dillon«, sagte eine neue Stimme. »Tut mir leid, aber Inspektor Randall ist nicht da. Er mußte heute nach Armagh.«

»Ist denn Chefinspektor Norton da?«

»Nein, er ist leider mit ihm gefahren. Wenn Sie mir Ihre Nummer geben, bitte ich Inspektor Randall, Sie anzurufen, sobald er wieder da ist.«

Er nannte die Nummer des Ormonde. »Wann erwarten Sie ihn zurück?«

»Irgendwann am Nachmittag. Aber ich werde noch im Laufe des Vormittags mit ihm sprechen. Kann ich ihm etwas ausrichten?«

»Er soll mich bitte anrufen. Ich muß ihn persönlich sprechen.«

»Gut. Dann gebe ich ihm Ihre Nummer.«

Als er wieder in die Küche kam, sah er Andrea an, daß sie zugehört hatte. »Wann ist er zurück?« fragte sie, noch ehe er etwas sagen konnte.

»Nachmittags.«

»Dann solltest du jetzt vielleicht versuchen, diesen Priester zu erreichen?«

»Hör bitte auf, ja?« sagte er. »Plag mich nicht so.«

»Ich plage dich nicht.« Ihr Ton klang leicht gekränkt.

»Entschuldige. Verdammt, mir geht das derart gegen den Strich!«

»Ich weiß.«

Aber als sie nach dem Frühstück zur U-Bahn gingen, sagte sie: »Ich mache mir doch *solche* Sorgen. Versprichst du mir eins? Ruf mich bei der BBC an, sobald du mit ihm gesprochen hast.«

»Ja, natürlich.«

Sie stiegen an der Chalk Farm ein und fuhren bis zur Tottenham Court Road, wo sie umsteigen mußten und ihre Wege sich trennten. Nachdem sie eine lange Rolltreppe hinaufgefahren waren, küßte er sie zum Abschied und sah ihr nach, bis sie im morgendlichen Andrang verschwunden war. Als er am Green Park aus der U-Bahn stieg und den Park Lane hinaufging, verdüsterte sich der Himmel, wie am Vortag. Es würde bald regnen.

Am Eingang zum Ormonde erkannte ihn der Portier und salutierte. »Guten Morgen, Sir.«

»Guten Morgen.«

Harper war inzwischen in Urlaub, und da Ronny Pomfret in einer Konferenz mit ein paar Marketing-Leuten saß und Helibron, der andere Vizedirektor, noch nicht da war, hatte Dillon jetzt nominell die Leitung. Er wurde auch sofort in den üblichen morgendlichen Trubel gerissen: Gästeabrechnungen, eine Besprechung mit der Restaurantleitung und ein Dutzend kleine Pannen, die es zu beheben galt.

Als Helibron kurz nach zehn kam und die Leitung übernahm, ging er in die Verwaltungsabteilung und setzte sich an Harpers Schreibtisch, von wo er einen Blick über den Park hatte. Er rief die Vermittlung an. »Hier Michael Dillon. Ich bin für ein paar Wochen auf John Harpers Stelle. Falls für mich ein privater Anruf kommt, vermitteln Sie ihn bitte hierher. Ich erwarte heute einen Anruf aus Nordirland. Lassen Sie mich bitte ausrufen. Ich möchte diesen Anruf nicht verpassen.«

»Ja, Mr. Dillon.«

Um zehn vor zwölf rief Andrea an. Er war gerade an der Rezeption und nahm das Gespräch dort an, so daß er nicht frei reden konnte.

»Hast du schon von der Polizei gehört?«

»Noch nicht.«

»Hast du dort angerufen?«

»Die haben gesagt, er kommt erst nachmittags wieder, weißt du nicht mehr?«

»Aber sie haben doch auch gesagt, daß sie ihm deinen Anruf ausrichten wollen. Frag doch mal, ob sie das schon getan haben.«

»Ja, gleich. Mach dir nur keine Sorgen.«

»Die mache ich mir aber«, sagte sie. »Mir ist vor Sorgen ganz elend.«

»Ich rufe dich sofort an, wenn ich mit ihm gesprochen habe. Gut so?«

»Ja, gut. Ich liebe dich, Michael.«

»Ich liebe dich auch«, sagte er und sah, wie eine Kassiererin, die mitgehört hatte, lächelte.

Als er wieder ins Büro kam, rief Helibron ihm zu: »Was haben Sie zum Lunch vor?«

Er zuckte die Achseln.

»Ronny hat ein paar Japaner zum Lunch. Große Hotelgruppe aus Hongkong. Leisten Sie uns Gesellschaft?«

»Danke. Ich glaube, ich lasse mir nur ein Sandwich hierherbringen.«

»Na gut, Sie wissen ja, wo Sie mich finden. Wir sind im Hauptrestaurant.«

Nachdem Helibron fort war, saß er allein im Büro und blickte über die Straße auf den riesigen Park. Es hatte geregnet, aber jetzt schien wieder die Sonne, und er sah Leute in Gruppen auf dem Rasen liegen. Jogger zockelten auf einem Weg parallel zum stark befahrenen Park Lane. Er blickte hinunter auf diesen Verkehr, die Limousinen und Taxis, die großen ausländischen Reisebusse. Das war London, London an einem sonnigen Sommertag. Belfast war weit fort. Jemand kam ins leere Vorzimmer. Es war ein Page, der die Nachmittagszeitung und einen Packen Post brachte. Als der Page sah, daß Dillon ihn beobachtete, fragte er: »Möchten Sie die Zeitung, Sir? Es ist der *Evening Standard*.«

»Nein, danke«, sagte Dillon, aber der Junge hatte ihn offenbar mißverstanden, denn er kam mit der Zeitung und gab sie ihm. Der Aufmacher handelte von einem Mord in Brighton. Er legte die Zeitung fort, aber dann überlegte er es sich anders. Hatte sich etwas getan?

Im Inneren der Zeitung las er die Schlagzeile: »POLIZEI NORDIRLANDS HEBT WAFFENLAGER AUS.« Die Datumszeile lautete: *Armagh, N.I.* In dem Bericht hieß es, die Polizei habe in einem Lagerhaus bei Armagh ein großes Waffenversteck gefunden, das unter anderem zwei Rakentenwerfer enthielt. Es sei anzunehmen, daß diese Waffen zu einem umfangreichen Arsenal gehörten, das extremistische protestantische Freischärler angelegt hätten. Es handle sich vermutlich um Teile einer Lieferung, die der protestantischen UDA zu Jahresbeginn aus Südafrika zugegangen sei.

Armagh. Darum waren Randall und der Chefinspektor heute dort. Ein großer Fang. Sie hatten damit alle Hände voll zu tun. Der gefürchtete Moment, da ich der Polizei mitteilen muß, daß ich nicht aussagen will, wird mir heute dadurch erleichtert, denn sie sind mit den Gedanken bei wichtigeren Dingen. Vielleicht kommen sie überhaupt erst morgen nach Belfast zurück. Moira hat den Priester gestern abend in dem Glauben gelassen, daß ich aussagen werde. Das weiß die IRA inzwischen. Sie wird schon Pläne schmieden.

Er zitterte plötzlich am ganzen Leib. Er griff zum Telefon und ließ sich eine Amtsleitung geben. Er wählte Randalls Nummer.

»Zentrale Belfast.«

»Hier Michael Dillon. Ich möchte Inspektor Randall sprechen.«

»Mr. Dillon«, sagte eine neue Stimme. »Ja, wir haben heute morgen miteinander gesprochen. Er hat sich noch nicht gemeldet. Er ist mit Chefinspektor Norton in Armagh, wie ich Ihnen schon sagte. Ich weiß noch nicht sicher, ob sie heute nachmittag zurückkommen. Aber ich werde von ihm hören und ihm sagen, daß Sie angerufen haben.«

»Wenn Sie von ihm hören, können Sie ihn bitte fragen, ob ich ihn irgendwo erreichen kann? Es ist dringend.«

»Wird gemacht, Mr. Dillon. Nur keine Sorge. Er wird sich bestimmt noch vor heute abend bei Ihnen melden.«

»Danke.«

Als er auflegte, kam gerade eine der Sekretärinnen ins Vorzimmer zurück, eine fröhliche Engländerin, die ihn fragte: »Waren Sie schon zum Lunch? Ich bin ja jetzt zurück und kann die Stellung halten.«

»Schon gut, ich habe keinen Hunger.«

»Ihr Apparat blinkt«, sagte sie mit einem Blick auf den Schaltkasten, als sie sich an ihren Schreibtisch setzte.

»Oh, pardon.« Er nahm ab.

»Mr. Dillon? Helen von der Rezeption. Hier möchte Sie jemand sprechen.«

»Wer?«

»Ein Pfarrer Connolly.«

»Wo ist er? Unten bei Ihnen?«

»Ja.«

»Gut. Ich komme runter.«

Als er aus dem Aufzug ins Foyer trat, drängten sich um die Rezeption mindestens zwanzig Leute. Aber zwischen ihnen fiel der Priester sofort auf. Er trug einen glänzenden schwarzen Strohhut, einen zerknautschten schwarzen Regenmantel und einen schwarzen Anzug, viel zu warm für die Londoner Sommersonne. In der linken Hand hatte er ein billiges Blechköfferchen. Er stand mit dem Gesicht zu den Aufzügen gewandt und sah Dillon darum erst, als dieser schon fast neben ihm war.

Als er ihn dann sah, schnappte er wie in höchster Überraschung nach Luft. »Ah, da bist du ja«, sagte er in seinem platten Belfaster Tonfall. »Hallo, Mike.«

»Hallo.«

»Ich bin gerade mit dem Flieger gekommen. Hoffentlich halte ich dich nicht von der Arbeit ab.«

»Aber nein«, sagte Dillon.

»Können wir uns hier irgendwo unterhalten?«

Dillon sah an ihm vorbei in den Salon. Dort war es voll. Es war, als ob der Priester ein Verwandter von ihm wäre, dessen er sich schämte. Am liebsten wollte er mit ihm irgendwohin gehen, wo man sie nicht sah.

»Gehen wir da drüben in den Park«, sagte er. »Ich könnte ein bißchen frische Luft vertragen.«

»O ja, es ist ein richtig schöner Tag. In Belfast hat es bei meinem Abflug noch geregnet.«

»Dort regnet's ja meist.«

Sie lächelten einander verlogen an. Als sie das Hotel verließen, fragte Dillon: »Woher wußtest du, wo ich zu finden war?«

»Ich bin heute früh ins Clarence gegangen und habe gesagt, ich sei Priester und ein Freund von dir. Die waren zuerst nicht begeistert, aber dann haben sie mir deine Nummer hier gegeben. Was sie natürlich nicht hätten tun dürfen. Das ist ja Teil des Problems.«

Er fragte nicht, welchen Problems. Sie überquerten schweigend den Park Lane und waren Minuten später im Hyde Park. »Gehen wir ein Stückchen spazieren«, sagte Dillon.

»Recht so.«

»Meine Frau sagt, du hättest gestern abend mit ihr gesprochen.«

»Ach, du hattest inzwischen Kontakt mit ihr?« Der Priester warf ihm einen raschen, fast verstohlenen Seitenblick zu. »Dann weißt du also, daß dieser Junge mein Neffe ist?«

»Ja.«

»Ich konnte es dir nicht sagen, als wir das letztemal miteinander sprachen, weil ich dir damit praktisch seinen Namen verraten hätte. Du weißt, daß die Polizei ihn abgeholt hat?«

»Ja, das hat man mir gesagt.«

Wieder sah der Priester ihn an. »Dann haben sie sich also schon bei dir gemeldet? Sie haben dich gebeten, zurückzukommen und ihn dir anzusehen, ja?«

»Ja.«

Der Priester nahm seinen Strohhut ab und wischte sich mit dem Handrücken über die Stirn. »Sieh mal, da drüben ist eine Bank. Können wir uns kurz hinsetzen?«

Weiter vorn stand unter einer großen Kastanie eine leere Parkbank. Sie setzten sich, und der Priester schob die Finger unter seinen römischen Kragen und lockerte ihn ein bißchen, als ob er ihm den Hals zuschnürte. »Ja. Er ist der Sohn meiner Schwester. Meiner einzigen Schwester. Wir stehen uns sehr nah, meine Schwester und ich. Der Vater des Jungen ist tot, darum habe ich mich der beiden gewissermaßen angenommen. Mike, bist du sicher, daß du mich von der Schule nicht mehr kennst? Wir waren zusammen in der Oberstufe. In der Klasse von Jakey McFadden. Dr. Duffy war damals Direktor.«

Die alten Namen fielen wie falsche Losungsworte in die

Hitze des Londoner Sommernachmittags und ließen die zugigen Korridore des Schulgebäudes wiedererstehen, die Polonaisen der Lehrer, die von Klassenzimmer zu Klassenzimmer eilten, Priester in kreidebestäubten Soutanen, Laien in abgerissenen Talaren, das Pfeifen und Klatschen des Rohrstocks, das Füßescharren in der Schulkapelle, die ächzende Stille im Lesesaal. Erinnere dich, erinnere dich, wir waren zusammen jung. Leidensgefährten, Ehrenwort, bitte nicht petzen. Er sah in das rote Gesicht des Fremden, die bangen, eiskalten Augen, das flehende Lächeln, mit dem er diese Vergangenheit heraufbeschwor und sich hier in einem Londoner Park auf Gemeinsamkeit mit einem Menschen berief, der sich nicht an ihn erinnerte.

»Warte, warte«, bettelte der Priester. »Da war noch etwas mit dir. Ich erinnere mich, daß du den Preis für den Englisch-Aufsatz bekommen hast, stimmt es nicht?«

»Was tut das zur Sache?«

»Für mich gehört es dazu, Mike. Denn als meine Schwester völlig aufgelöst zu mir kam und Hilfe suchte, da habe ich zu ihr gesagt, du, ich kenne ihn, er ist Katholik, er war am St. Michan's in meiner Klasse. Ich rede mit ihm. Wir sind zusammen zur Schule gegangen. Und dann stand ich vor dir, und du sagtest, du könntest dich überhaupt nicht an mich erinnern. Das war ein schwerer Schock für mich, als du mir das zur Antwort gabst. Als du mich abgewiesen hast. Und wie ich dann zurückkam und gefragt wurde, was du gesagt hattest, mußte ich die Wahrheit sagen.«

»Wem?«

»Kevs Freunden.«

»Der IRA?«

»Vermutlich. Ich habe nicht gefragt.«

»Das hattest du ja wohl auch nicht nötig«, sagte Dillon.

Plötzlich kochte eine solche Wut in ihm hoch, daß er am liebsten aufgestanden und fortgegangen wäre.

»Hör mir doch bitte, bitte zu«, flehte der Priester, und zu Dillons Ärger packte er ihn nun auch noch am Arm. »Ich versuche dir doch zu helfen, Mike.«

»Das kann ich mir vorstellen!«

»Wozu tust du das?« fragte der Priester, wobei sich seine Finger in Dillons Handgelenk gruben. »Willst du denn diesen Jungen wirklich hinter Gitter bringen? Was hat die Polizei je für dich getan? Du bist Katholik, zumindest bist du als solcher aufgewachsen, und weißt, wie es bei uns steht. In der fraglichen Nacht hat man dir und deiner Frau übel mitgespielt, das weiß ich. Ich weiß, daß du darüber mit vollem Recht wütend bist, aber hör zu, ich sage dir, daß dein Leben in Gefahr ist, wenn du diesen Weg weitergehst. Und wenn dir aufgrund irgendeiner Aussage von mir etwas zustößt, muß ich das mein Leben lang auf meinem Gewissen herumschleppen. Machen wir dem Morden doch ein Ende, Mike.«

»Dem Morden ein Ende?« Dillon riß seinen Arm aus der Umklammerung des Priesters und stand auf. »Aber wenn ich gegen deinen Neffen und seine Freunde nicht aussage, lasse ich ihnen freie Hand, weiter zu morden, oder etwa nicht?«

»Setz dich bitte wieder hin, setz dich doch«, sagte der Priester und sah sich dabei ängstlich um, als könnte jemand Dillons Worte mitgehört haben. »Hör mal zu, Kev ist erst neunzehn. Er ist kein schlechter Junge. Er hat jetzt den Schrecken seines Lebens bekommen. Es war ihm bestimmt eine Lehre.«

Er sah zu Dillon auf, und als Dillon sich nicht wieder setzte, stand auch er auf und stieß dabei versehentlich sein

Köfferchen um, das er neben sich auf den Boden gestellt hatte. »Kleinen Moment«, sagte der Priester und bückte sich, um das Köfferchen aufzuheben. Aber Dillon drehte sich um und ging fort, blind vor Wut und mit schnellen Schritten, und er sah sich nicht um, bis er das Parkgelände und den Ausgang zur Straße erreicht hatte. Als er sich dann umdrehte, sah er, daß der Priester ihm nicht gefolgt war. Er stand mit seinem Köfferchen in der Hand noch genau dort, wo Dillon ihn stehen gelassen hatte, eine kleine, unbedeutende, einsame Gestalt unter einer großen Kastanie.

Dillon ging zum Tor hinaus, überquerte den Park Lane und ging auf den prachtvollen Hoteleingang zu. Hatte Randall in seiner Abwesenheit angerufen? Wenn nicht, konnte er jetzt Belfast anrufen und Randall ausrichten lassen, daß er morgen kommen und die Identifizierung vornehmen werde. In einigen Wochen oder Monaten würde er dann noch einmal hinfliegen müssen, wenn Kev vor Gericht kam. Er hatte keine Angst davor. Er hatte vor denen keine Angst. Sollte sie allesamt der Teufel holen! Er war ihnen in den Arm gefallen, als sie das Clarence in die Luft jagen und Unschuldige ermorden wollten. Er würde ihnen jetzt wieder in den Arm fallen.

Er trat ins Foyer und wollte sogleich ins Verwaltungsbüro eilen, das auf der Rückseite des Hotels lag. Jemand rief: »Michael!«

Er drehte sich um. Andrea kam durchs Foyer gerannt. Sie holte ihn ein. »Wo warst du nur? Ich habe mir solche Sorgen um dich gemacht.«

»Was ist denn?«

Sie klammerte sich verzweifelt an seinen Arm. »Ich weiß es selbst nicht. Ich hatte nur dieses Gefühl. Ich habe meinen Kollegen gesagt, daß ich krank bin, und das stimmt auch. Ich bin krank. Ich weiß nicht warum, aber aus irgendeinem Grund habe ich so ein schreckliches Gefühl. Hast du bei der Polizei angerufen?«

»Ja, aber noch niemanden erreicht. Randall und der andere, dieser Norton, sind beide in Armagh. Sie müßten jeden Moment hier anrufen.«

»Aber du hast ihnen eine Nachricht hinterlassen. Hast du gesagt, daß du nicht willst?«

»Warte«, sagte er. Er nahm sie bei der Hand und führte sie in den Salon. »Ich muß mit dir reden. Setzen wir uns da drüben hin, wo wir ungestört sind.«

Er hatte noch nicht zu Ende gesprochen, da fuhr sie zu ihm herum. »Was ist denn? Was *ist*?«

Er drückte sie in einen Sessel. Dann erzählte er von dem Priester.

»Und du bist einfach weggegangen?« fragte sie. »Und jetzt geht er hin und erzählt denen, daß du gegen seinen Neffen aussagen willst?«

»Ja, wahrscheinlich.«

»Aber warum hast du das getan? Du hattest es mir doch versprochen. Du wirst nicht aussagen, nein?«

»Ich muß, glaube ich. Weil es richtig ist.«

»O mein Gott«, rief sie. »Ich hab's doch gewußt! Ich hatte den ganzen Morgen dieses Gefühl. Ich habe geahnt, daß etwas Schreckliches im Gange war. Jetzt ist er schon am Telefon. Der Priester, meine ich. Die werden nicht zulassen, daß du aussagst. Sie bringen dich um.«

Er sah sie an, sah die Angst in ihrem Blick. Sie zitterte und war den Tränen nah. »Andrea«, sagte er. »Hör zu, Andrea. Ich bekomme Polizeischutz.«

»Was heißt das? Ständig ein Polizist im Wohnzimmer?

Einer, der dir hier im Hotel auf Schritt und Tritt nachläuft? Weißt du, wovon du redest? Ich muß von jetzt an jedesmal, wenn ich die Tür aufmache, damit rechnen, daß da einer reinkommt und uns erschießt.«

»Dich doch nicht«, sagte er, aber er mußte sich kranken Herzens gestehen, daß sie recht hatte. Es waren schon Ehefrauen, Freundinnen, sogar unbeteiligte Umstehende erschossen worden.

»Und wozu tust du das? Um dich zu rächen, nicht wahr? Steht das in Irland nicht hinter allem? Rache!«

»Nein.«

»Was denn sonst?«

»Ich weiß es nicht«, sagte er. »Ich will kein Feigling sein. Ich will mich von denen nicht einschüchtern lassen.«

»Du bist kein Feigling«, sagte sie. »Und wenn, was wäre daran so schrecklich? Ist es dir wichtiger, zu beweisen, daß du kein Feigling bist, als mit mir zusammenzuleben? Denn das ist die Wahl, vor der du stehst.«

Sie hatte Tränen in den Augen. Sie war nicht feige, würde nie feige sein. Und was war er? War das wichtig? Wieso sollte er ebenso ihr Leben riskieren wie das seine? War denn irgendein Land der Erde den Preis wert, den Irland forderte? Den Preis der Bettelleute, denn es forderte ihn immer wieder aufs neue und gab sich nie zufrieden.

»Ich bin im Unrecht«, sagte er und ergriff ihre Hand. »Entschuldige. Es ist gut. Ich tu's nicht.«

Eine Weile sprach sie nicht, dann sagte sie: »Ich will nie mehr dorthin zurück. Nie mehr.«

»Ich weiß.«

»Du *mußt* diesen Priester ausfindig machen«, sagte sie. »Du mußt es ihm sagen.«

»Er dürfte schon auf dem Rückweg nach Belfast sein.«

»Kennst du seine Pfarrei? Könntest du dort nicht anrufen und eine Nachricht für ihn hinterlassen? Er sagt es ihnen dann weiter. Das wäre der schnellste Weg.«

»Hör zu«, sagte er, »ich versuch's jetzt noch mal bei der Polizei.«

»Ja, gut. Mein Gott, ich habe solche Angst.«

»Du brauchst keine zu haben. Die Sache ist erledigt. Komm, wir gehen in mein Büro.«

Als sie ins Vorzimmer traten, rief ihm die fröhliche englische Sekretärin entgegen: »Ah, da sind Sie ja wieder. Ich dachte schon, Sie hätten für heute Feierabend gemacht.«

»Das ist Andrea Baxter«, stellte er Andrea vor.

»Tag«, sagte die Sekretärin. »Übrigens war hier vorhin ein Anruf für Sie, Mr. Dillon. Ein Inspektor Norton.«

»Wann?«

»Vor etwa zwanzig Minuten. Ich habe ihm gesagt, daß Sie nach meiner Schätzung in einer Stunde zu Hause sein könnten. Er meinte, er hätte ja Ihre Nummer und würde dort anrufen.«

Er sah Andrea an. »Versuchen wir's gleich noch mal bei ihm«, sagte er. Sie gingen in Harpers Büro. Er machte die Tür zu und wählte Randalls Nummer. »Hier Michael Dillon. Kann ich bitte Chefinspektor Norton sprechen?«

Er wurde sofort weitervermittelt. »Ah, Mr. Dillon!« sagte eine Stimme. »Nein, die beiden sind noch nicht aus Armagh zurück. Sind Sie jetzt zu Hause? Chefinspektor Norton will Sie dort nach fünf anrufen.«

»Nein, ich bin noch nicht zu Hause, aber demnächst.«

»Gut. Wir haben nämlich zwei weitere Verdächtige in dieser Sache festgenommen. Der Chefinspektor will sich unbedingt mit Ihnen in Verbindung setzen.«

»Danke. Ich bin bald zu Hause.« Er legte auf und sah Andrea an. »Das wird nicht leicht sein. Sie haben noch zwei andere verhaftet. Er will nach fünf in der Wohnung anrufen.«

»Es ist jetzt zwanzig vor fünf«, sagte sie. »Am besten nehmen wir ein Taxi, damit wir ihn nicht verpassen.«

Im Taxi nach Hampstead meinte er: »Was soll ich ihm nur sagen? Wie soll ich es ausdrücken? Sie haben jetzt nicht mehr nur den einen. Es sind schon drei.«

»Sag ihm schlicht die Wahrheit«, antwortete sie. »Sag ihm, daß du Angst hast. Die wissen schon, warum. Sie sind bestimmt daran gewöhnt. Du darfst dich nur nicht von ihm überreden lassen.«

Sag ihm, daß du Angst hast. Das Taxi bog in die Gloucester Avenue und hielt vor dem Haus im Schutz der großen Eiche. Er stieg aus. Der Fahrer schaltete den Taxameter aus. Er zahlte. Es war soweit. Er hatte keinen Krieg erlebt. Er würde nie als Soldat seine Tapferkeit vor dem Feind beweisen müssen. Nie würde er als Mitglied einer Widerstandsgruppe zu Heldentaten aufgerufen sein. Er war nur zufällig vor diese Bewährungsprobe gestellt worden und hatte jedes Recht, sie zu verweigern. Und dennoch wußte er, als er das Törchen öffnete und auf die Haustür zuging, daß im selben Moment, in dem das Telefon klingelte und er den Hörer abnahm, im selben Moment, in dem er sagte, daß er Angst habe, er für allezeit etwas Kostbares verlieren würde, was er immer als gegeben angenommen hatte, ein verborgenes Gefühl seiner Würde.

An der Haustür sagte er zu Andrea: »Du, ich möchte lieber allein sein, wenn ich es ihm sage. Könntest du uns inzwischen etwas zum Abendessen besorgen? Laß mir eine halbe Stunde.«

»Ich kann auch im Zimmer nebenan warten. Ich werde nicht zuhören.«

»Bitte«, sagte er.

»Na gut. Und wenn du mit der Polizei gesprochen hast, versuch bitte, diesen Priester zu erreichen, ja?«

»Hab keine Angst«, sagte er.

Sie sah ihn an. »Michael, du wirst dich doch bestimmt nicht von ihm überreden lassen?«

»Nein, bestimmt nicht.«

Sie drehte sich um und ging die Allee hinauf zur Hauptstraße, wo die Geschäfte waren. Er schloß die Haustür auf und trat ins Treppenhaus. Oben läutete ein Telefon. Er sah auf die Uhr. Kurz nach fünf. Er rannte die Treppe hinauf, wobei er sich an einem rothaarigen kleinen Mann vorbeidrängen mußte, der auch auf dem Weg nach oben war. »Entschuldigung«, sagte er.

»Macht nichts, Chef.«

Als er die Wohnungstür aufschloß, läutete das Telefon noch immer. Doch als er die Diele betrat, hörte es auf. Der Chefinspektor wollte von irgendwoher in Armagh anrufen. Nun mußte er warten, bis er wieder anrief. Er wollte nicht warten. Er mußte es auf der Stelle hinter sich bringen. Die Zentrale Belfast mußte wissen, wo Norton in Armagh zu erreichen war. Er ging zum Telefon. Laß dich nicht von ihm überreden. Sag ihm die Wahrheit. Du hast Angst.

»Entschuldigung, Chef. Der Gasmann.«

Er drehte sich um. Er hatte die Tür hinter sich zugemacht. In der Tür stand der rothaarige kleine Mann. »Ich komme die Uhr ablesen, Sir.«

»Bitte, nur zu.«

»Die ist da hinten drin«, sagte der Gasmann, indem er an

ihm vorbeiging und die Küchentür öffnete. »Sind Sie Professor Robertson?« fragte er mit einem Blick auf die Liste in seiner Hand.

»Nein, der Professor ist nicht hier«, sagte Dillon. »Ich hüte nur seine Wohnung.«

»Sind Sie Mr. Dillon?«

»Ja.«

Der kleine Gasmann pfiff, als riefe er seinen Hund. »Gut«, sagte er.

Zwei junge Männer kamen zur Tür herein. Sie trugen Jeans, T-Shirts und Turnschuhe. Sie hoben ihre Revolver. Sie hatten keine Masken auf. Diesmal würde es keinen Zeugen geben.

Bitte beachten Sie auch
die folgenden Seiten

Brian Moore im Diogenes Verlag

Die Farbe des Blutes

Roman. Aus dem Englischen
von Otto Bayer. Leinen

»Literarischer Thriller, Psychogramm, Fiction oder Faction – Brian Moores Roman *Die Farbe des Blutes* entzieht sich solchen Schubladen. Angelsächsische Autoren zeigen oft ein Faible für politisch brisante Themen als Hintergründe für ihr Œuvre. Kein Wunder, denn wie sein Kollege Eric Ambler weiß auch Moore, Ex-UNO-Beauftragter in Polen, wovon er schreibt.
Auf Stephan Bem, Kirchenführer eines Ostblocklandes wird ein Attentat verübt, kurz darauf nimmt ihn die Staatspolizei in Gewahrsam, aus dem er entflieht. Bem ist hin und her gerissen zwischen Verantwortung als Kardinal, den Reformbestrebungen der illegalen Gewerkschaft und innenpolitischer Machbarkeit. Moore verfaßte keinen religiösen Roman, er schildert vielmehr die inneren Konflikte eines Menschen, der Frieden sucht und nicht finden kann.«
M. Vanhoefer/Münchner Merkur

Katholiken

Roman. Aus dem Englischen von
Elisabeth Schnack. detebe 20546

Als im Jahr 2000 selbst das internationale Fernsehen auf die Mönche im Westen von Irland aufmerksam macht, die, von aller Modernisation der Liturgie unbeeindruckt, noch immer die Messe auf lateinisch lesen und damit ungewollt Zulauf aus allen Ländern finden, sendet Rom einen jungen Geistlichen, einen Vertreter der aufgeschlossenen Theologie, zum Kloster auf der abgelegenen Insel aus, um autoritär nach dem Rechten zu sehen und die Ordnung durchzusetzen – die neue, liberalisierte Ordnung. Ein Roman nicht nur von der Problematik der Institution Kirche, sondern von den verzwickt vertauschten Positionen von Progressivität und Konservativismus.

»Wohl das beste Buch eines Schriftstellers, den ich sehr bewundere... Komisch, traurig und sehr ergreifend.«
Graham Greene

Schwarzrock

Roman. Aus dem Englischen von Otto Bayer. detebe 21755

»Abenteuerbuch, Heiligenlegende und Parabel zugleich« *(The New York Times Book Review)*, läßt *Schwarzrock* vor dem Leser mit peinlich genau recherchierten Details das frühe 17. Jahrhundert neu erstehen, als die Jesuiten in den französischen Teil Nordamerikas kamen, um die ›Wilden‹ zur höheren Ehre Gottes zu bekehren und zu taufen. Die Schwarzröcke stoßen auf Widerstand, der ›Aberglaube‹ des primitiven Jägers auf den christlichen Glauben. In diesem Abenteuer eines unerbittlichen und manchmal blutigen Dramas hat Brian Moore mit großer Kunstfertigkeit ein tiefgehendes menschliches Dilemma porträtiert.

»Das Sympathische an Moores Roman ist, daß er keine Seite veredelt oder verteufelt, ihn beschäftigt vielmehr das absolute Nichtverstehen zwischen Indianern und Europäern. Er erzählt knapp und konzentriert, jedes Detail ist wichtig. Die erotischen Passagen, an denen es nicht mangelt, sind fern jeder Lüsternheit.«
Frankfurter Allgemeine Zeitung

»Ein erstaunliches Buch, weil es das Vorurteil, das man sich über sein Thema macht, nicht einfach bestätigt.«
Abendzeitung München

Die Große Viktorianische Sammlung

Roman. Aus dem Englischen von
Helga und Alexander Schmitz
detebe 21931

Ein unscheinbarer junger kanadischer Geschichtsprofessor erträumt eines Nachts die Große Viktorianische Sammlung: da steht sie plötzlich auf dem Parkplatz eines schäbigen kleinen Motels in Kalifornien – die unerhörteste Kollektion aller Kunstwerke, Kuriosa und Erotika dieser Epoche.
Der Mann, dem sich unversehens ein Traum verwirklicht hat, wird zum Gefangenen eines Alptraums aus Sensationslüsternen, Spinnern, Geschäftemachern, Gleichgültigen, Fachleuten, Freunden und Anverwandten...

»Brian Moore kann die meisten seiner Zeitgenossen in Grund und Boden schreiben.« *Kingsley Amis*

Die einsame Passion der Judith Hearne

Roman. Aus dem Englischen von
Hermann Stiehl. detebe 21856

»Ein feinfühliger, ein zärtlich-trauriger Roman, der mit großer Sensibilität die Konflikte, die Ängste und Hoffnungen einer religiösen Frau darstellt, die ihre Jugend einer kranken Tante geopfert hat und bei ihrem ersten 2.(und letzten) Versuch, aus der langjährigen Einsamkeit auszubrechen, am Zynismus und an der Grausamkeit ihrer gefühllosen Umgebung scheitert.«
Dante Andrea Franzetti/Die Zeit, Hamburg

»Die Menschen, die im Mittelpunkt dieses Romans stehen, sind mehr oder weniger im Leben gescheiterte Existenzen, die einzig aus ihren Träumen und irrealen Hoffnungen die Kraft zum Leben und zum Weiterleben gewinnen. Das Dasein in Belfast, dem Schauplatz dieses Buches, hält für sie, nahezu alle praktizierende Katholiken, außer der Sonntagsmesse eigentlich nur

noch das Kino und die Kneipe bereit. Sonst sind da nur noch die spärlichen Gelegenheiten zum Zwiegespräch mit Gott, der nicht antworten will, oder die Neubelebung alter Träume oder pittoresker Erwartungen einiger alternder Männer von exotischer Erotik. *Die einsame Passion der Judith Hearne* handelt von der Verlorenheit unter den Menschen, von der Gottverlassenheit einer Kirche, die dem Hilfesuchenden nur leere Formeln oder Strafpredigten anzubieten hat. Brian Moore, der selber aus Belfast stammt und das Milieu aus intimer Kenntnis beschreibt, erzählt seine Geschichte zwar mit humorvoller Distanz, aber doch auch stets mit Anteilnahme und Liebe.«
Eckart Klessmann/Frankfurter Allgemeine Zeitung

Bernard Mac Laverty im Diogenes Verlag

Geheimnisse

Erzählungen. Aus dem Englischen
von Hans-Christian Oeser
Leinen

»Was an den Geschichten zuallererst auffällt, ist ihre Direktheit; ihre vollkommen unmanierierte, ohne Erzähler-Attitüde und Sprachschnörkel auftretende und gerade deshalb um so nachhaltiger beeindruckende Kunstfertigkeit, mit deren Hilfe der Leser beinahe willenlos der Illusionsstrategie des Autors ausgeliefert ist, weil er sich sagen kann: Ja, so muß es gewesen sein.«
Wolfgang Steuhl/Frankfurter Allgemeine Zeitung

»Eine wundervolle Sammlung, über die leisen Töne des Lebens, voller Humor, Klarheit und Finesse.«
The Daily Telegraph, London

»Mac Laverty gehört in die Reihe der großen Geschichtenerzähler, neben Čechov, Joyce und Mansfield.«
The New York Times Book Review

Lamb der Ausgeflogene

Roman. Deutsch von Hanna Neves
detebe 21296

Bruder Sebastian, mit eigenem Namen Michael Lamb, ist nicht lammfromm, wie sein Vorgesetzter es erwartet. Er rettet einen schwererziehbaren Knaben vor der schweren Erziehung, zu der ihn das irische Internat zwingt – die beiden fliegen aus, nach England. Die Polizei sieht es als Kidnapping. Entkommen oder nicht – ein ur-irisches Thema, abgewandelt von einem der begabtesten jungen Erzähler, der selber entkommen ist.

»Bernard Mac Laverty, der inzwischen bereits mit weiteren Romanen hervorgetreten ist, hat hier auf knappem Raum in realistischem Stil einer Tragödie Gestalt verliehen, die nach einer filmischen Aufbereitung geradezu verlangt.« *ORF, Wien*

»Mit diesem Erstlingsroman hat Bernard Mac Laverty ein Werk geschaffen, das deutlich die Kluft zwischen Liebe und Verstand in unserer düsteren Zeit erhellt.«
Die Furche, Wien

»Nach *Cal* (Regie: Pat O'Connor) wurde jetzt auch Mac Lavertys Erstling *Lamb* verfilmt. Colin Gregg machte aus der dramatischen Geschichte ein Stück ausdrucksstarkes Gefühlskino. Van Morrison lieferte die suggestive Musik dazu. So entstand ein Streifen, der unter die Haut geht.« *Sonntagsblick, Zürich*

Cal

Roman. Deutsch von Nikolaus Stingl
detebe 21387

Die Geschichte von Cal und Marcella, im heutigen Nordirland; sie könnte seine Retterin sein, und als er sie zum Lachen bringt, kann er sein Glück kaum fassen. Von Liebe zu sprechen, das weiß er, erfordert Ehrlichkeit und Aufrichtigkeit, aber das hat Zeit.

»Bernard Mac Lavertys Roman hat in Großbritannien Aufsehen und Anteilnahme hervorgerufen. Der Autor versteht es, die menschlichen Ursachen und Konsequenzen der irischen Malaise ins Blickfeld zu rücken, die in den Medienberichten oft zu kurz kommen. Ein Buch, dem viele Leser zu wünschen sind.«
Die Furche, Wien

»Mit *Cal*, gedreht nach dem Roman von Bernard Mac Laverty, zwingt der junge irische Regisseur Pat O'Connor seine Zuschauer in die Tristesse des nordirischen Bürgerkrieg-Alltags hinein, läßt sie dessen Ausweglosigkeit erleiden. Dieser Film macht frösteln und deprimiert. Aber das ist nicht die Schuld seiner Autoren.«
Der Stern, Hamburg

Liam O'Flaherty im Diogenes Verlag

Der Denunziant

Roman. Aus dem Englischen
von Heinrich Hauser
detebe 21191

Während des von radikalen Gruppen in den frühen zwanziger Jahren neu entfachten irischen Bürgerkrieges bestimmen Terror, gegenseitige Bespitzelung, Angst und Verrat das Leben in Dublin. Francis Joseph McPhillip wird wegen Mordes gesucht und von Gypa Nolan, seinem Genossen und besten Freund, an die Polizei verraten. Immer enger zieht sich das Netz zusammen, und immer verzweifelter und sinnloser setzt sich der Verdächtigte zur Wehr.

Zornige grüne Insel

Eine irische Saga. Aus dem Englischen
von Hubert Roch
detebe 21330

»Die Lektüre dieses Romans ist ein ganz ungewöhnliches Erlebnis. O'Flahertys Erzählkunst vermag nicht nur seinen Platz neben den großen Romanen aus allen Sprachgebieten zu behaupten, sondern beweist auch, wie ein ›historischer Roman‹ den Leser zu packen, zu rühren und zu erschüttern weiß, wenn ein Meister ihn geschrieben hat. Im Jahr 1845 begann für Irland eine Folge von Unglücken und Entbehrungen, die weit über das Maß dessen hinausging, was die Bevölkerung der Grünen Insel als ihr alltägliches Los zu tragen gewohnt war. Durch eine Kartoffelkrankheit sahen sich die Menschen ihres Hauptnahrungsmittels beraubt; die Pachtzinse waren nicht mehr aufzubringen, wurden aber unbarmherzig von den englischen Gutsbesitzern und den Vertretern Ihrer Majestät Königin Victoria eingetrieben. Wucherer verstanden, ihre vor-

teilhaften Geschäfte zu machen; die kleinen Pächter standen – der eine früher, der andere später – buchstäblich vor dem Nichts. Die Leute starben an Flecktyphus oder ›einfach‹ vor Hunger...«
Tages-Anzeiger, Zürich

Armut und Reichtum

Ausgewählte Erzählungen
Aus dem Englischen von
Elisabeth Schnack
detebe 20232

»Seine Geschichten atmen den Geruch des Meeres und des beißenden Qualms der Torffeuer. Auch wer noch nie in Irland war, wird dieses seltsame Land mit seinen tragisch-skurrilen Bewohnern nach der Lektüre von O'Flahertys Erzählungen lieben.« *Der Monat, Berlin*

Ich ging nach Rußland

Ein politischer Reisebericht
Aus dem Englischen von Heinrich Hauser
detebe 20016

1930 bereiste der ›aristokratische Sozialist‹ und ›wilde Ire‹ Rußland; seinen Bericht müßte man eine Satire nennen, wenn er nicht ein Porträt wäre; seine Prognosen der machtpolitischen Entwicklung hat die Wirklichkeit bis in Details bestätigt; seine System-Analyse hat an Aktualität noch gewonnen: der ›heimatlosen Linken‹ heute ist die Sowjetunion ebensowenig ein Modell des Sozialismus.

Tiergeschichten

Zusammengestellt und übersetzt
von Elisabeth Schnack
detebe 21253

»Alle Geschichten sind unsentimental, knapp und klar in der Beschreibung, es sind nicht die idealisierenden, verniedlichenden Erlebnisse mit Tieren, wo einer vor den Menschen flieht und das Glück zum Beispiel in der gesunden Katzenwelt findet, es ist vielmehr, als übertrage der Autor seine Erfahrungen mit Menschen in die Welt der Aale, Schmetterlinge, Amseln, Pferde usw., ohne aber den belehrenden Ton der Fabeln zu übernehmen.« *Der Bund, Bern*

Edna O'Brien im Diogenes Verlag

Das Mädchen mit den grünen Augen

Roman. Aus dem Englischen von
Margaret Carroux
detebe 20879

»Die O'Brien läßt Kate die Romanze erzählen, aufrichtig im Schmerz und nicht ohne finsteren Humor. Mag die Autorin auch für die schlichten Beter, Raufbolde und Säufer ihrer Heimat wenig übrig haben – einige Halbkünstler und Viertelintellektuelle scheinen ihr noch lästiger zu sein.« *Der Spiegel, Hamburg*

»So alltäglich die Thematik ist, die Art, wie Edna O'Brien ihren Stoff anbietet, ist so ungemein aufrichtig, so fröhlich und tieftraurig, ohne daß die Gefühle der Erzählerin in Sentimentalität abglitten. Sie bleibt immer nüchtern und realistisch. Die Personen sind voller Leben: sie stellen sich dem Leser mit ihrer Sehnsucht, ihren Träumen, ihren Ängsten und ihrem Mut.« *Westdeutscher Rundfunk, Köln*

»Es ist erstaunlich, zu welch frühem Zeitpunkt eine ausgerechnet irische Autorin bereits bewußt und fast überdeutlich den Sex als des Pudels Kern dargestellt hat.« *Süddeutscher Rundfunk, Stuttgart*

Plötzlich im schönsten Frieden

Roman. Aus dem Englischen von
Margaret Carroux
detebe 21017

Plötzlich im schönsten Frieden ist das dramatische Porträt einer Frau, die sich für liebesunfähig hält; ein Roman aus Enthusiasmus, Melancholie und von einer Komik, die aus der detailgenauen Kenntnis der Alltäglichkeit kommt.
Plötzlich im schönsten Frieden erfährt die ängstliche

Willa die Leidenschaft, bricht Patsy aus dem Trott ihrer Ehe aus. Plötzlich im schönsten Frieden entsteht das Psychogramm einer Frau, die auszog, die Liebe zu lernen.

»Ich bin eine irische, gestrauchelte Katholikin, geschieden, eine selbst für ihren Unterhalt aufkommende exzentrische Mutter. Ich gehöre keiner bestimmten Gruppe an, denn ich bin kein Gruppentyp. Vor zehn oder fünfzehn Jahren, als ich aus meinem irischen Moor kam, da brachte ich in meinen Büchern gewisse Gefühle zum Ausdruck, die heute offenbar bei Women's Liberation im Schwange sind. Ich war zornig über das Schicksal der Frauen. Gewiß glaube ich an gleiche Rechte und gleiche Bezahlung, aber über das Physiologische kann man sich nicht hinwegsetzen, das geht einfach nicht, die gute alte Gebärmutter da drinnen ist eine rechte Verführerin.
›O Gott, den es nicht gibt, du hassest die Frauen, sonst hättest du sie anders geschaffen.‹« *Edna O'Brien*

Das Sean O'Casey Lesebuch

Herausgegeben von Urs Widmer
Mit einem Vorwort von Heinrich Böll
und einem Nachwort von Klaus Völker
Neuausgabe zum 100. Geburtstag
detebe 21126

Der Band enthält einen Querschnitt durch die große sechsbändige *Autobiographie;* die Dramen *Juno und der Pfau, Das Ende vom Anfang, Kikeriki, Gutenachtgeschichten* sowie Erzählungen, Essays und Pamphlete, darunter *Entwicklungsfreiheit für die Lehrer.*

»Sein Werk hat biblische Ausmaße und biblische Größe. Diese wilde Flut von Seligpreisungen und Flüchen ist das protestantische Gegenstück zu Joyce' *Ulysses*, kein Jota weniger irisch, kein Jota weniger ›blasphemisch‹.« *Heinrich Böll*

Das Diogenes Lesebuch irischer Erzähler

Geschichten von Oscar Wilde bis Edna O'Brien
Mit einleitenden Essays von Frank O'Connor und James Joyce,
Zeittafel, bio-bibliographischen Notizen und Literaturhinweisen
Herausgegeben von Gerd Haffmans
detebe 20273

»An Kurzgeschichten-Sammlungen herrscht wahrhaftig kein Mangel, und an Anthologien angelsächsischer Kurzgeschichten fehlt es schon gar nicht. Trotzdem sind die Lesebücher amerikanischer, englischer und irischer Erzähler, die jetzt im Diogenes Verlag als Erstausgaben erschienen sind, sehr zu begrüßen, weil sie von den landläufigen Kollektionen auf erfreuliche Weise abweichen. Die meisten der hier versammelten Texte sind literarische Leckerbissen.«
Frankfurter Allgemeine Zeitung

»Eine Fundgrube moderner Erzählkunst, wie man sie sich reichhaltiger nicht wünschen kann.«
Hamburger Abendblatt

»Der Herausgeber hat glänzende Arbeit geleistet, indem er das Typische in Kultur und Nationalcharakter herauskristallisierte.« *Zürichsee-Zeitung*

»Anerkennenswert sind im Anhang jedes Bandes die ausführlichen Angaben zu den Autoren sowie eine Zeittafel, die politische Ereignisse neben kulturelle stellt.« *National-Zeitung, Basel*